古典文獻研究輯刊

二八編

第10冊

蘇軾寺院作品研究

陸雪卉 著

國家圖書館出版品預行編目資料

蘇軾寺院作品研究／陸雪卉 著 -- 初版 -- 新北市：花木蘭文
化事業有限公司，2023〔民 112〕
目 4+176 面；19×26 公分
（古典文學研究輯刊 二八編；第 10 冊）
ISBN 978-626-344-454-6（精裝）
1.CST：（宋）蘇軾 2.CST：佛教文學 3.CST：文學評論
820.8   112010492

ISBN-978-626-344-454-6

9 786263 444546

古典文學研究輯刊
二八編 第 十 冊   ISBN：978-626-344-454-6

蘇軾寺院作品研究

作　　者　陸雪卉
總 編 輯　杜潔祥
副總編輯　楊嘉樂
編輯主任　許郁翎
編　　輯　張雅淋、潘玟靜　美術編輯　陳逸婷
出　　版　花木蘭文化事業有限公司
發 行 人　高小娟
聯絡地址　235 新北市中和區中安街七二號十三樓
　　　　　電話：02-2923-1455 ／傳真：02-2923-1452
網　　址　http://www.huamulan.tw 信箱 service@huamulans.com
印　　刷　普羅文化出版廣告事業
初　　版　2023 年 9 月
定　　價　二八編 18 冊（精裝）新台幣 47,000 元
版權所有 • 請勿翻印

蘇軾寺院作品研究

陸雪卉　著

作者簡介

陸雪卉，1990 年生，祖籍山東。2013 年畢業於東北大學秦皇島分校金融學專業，碩、博就讀於四川大學道教與宗教文化研究所，並於 2019 年獲得哲學博士學位，主要研究方向為中國佛教與蘇軾的哲學思想。

提　　要

　　蘇軾一生曾創作過大量關於寺院話題的作品，這些作品不僅體現了豐富的佛教哲理與佛學思想，也涵蓋了蘇軾生活的諸多方面，可謂是蘇軾佛學思想研究領域的一個分支。作為士大夫，蘇軾的寺院作品也體現了一般僧人作品中少有的特色，他不僅擅長說理，同時也喜好融入個人情感與政治立場。

　　對於蘇軾而言，儘管他曾認為學佛不過是「取其粗淺假說以自洗濯」，但寺院這樣一個特殊的宗教環境也催化了他對佛教的認知。作為一位忠君愛民的士大夫，早期的蘇軾對宗教信仰的認知保持著更多理性與中立，對禪宗以及僧人的親近更多是將之作為生活的調味品與心靈的淨化劑。但當這種訴求不能滿足個人內心的情感寄託時，便會滋生出感性化的宗教情感。這種情感並不是一種主觀上的選擇，而是在經歷了生活創傷後不得已的無奈和依賴。儘管當身處寺院並且經歷了宗教體驗時，他卻鮮有對這種感受的直白描述，而是借用夢境虛幻類的譬喻以及輪迴觀來表達自己的情感，這樣一方面維護了自己「致君堯舜」的政治理想，同時又在佛教中實現了情感救贖。

本文為中央高校基本科研業務費專項資金
資助項目「蘇軾寺院書寫研究」成果
項目編號：2012017yjsy225

目

次

導　言

一、研究意義

　　佛教自傳入中國以來就不斷地做著自我調整與適應，北宋時期的執政者
雖然會對佛教加以統治利用，但也一定程度地支持著佛教的生存與發展。帝王
對於佛教的尊崇自然也會滲透到士人官員的群體之中，這不僅讓佛教找到了
更多適宜生存的土壤，同時也讓學佛參禪成為了當時流行的風氣。司馬光在
《戲呈堯夫》一詩中曾說過：「近來朝野客，無座不談禪。」〔註1〕王辟之在
《澠水燕談錄》中也講過：「近年，士大夫多修佛學，往往作為偈頌，以發明
禪理。」〔註2〕所以，佛教在當時的社會並非是一種單純的信仰或是政治統治
下的工具，它更像是一種茶餘飯後的興趣甚至是關乎心靈的內在修養。宋代的
文人雅士不僅熱衷於研讀佛書佛經，遊訪寺院也成為了他們日常中的雅好之
一。因此，在宋代文人的筆下，就出現了大量關於寺院話題的作品。

　　當前學者對於宋代文人與佛教之間的研究非常多，其中主要涵蓋了參禪
悟道、探究佛理、與僧人的交往以及奉佛事件等方面，但是關於宋代文人筆下
寺院作品的研究卻不夠系統深入。目前關於這一領域的研究成果多是挑選了
一些比較典型的文字，並從宏觀角度做了一個相對籠統的概述，但是對於許多
細節的考察力度卻顯得不夠。蘇軾一生也創作過諸多關於寺院話題的作品，其
中有受僧人委託，為寺院所做的傳記；有以寺院為媒介，來描繪佛門淨土的蕭

〔註1〕（宋）司馬光著：《戲呈堯夫》，李之亮箋注：《司馬溫公集編年箋注2》，成都：
　　　巴蜀書社，2009年2月，第488頁。
〔註2〕（宋）王辟之撰：《澠水燕談錄》，北京：中華書局，1981年3月，第31頁。

穆莊嚴或表達自己的禪學見解；有以僧人作為議論對象，來凸顯宋代佛教的發展特色；也有借助於寺院周邊的山水風光，來抒發自己的個人情感與體悟。因此，在本課題中，筆者將「寺院作品」定義為以佛教寺院為對象或內容所創作的文字，其中不僅包含蘇軾對寺院本身所進行的客觀性陳述，同時也有蘇軾置身於寺院時的自身感受和遊記，並且其中也不乏蘇軾的諸多戲說與玩笑之言。作為北宋既有代表性又有個性的文人，蘇軾的寺院作品自然是值得考察的對象之一，但是目前學者對之研究得並不全面，其中多是集中於一些耳熟能詳的寺院作品，並且這些研究主要還是從文學視角或者以蘇軾的個人情感經歷為主線。但實際上，寺院作品終究還是要回歸於宗教學的研究方法與路徑。所以，筆者認為有必要對蘇軾的寺院作品進行一個系統的考察和梳理，這一考察的意義主要有以下幾點：

首先，寺院作為佛教的一種空間呈現，不僅為我們觀察佛教的生存狀況提供了一個視角，同時它與政治、文人乃至俗世之間的互動有著密切關係。宋代雖說是儒學復興與理學繁盛的時代，但由於文字禪的流行，佛教也逐漸滲透到了士大夫這一群體之中。除了蘇軾之外，楊憶、黃庭堅、秦觀、王安石等人甚至都被禪門燈錄視為法嗣的居士。可以說，許多在朝政上頗有建樹的士大夫不僅與佛門有著密切來往，參覽寺院也成為他們閑暇生活中的雅好之一。縱覽宋代文人所創作的寺院作品，其中已經並非是對寺院人事風物的客觀介紹了，而是明顯滲透著文人士大夫的佛學觀念和佛學立場。寺院的記文或碑文本該由叢林大德執筆，但北宋時期卻由諸多文人代筆撰寫，這就說明北宋時期的佛教從未淡出朝廷的視野，反而被列入宋代帝國的文化建設之中。寺院叢林的生存不僅與政治相輔相成，同時僧人與文人之間也有著千絲萬縷的瓜葛和影響。蘇軾作為北宋文壇史以及政治史上的重要人物，對其寺院作品的研究不僅有助於我們瞭解宋代佛教的發展及特徵，同時也有利於我們去理解宋代佛教與政治之間的影響和張力。

其次，蘇軾的涉佛文數量繁多，其中關乎寺院話題的文字也有相當的數量。相比於學者從文學、書法、政治等方面的研究來看，對於蘇軾哲學領域特別是佛教寺院方面的研究還是相對較少。目前學者有對宋代的佛寺文做過統計，比如在李曉紅的學位論文《北宋佛寺文研究》中，作者認為北宋佛寺文主要以「記」、「銘」和「碑」這三種文體為主，這一統計的對象是基於北宋時期的所有僧人與文人的作品而言的。但在筆者對蘇軾的寺院文所做的統計中，蘇

軾寺院作品中的「碑文」只有一篇，其中數量最多的還是「題」、「贊」和「記」這三種文體。可以說，每一種文體的特色都不盡相同，蘇軾對於創作文體上的選擇與偏好固然會與其個人有著一定的關聯。因此，對蘇軾寺院作品的考察不僅有助於我們全面地把握和瞭解這一人物形象，同時也要去探索宋代文人寺院創作的緣由和影響，並考察這些作品是否可以成為宋代文人寺院書寫的一個代表，以及在這代表性中又有怎樣的價值與特色，並填補學術界對於蘇軾寺院作品研究的空白。

最後，對蘇軾寺院作品的考察也為我們瞭解宋代佛教與文學之間的關係提供了一個新的視野。中國詩文的題材以及體裁在宋代以前已經基本被前人寫盡，那麼，如何在這樣的基礎上開闢出詩文創作的新道路則成為了宋代文人不斷探求的話題。深受文字禪以及諸多因素的影響，蘇軾的一些寺院作品非但沒有充斥著嚴肅呆板的元素，反而流露了更多的生機乃至戲說的味道。比如他的諸多寺院作品將佛理、情感以及周邊景色巧妙地融合在一起，有些甚至注入了更多的個人思索與人生經歷。可以說，佛教與文學的交融不僅為文字創作本身提供了更多新鮮的話題，同時，寺院作品在文人的打磨下也顯得趣味叢生。因此，本課題將寺院、蘇軾以及文學創作結合在一起，試圖多方面地去瞭解宋代寺院的發展以及與社會人文的互動關係。

二、國內外研究現狀及發展趨勢

目前專門針對蘇軾寺院作品進行研究的成果並不是很多。趙德坤的《蘇軾寺院碑文書寫探析》（宜賓學院學報，2017 年第 4 期）分別從朝廷、士林和民間這三個維度對蘇軾的寺院碑文進行了考察，並認為這些文字不僅展現了佛法的真諦，同時還流露著濟世價值以及滋養人倫情懷的訴求；賈曉峰的《蘇軾黃州寺院詩的新變》（內蒙古大學學報，2016 年第 5 期）一文中認為蘇軾被貶黃州前的寺院作品多是記載了遊覽參訪的過程，其中主要體現的是抒情色彩。而被貶黃州後，寺院則成為了自己的精神依託，這類作品傳達了蘇軾的落寞壓抑與憤懣不平。此外，還有對蘇軾的某一具體寺院詩作進行考察的作品，比如劉中黎的《遷移與轉化：從日記到小品文——試析蘇軾日記〈記承天寺夜遊〉的文體跨界寫作》（重慶師範大學學報，2012 年第 3 期）、趙丹琦的《論蘇軾金山詩的禪宗因緣》（前沿，2011 年第 12 期）、普武正的《蘇軾長清真相院塔銘中的儒釋道思想》（春秋，2007 年第 5 期）、閆笑非的《深情的慰勉　曠達

的襟懷——蘇軾〈浣溪沙‧遊蘄水清泉寺〉詞意抉微》（台州學院學報，2003年第2期）等。在上述圍繞蘇軾寺院作品所做的研究中，趙德坤的《蘇軾寺院碑文書寫探析》基本還是對蘇軾的寺院碑文做了一個比較客觀中立的解讀，但除了對文章的分析以外，蘇軾的許多詩歌中其實還出現了大量關於寺院的話題，這些詩句對於蘇軾寺院作品的解讀還是有一定的輔助作品，這一點是正本文作者所忽略的一個方面。除了這篇文章外，其他一些文章主要是對蘇軾某一具體作品或對蘇軾某一人生時段的寺院文所進行的分析，並且主要還是集中於對蘇軾的心境歷程和情感變化所做的解讀。但從宏觀視角去做的考察還遠遠不夠，這一點也正是本課題所要重點彌補的方向。

在宋代佛教以及宋代文化的研究領域中也涉及到了對宋代寺院的考察，比如李曉紅的《北宋佛寺文研究》（山東大學，2016年博士論文）對北宋時期的佛寺作品展開了一個比較系統的論述，此文不僅介紹了佛寺文的產生背景及宋代佛教的宗教功能，還分別討論了士林文人以及叢林僧迦筆下的佛寺文，其中多處涉及到了對蘇軾寺院作品的探討；李政芳的《孟元老〈東京夢華錄〉敘事研究》（海南師範大學，2012年碩士論文）第三節的第一部分通過對相國寺市場情景的描寫，展現了北宋佛教世俗化的特徵；趙德坤、周裕鍇的《濟世與修心：北宋文人的寺院書寫》（文藝研究，2010年第8期）分別從濟世與修心兩個層面的探討體現了文人對佛教的文化期待；劉金柱的《唐宋八大家與佛教》（河北大學，2004年博士論文）第六章第一節中研究了士大夫與寺院文化，其中認為唐宋時期寺院數量眾多，因此遊覽寺廟在士大夫的生活中幾乎是不可迴避的。第二節則介紹了蘇軾為一些寺院所題的詩作，並分析了這些作品的創作初衷；王水照的《宋代文學通論》（河南大學出版社，1997年）中的思想篇部分裏的第二章第二節介紹了寺院題材對於宋代文字創作的豐富，作者認為寺院文化的存在早已超出了人們對於佛教興趣的畛域，許多文人常會寄宿或棲息於清淨雅適的寺院，文中還簡略提及到了蘇軾的《記承天寺夜遊》一文。此外，還有左福生的《宋代寺院題詩的存佚與變遷——以〈全宋詩〉的輯錄現象為例》（重慶師範大學學報，2014年第5期），左福生的《宋代寺院題詩的傳播效應》（中華文化論壇，2013年第9期），游彪的《佛性與人性：宋代民間佛教信仰的真實狀態》（北京師範大學學報，2011年第5期）以及顧吉辰的《宋代佛教史稿》（中州古籍出版社，1993年）等。

還有一些研究成果的落腳點雖然主要集中於寺院或者僧侶，但卻對考察

蘇軾的寺院文也發揮了一定的啟迪作用，比如趙德坤的《文字禪時代的寺院禪修》（中華文化論壇，2013 年第 5 期）；孫旭的《試論北宋真宗朝的寺院政策》（法音，2012 年第 6 期）；游彪的《宋代寺觀數量問題考辨》（文史哲，2009年第 3 期）；汪聖鐸、王德領的《宋代寺院宮觀中的御書閣、本命殿》（河北科技大學學報，2008 年第 4 期）；劉長東的《宋代寺院的敕差住持制》（中國史研究，2005 年第 2 期）；游彪的《宋代寺院經濟史稿》（河北大學出版社，2003年）；聶士全的《宋代寺院生活的世俗轉型》（蘇州鐵道師範學院學報，2001 年第 4 期）等，這些作品的價值對於本課題的研究也是不容忽視的。

　　除了上述成果外，其他朝代的寺院作品研究也是非常值得借鑒的。劉斌的《寺院中的「花開富貴」──試論唐代文人隱逸觀》（雞西大學學報，2016 年第 2 期）認為寺院代表著隱逸，而牡丹則象徵了富貴，這兩種截然不同的意象在唐人的詩歌中被融匯到了一起，其實正是展現了唐人「仕隱一體」以及「以仕為隱」的風尚。趙軍偉的《為權力書寫：南宋文人與佛教寺院──以南宋浙江寺記為中心》（江西社會科學，2015 年 10 月）挑選了南宋時期特別具有權力代表意義的三個案例：一地（嘉興）、一人（陸游）、一寺（杭州徑山寺），通過對於這三個案例的分析，不僅體現了南宋佛寺世俗化的轉變，同時也展現了當時的士大夫為寺院書寫的政治緣由。楊曉慧的《唐代寺院作為俗文化活動中心之原因考探》（陝西師範大學學報，2015 年第 5 期）一文認為唐代強大的政治經濟為唐代寺院的俗文化活動提供了一定的經濟基礎，加之人文資源的豐富不僅為寺院帶來了眾多遊客，同時也讓其俗文化活動變得多樣化並且吸引了大量的遊客。嚴耀中的《試說鄉村社會與中國佛教寺院和僧人的互相影響》（史學集刊，2015 年第 4 期）認為不同的社會環境與地域環境會對僧侶和寺院產生不同的影響，相比於名山寺院和城市寺院，鄉村寺院受到交通以及地理等因素的限制，他們不僅會與當地信眾乃至居民有著非常相近的生活習慣，同時寺院的經濟也會與地方經濟互為依託、榮衰與共。除此之外，地方信眾還會對鄉村寺院產生一定的約束與同化，這會很大程度地導致佛教民間化，甚至將具有地方特色的崇拜信仰染上佛教色彩。王棟樑的《唐代文人寄居寺院習尚補說》（北京大學學報，2009 年第 2 期）一文認為文人寄居寺院是唐代非常普遍的社會習尚，這是寺院福田觀念影響下衍生出來的具有公益性質的停客職能。由於受到寺院經濟不斷變化的影響，停客功能的公益性逐漸消泯，文人的寄居也出現了從免費到稅居的變化。李芳民的《唐代佛教寺院文化與詩歌創

作》（文史哲，2005 年第 5 期）認為以寺院為題材的詩歌在唐詩中佔有相當的比例，寺院獨特的山水景觀不僅吸引了大量的遊客和信眾，同時也推動了名山名水與寺院之間的良性互動。此外，寺院周邊以及寺院中的景觀也為詩人的創作提供了不少靈感，並為文人們提供了更多交流和切磋詩藝的機會。

從上述介紹的作品可以看出，目前關於寺院文化的研究成果非常多，但是對宋代文人筆下寺院作品的研究卻非常有限，而文人筆下特別是蘇軾筆下的寺院作品又並非是一個偶然與少量的存在，所以筆者認為有必要對之進行更為系統深入的考察。

三、研究方法

本課題的基本研究方法為歷史學方法，首先要瞭解北宋時期的社會背景及時代特色，並結合蘇軾的人生經歷對其寺院作品做一個大致的梳理。然後再利用宗教學的相關理論或方法對之進行剖析，其中可能會涉及到宗教社會學、宗教心理學等方法，釐清宗教與政治、宗教與人文等領域之間的關係，並在此基礎上深入探討蘇軾創作寺院作品的初衷，瞭解這類文字的特點及價值，考察蘇軾與僧侶之間的互動，以此對北宋時期佛教與俗世之間的關係做一個更為全面客觀的解讀。

四、特色與創新之處

本課題的創新之處正是在於其研究對象不是對某一時代或者某一群體筆下的寺院作品做考察，而是將研究範圍鎖定於蘇軾的寺院作品。蘇軾所處的北宋並非只是儒學復興的時代，佛教在當時已經影響到了社會生活的各個層面，外加帝王對佛教保持著扶持和利用的態度，這也讓當時諸如蘇軾一類的士大夫對佛教持有非常複雜的態度。在他們的身上不僅會展現出非常明顯的理性情懷（比如某些時候會對佛教持有排斥否定的態度），同時在他們的生活之餘，佛教又是一種不可或缺的調味劑。作為一位致力於朝政的士大夫而非僧侶，蘇軾的寺院作品大致也會和他的家境出身、心性品質、人生經歷等要素相關。總而言之，本課題的研究對象雖然縮小到了蘇軾筆下的寺院作品，但是所涉及的研究範圍卻很廣，此研究需要以蘇軾的寺院作品為主線，將蘇軾個人、寺院發展與宋代佛教等諸多複雜因素融合在一起。另外，作為文人士大夫而非僧人的身份，蘇軾的寺院作品可能帶有更多個人的情感色彩，那麼如何去釐清其中的

理性元素與個人情感元素之間的關係不僅是考察的難點所在，這也正是本課題的創新之處。筆者希望通過此研究去對宋代佛教寺院的發展狀況有一個更為細緻的瞭解，同時也會對蘇軾本人的形象塑造做一個更加客觀真實的還原。

第一章　蘇軾翰墨裏的寺院書寫緣起

第一節　蘇軾生平與其寺院作品的定義

一、蘇軾與佛教的淵源概覽

　　蘇軾，字子瞻，又字和仲，號東坡居士。作為一名愛國愛民的士大夫，蘇軾與佛教也有著不解之緣。

　　蘇軾出生於四川眉山，宋代的四川也是佛教信仰極其盛行的一帶，從蘇軾本人的記載中可知，他的外祖父程公就曾於家中供養阿羅漢像：「軾外祖父程公，少時遊京師，還，遇蜀亂，絕糧，不能歸，因臥旅舍。有僧十六人往見之，曰：『我，公之邑人也。』各以錢二百貸之，公以是得歸，竟不知僧所在。公曰：『此阿羅漢也。』歲設大供四。公年九十，凡設二百餘供。……軾家藏十六羅漢像，每設茶供，則化為白乳，或凝為雪花桃李芍藥，僅可指名。」[註1]也正是源於程公遇僧獲救的這段因緣，才使供養羅漢這一行為延續到了蘇軾的父母一輩。蘇軾的母親同樣深信佛教，蘇軾曾在《真相院釋迦舍利塔銘（並敘）》中如此回憶：「昔予先君文安主簿贈中大夫諱洵，先夫人武昌太君程氏，皆性仁行廉，崇信三寶。捐館之日，追述遺意，捨所愛作佛事。雖力有所此，而志則無盡。」[註2]

〔註1〕（宋）蘇軾著：《十八大阿羅漢頌（並敘有跋）》，張志烈、馬德富、周裕鍇主編：《蘇軾全集校注》，第 12 冊，河北人民出版社 2010 年 6 月，石家莊第 1 版，第 2247～2254 頁。

〔註2〕（宋）蘇軾著：《真相院釋迦舍利塔銘（並敘）》，張志烈、馬德富、周裕鍇主編：《蘇軾全集校注》第 12 冊，第 2209 頁。

蘇軾的母親可謂心地慈悲，常常捨己愛而供養佛事。蘇軾的父親與僧人也有往來，蘇軾的弟弟蘇轍也有關於父親涉佛的筆墨，在《贈景福順長老二首》中，蘇轍寫到：「轍幼侍先君，聞嘗遊廬山，過圓通，見訥禪師，留連久之。元豐五年，以謫居高安，景福順公不遠百里，惠然來訪。自言昔從訥於圓通，逮與先君遊。歲月遷謝，今三十六年矣。二公皆吾里人，訥之經去已十一年。」〔註3〕總之，蘇軾可謂是出生在一個接納並親近佛教的家庭，他對佛教態度自然會受到父母等親人的影響。童年時的蘇軾也許對佛教只是管窺蠡測，但這也恰恰是打開佛教大門的開始。

對於蘇軾本人，他年少時便有在棲雲寺中讀書的經歷，據《蜀中廣記》所記載：「連鼇山在（眉州）西南九十里，山形如鼇，傍即棲雲寺，東坡少時讀書寺中。」〔註4〕而蘇軾又曾提出過「博觀而約取」〔註5〕的讀書方法，也就是要通覽群書，因此年少時的他便很可能涉讀佛典，但是這並不代表對佛教一定帶有好感，而更可能是懷著相對中立的視角看待佛教。蘇軾作品中首次出現對於佛教態度的觀點是在《王大年哀詞》一文中：「嘉祐末，予從事岐下。而太原王君諱彭，字大年，監府諸軍。……予始未知佛法，君為言大略，皆推見至隱而以自證耳，使人不疑。予之喜佛書，蓋自君發之。」〔註6〕文章所謂的「予始未知佛法」很可能是一種謙詞，但他對佛教產生好感與王大年的啟發是分不開的。蘇軾作品中正式出現關於佛教的典故還是在鳳翔時期所作的《鳳翔八觀》中，但其中對於佛陀的描寫也多是站在藝術的角度。直到蘇軾在熙寧年間任杭州通判時，他的涉佛作品中才出現了大量的個人情感色彩，與僧人的來往也尤其密切，這一點單從諸多作品的篇名即可看出，如《杭州請圓照禪師疏》、《吉祥寺僧求閣名》、《上元過祥符僧可久房，蕭然無燈火》、《宿臨安淨土寺》、《自淨土寺步至功臣寺》、《秀州報本禪院鄉僧文長老方丈》、《留別金山寶覺、圓通二長老》、《鹽官絕句四首》等等。

〔註3〕（宋）蘇轍：《贈景福順長老二首》，《江西通志》卷 152，《景印文淵閣四庫全書》第 518 冊，第 511 頁。

〔註4〕（明）曹學佺：《蜀中廣記》卷 12，《景印文淵閣四庫全書》第 591 冊，第 164 頁。

〔註5〕（宋）蘇軾著：《稼說（送張琥）》，張志烈、馬德富、周裕鍇主編：《蘇軾全集校注》第 11 冊，第 1061 頁。

〔註6〕（宋）蘇軾著：《王大年哀詞》，張志烈、馬德富、周裕鍇主編：《蘇軾全集校注》第 18 冊，第 7082～7083 頁。

　　黃州期間，經歷了烏臺詩案的蘇軾才真正對佛教產生了不一樣的依賴和情愫，他常常寄宿在寺院中，以「中道」之觀反省自身。他還自稱「東坡居士」，「閒居未免看書，惟佛經以遣日」，〔註7〕並在佛書佛經中聞思修行。當然，蘇軾也並非是一味地沉溺於釋門而不問世事，在《答畢仲舉二首》一文中，他很確切地表明了自己的態度，文中將陳述古對佛教的態度比喻為「食龍肉」，把自己對佛教的態度視為「食豬肉」。龍肉雖美，但是沒有人品嘗過，這只是人們想像中的一廂情願。而豬肉的味道也許不及龍肉，但卻是可以實實在在吃到肚子裏的。對於佛教，蘇軾多是懷著「獨時取其粗淺假說以自洗濯」〔註8〕的態度，他不會盲從於學佛，只是希望在佛書中可以吸取到對自己有益的部分。蘇軾認為「出生死，超三乘」是一種較高層面上的追求，它雖然玄妙高深，但卻脫離了現實生活。蘇軾所欣賞的態度則是「期於靜而達」，也就是希望通過佛教使自己明心見性、除卻煩惱、通達無礙，這可謂是他於佛教中所探求到的修養方式。晚年時，蘇軾又貶至惠州、儋州一帶。可以說，在蘇軾的整個中晚年階段，仕途上的屢屢不順以及漂泊不定的生活也讓他更加崇信佛教，他不僅在學佛修養上達到了新的境界，佛學也為他的文字創作產生了深遠影響。蘇軾常常將佛學典故運用於詩歌創作中，又擅長站在佛理的視角反觀生活，他曾在與參寥禪師的信中說道：「自揣省事以來，亦粗為知道者。但道心屢起，數為世樂所移奪，恐是諸佛知其難化，故以萬里之行相調伏爾」，〔註9〕可見，蘇軾雖仰慕佛道，但並不執著於佛道修行，他所希望的是借助佛教來更好地體會生活，理悟世事，以此實現人生的真正價值。

二、蘇軾的寺院作品與其定義

　　蘇軾曾創作過大量涉佛作品，在這類作品中也包含了很多關於寺院話題的文字。縱覽蘇軾一生的經歷，他與寺院也有著深厚的淵源。年少時期，他就曾和弟弟蘇轍一起在寺院讀過書，他的家鄉四川也是佛教氛圍濃鬱的地方，《成都大悲閣記》是蘇軾早年很經典的一篇寺院作品：

〔註7〕　（宋）蘇軾著：《與章子厚參政書二首》，張志烈、馬德富、周裕鍇主編：《蘇軾全集校注》第 16 冊，第 5269～5271 頁。

〔註8〕　（宋）蘇軾著：《答畢仲舉二首（黃州）》，張志烈、馬德富、周裕鍇主編：《蘇軾全集校注》第 17 冊，第 6183 頁。

〔註9〕　（宋）蘇軾著：《與參寥子二十一首（十九）》，張志烈、馬德富、周裕鍇主編：《蘇軾全集校注》第 18 冊，第 6725 頁。

大悲者，觀世音之變也。觀世音由聞而覺。始於聞而能無所聞，始於無所聞而能無所不聞。能無所聞，雖無身可也；能無所不聞，雖千萬億身可也。而況於手與目乎！雖然，非無身無以舉千萬億身之眾，非千萬億身無以示無身之至。故散而為千萬億身，聚而為八萬四千母陀羅臂、八萬四千清淨寶目，其道一爾。

昔吾嘗觀於此。吾頭髮不可勝數，而身毛孔亦不可勝數。牽一髮而頭為之動，拔一毛而身為之變。然則髮皆吾頭，而毛孔皆吾身也。彼皆吾頭而不能為頭之用，彼皆吾身而不能具身之智，則物有以亂之矣。吾將使世人左手運斤而右手執削，目數飛雁而耳節鳴鼓，首肯傍人而足識梯級，雖有智者，有所不暇矣。而況千手異執而千目各視乎？及吾燕坐寂然，心念凝默，湛然如大明鏡。人鬼鳥獸，雜陳乎吾前；色聲香味，交遘乎吾體。心雖不起，而物無不接，接必有道。即千手之出，千目之運，雖未可得見，而理則具矣。彼佛菩薩亦然。雖一身不成二佛，而一佛能遍河沙諸國。非有他也。

觸而不亂，至而能應，理有必至。而何獨疑於大悲乎？〔註10〕

當時的蘇軾對佛教雖然還不具有太多宗教意義上的情感，但通過對觀音千手千眼神通之力的描繪則可看出，年輕時候的蘇軾已經具備了一定的佛學素養。文中所展現的觀音菩薩可謂法相莊嚴、神通廣大，觀音之所以可以「千手異執」且「千目各視」，正是因為心無雜念、湛如明鏡。若凡人也能不被外物所擾，自然也能實現感通世理的境地。大悲閣之遊可謂給蘇軾留下了深刻印象，「余遊於四方二十餘年矣，雖未得歸，而想見其處」，〔註11〕儘管時隔二十餘年後，他也依舊對之念念不忘。文字融說理辯證與審美藝術於一體，不僅展現了蘇軾敬佛禮佛的虔意，也傳達了對修行的哲理性反思。

寺院話題真正大量進入蘇軾的視野還是在杭州時期，杭州寺院繁多，佛教氛圍濃鬱，蘇軾在當地不僅結識了很多才華橫溢的詩僧，也到訪過諸多寺院，比如靈隱寺、吉祥寺、法喜寺、淨土寺、功臣寺、梵天寺、水陸寺、六和寺、祥符寺等等，寺院之多可謂數不勝數。蘇軾自己曾說過：「三百六十寺，幽尋遂窮

〔註10〕（宋）蘇軾著：《成都大悲閣記》，張志烈、馬德富、周裕鍇主編：《蘇軾全集校注》第 11 冊，第 1249～1250 頁。

〔註11〕（宋）蘇軾著：《成都大悲閣記》，張志烈、馬德富、周裕鍇主編：《蘇軾全集校注》第 11 冊，第 1250 頁。

年。所至得其妙，心知口難傳」，〔註12〕他對杭州寺院的美好風光可謂情有獨鍾。

　　元豐年間，蘇軾經歷了「烏臺詩案」，貶謫黃州之後，寺院也是他常常喜歡去的地方，比如定惠院、安國寺、承天寺等等。蘇軾還喜歡在寺院中坐禪靜思，他的《黃州安國寺記》以及《記承天夜遊》也成為了後人傳頌的佳作。

　　晚年時期蘇軾貶謫嶺南，嶺南地區的佛學氛圍自然不如蘇杭以及中原一帶，「無佳寺院，無士人，無醫藥」。〔註13〕在這樣一個環境險惡、地僻人稀的地帶，宗教場所自然成為了蘇軾的內心依託。在《月華寺》一詩中，蘇軾寫到：「僧言此地本龍象，興廢反掌曾何艱。高岩夜吐金碧氣，曉得異石青爛斑。坑流窟發錢湧地，暮施百鎰朝千鍰。此山出寶以自賊，地脈已斷天應慳。我願銅山化南畝，爛漫黍麥蘇甍鰥。道人修道要底物，破鐺煮飯茅三間。」〔註14〕蘇軾還曾到訪過峽山寺：「天開清遠峽，地轉凝碧灣。我行無遲速，攝衣步屏顏。山僧本幽獨，乞食況未還。雲碓水自舂，松門風為關。石泉解娛客，琴築鳴空山。佳人劍翁孫，遊戲暫人間。忽憶嘯雲侶，賦詩留玉環。林深不可見，霧雨霾鬐鬢。」〔註15〕此外，蘇軾與南華寺也有不解之緣，他在南華寺見到慧能真身時淚流滿臉，且與南華寺的重辨長老感情甚深。蘇軾曾先後創作過《六祖塔功德疏》《卓錫泉銘》以及《南華寺六祖塔功德疏》等作品，同時也借文字對南禪宗明心見性的悟道境界深有感觸。

　　總之，通過粗略的觀察，筆者認為，蘇軾的寺院作品基本可以串聯出他的情感變遷與生活史。所以，對蘇軾寺院作品的研究不僅有助於填補蘇軾佛教思想研究領域的空白，也為蘇軾這一人物形象的塑造提供了新的視角。由於蘇軾關於寺院話題的文字繁多而又駁雜，因此在本文中，筆者將蘇軾的寺院作品定義為：一切以寺院為書寫對象或以寺院為背景及話題所創作的文字，它不僅包含對寺院的客觀介紹，同時也涵蓋了以寺院為載體所涉及到的人、物、情、理、事、景等方面的描寫。

〔註12〕（宋）蘇軾著：《懷西湖寄晁美叔同年》，張志烈、馬德富、周裕鍇主編：《蘇軾全集校注》第 2 冊，第 1301 頁。

〔註13〕（宋）蘇軾著：《與王庠五首（二）》，張志烈、馬德富、周裕鍇主編：《蘇軾全集校注》第 18 冊，第 6587 頁。

〔註14〕（宋）蘇軾著：《月華寺（寺鄰岑水場，施者皆坑戶也。百年間，蓋三焚矣）》，張志烈、馬德富、周裕鍇主編：《蘇軾全集校注》第 7 冊，第 4397 頁。

〔註15〕（宋）蘇軾著：《峽山寺（傳奇所記孫恪、袁氏事，即此寺。至今有人見白猿者）》，張志烈、馬德富、周裕鍇主編：《蘇軾全集校注》第 7 冊，第 4409 頁。

第二節　研究寺院作品的時代背景及意義

一、北宋佛教寺院的繁榮及世俗化

　　北宋時期的佛教發展雖不及南北朝之興盛，但歷代帝王多崇信佛教，自然對寺院的發展及維護予以了更多的重視。以《東京夢華錄》為例，這部作品可謂詳細記述了北宋開封府的社會生活以及文化民俗：

　　　　上清宮在新宋門裏街北，以西茆山下院。醴泉觀在東水門裏。
　　　　觀音院在舊宋門後太廟南門。景德寺在上清宮背，寺前有桃花洞，
　　　　皆妓館。開寶寺在舊封丘門外斜街子，內有二十四院，惟仁王院最
　　　　盛。天清寺在州北清暉橋。興德院在金水門外。長生宮在鹿家巷。
　　　　顯寧寺在炭場巷。北婆臺寺在陳州門裏。兜率寺在紅門道。地踴佛
　　　　寺在州西草場巷街。南十方靜因院在州西油醋巷。浴室院在第三條
　　　　甜水巷。福田院在舊曹門外。報恩寺在卸鹽巷。太和宮女道士在州
　　　　西洪橋子大街。洞元觀女道士在班樓北。瑤華宮在金水門外。萬壽
　　　　觀在舊酸棗門外十王宮前。〔註16〕

　　從這段文字看，當地的寺院道觀可謂鱗次櫛比，一片繁盛景象盡顯無遺。而每年的臘八節還是釋迦牟尼的成道之日，這一天的大街小巷更是熱鬧非凡：

　　　　十二月，街市盡賣撒佛花、韭黃、生菜、蘭芽、勃荷、胡桃、
　　　　澤州錫。初八日，街巷中有僧尼三五人作隊念佛，以銀銅沙羅或好
　　　　盆器，坐一金銅或木佛像，浸以香水，楊枝灑浴，排門教化。諸大
　　　　寺作浴佛會，並送七寶五味粥與門徒，謂之「臘八粥」。都人是日各
　　　　家亦以果子雜料煮粥而食也。臘日，寺院送面油與門徒，卻入疏教
　　　　化上元燈油錢。閭巷家家互相遺送。是月景龍門預賞元夕於寶籙宮，
　　　　一方燈火繁盛。二十四日交年，都人至夜請僧道看經，備酒果送神，
　　　　燒閤家替代錢紙，帖灶馬於灶上。以酒糟塗抹灶門，謂之「醉司命」。
　　　　夜於床底點燈，謂之「照虛耗」。此月雖無節序，而豪貴之家，遇雪
　　　　即開筵，塑雪獅，裝雪燈以會親舊。近歲節，市井皆印賣門神、鍾
　　　　馗、桃板、桃符，及財門鈍驢、回頭鹿馬、天行帖子。賣乾茄瓠、馬
　　　　牙菜、膠牙錫之類，以備除夜之用。自入此月，即有貧者三數人為

〔註16〕　（宋）孟元老原著，姜漢椿譯注：《東京夢華錄全譯》，貴陽：貴州人民出版社，
　　　　2009 年 3 月，第 50 頁。

一火，裝婦人神鬼，敲鑼擊鼓，巡門乞錢，俗呼為「打夜胡」，亦驅祟之道也。〔註17〕

整個市場上熙熙攘攘，僧人也是成群結隊在街頭中誦經祈福。不僅大街小巷如此，寺院之中也猶如鬧市一般：

> 相國寺每月五次開放，萬姓交易。大三門上皆是飛禽貓犬之類，珍禽奇獸·無所不有。第二三門皆動用什物，庭中設彩幕，露屋義鋪，賣蒲合簟席、屏幃洗漱、鞍轡弓劍、時果、脯臘之類。近佛殿，孟家道院王道人蜜煎，趙文秀筆，及潘谷墨占定。兩廊皆諸寺師姑賣繡作、領抹、花朵、珠翠、頭面、生色銷金花樣襆頭、帽子、特髻、冠子、絛線之類。殿後資聖門前，皆書籍玩好圖畫，及諸路散任官員土物香藥之類。後廊皆日者貨術、傳神之類。〔註18〕

寺院中的商業經濟也非常發達，各類食品、日常用品皆有所交易。從這些文字皆可看出，寺院已經遠不是一個遠離紅塵的修行場所，百姓與僧眾匯聚在一起，各種買賣進行得如火如荼。寺院中的世俗色彩也愈加濃厚，這也為士大夫提供了更多出入寺院的機會。而開封作為北宋的政治核心地帶，如此濃厚的佛教信仰也會散射到其他地域。對於宋王朝，他們希望借用佛教的因果輪迴來穩定統治，安定民心；對於佛門弟子而言，佛教的生存也進入了瓶頸口，「始則安史作難，中因會昌廢除，後因五代兵火，教藏滅絕，幾至不傳」，〔註19〕因此他們寄希望於儒釋融合，以此重新使得佛教振興。而朝廷中的士大夫也多以習禪為雅，哪怕是排佛人士也加入了誦讀佛經之列，比如張商英就是一個廣為傳頌的例子，「張商英初仕，因入僧寺見藏經嚴整，怫然曰：『吾孔聖之教不如胡人之書耶？』夜坐長思，憑紙擱筆。妻向氏曰：『何不睡去？』商英曰：『吾正此著《無佛論》。』向曰：『既言無佛，何論之有？當著有佛論可耳。』商英默而止。後詣同列見佛龕前《維摩詰》經，信手開視有云：『此病非地大，亦不離地大。』倏然會心，因借歸細讀。向曰：『讀此經始可著無佛論。』商英聞而大悟，由是深信其道。」〔註20〕這些都無一例外地推動了佛教的重振，寺院的繁盛與世俗化也是一個自然的趨勢。因此，

〔註17〕（宋）孟元老原著，姜漢椿譯注：《東京夢華錄全譯》，第 198 頁。
〔註18〕（宋）孟元老原著，姜漢椿譯注：《東京夢華錄全譯》，第 45 頁。
〔註19〕（元）懷則撰述：《天台傳佛心印記》，《大正藏》第 46 冊，第 934 頁上。
〔註20〕（宋）志磐撰：《佛祖統紀》，《大正藏》第 49 冊，第 415 頁中。

在這樣的時代背景下研究蘇軾的寺院作品，也為觀察宋代寺院與紅塵之間的關係提供了一個視角。

二、宋代文人與寺院作品的創作

通過上文可知，宋代寺院已經遠遠不是僧人獨有的修行場所，寺院生活與世俗生活的交融也為文人士大夫的日常活動注入了更多新鮮的元素。其一，宋代寺院的開放與繁榮可謂為當時的文人提供了讀書以及棲身的場所。北宋文人范仲淹年少時家境清貧，他曾在醴泉寺中讀書，「范文正公讀書長白山僧舍，日惟煮粟米二升，作粥一器，經宿遂凝，以刀畫為四塊，早飯取二塊，斷韲十數莖，醋汁半盂，入少鹽，暖而啗之，如此者三年。」〔註21〕寺院生活雖說清苦，但范仲淹斷韲畫粥的故事也成為了後人一直傳頌的佳話。又如林逋在詩中也記載過書生在寺院中讀書的故事：「肄業寄僧房，暑天湖上涼。竹風過枕簟，梅雨潤巾箱。引步青山影，供吟白鳥行。明年重訪舊，身帶桂枝香。」〔註22〕此詩正是記述了一位秀才在寺院中勤奮讀書的情景。此外，蘇東坡被貶黃州時常常置身於安國寺「焚香默坐，深自省察」〔註23〕。還有魏了翁的友人洪舜俞：「寶慶元年，吾友洪舜俞自考功郎言事罷歸於潛，讀書天目山下寶福寺」，〔註24〕他也曾因官場不順而在寺院中修養心性。總之，對於那些或因環境需求或因身心不順的文人而言，他們會將寺院視為自己的一席安身之地，這樣的經歷自然會為文人與寺院作品的創作提供了更為豐富的素材。其二，宋代佛教的繁榮與文字禪的盛行也讓文人士大夫們有了更多親近僧人以及佛寺的機會。文字禪在探討生命本質的前提下又不失風雅與詼諧，它更加貼近宋代文人的審美素養與藝術追求。與此同時，宋代諸多僧人也逐漸擺脫了單純的清修模式，文學氣質的提升也讓他們博得了很多文人的好感，許多僧人積極研讀儒家典籍，這也很大程度地拉近了僧眾與儒士的距離。比如王禹偁對贊寧的欣賞：「釋子謂佛書為內典，謂儒書為外學。工詩則眾，工文則鮮。並是四者，其惟

〔註21〕 （明）周召：《雙橋隨筆》卷9，《景印文淵閣四庫全書》第724冊，第488頁。

〔註22〕 （宋）林逋著，沈幼徵校注：《林和靖集》，杭州：浙江古籍出版社，2015年12月，第37頁。

〔註23〕 （宋）蘇軾著：《黃州安國寺記》，張志烈、馬德富、周裕鍇主編：《蘇軾全集校注》第11冊，第1237頁。

〔註24〕 （宋）魏了翁：《洪氏天目山房記》，曾棗莊、劉琳主編：《全宋文》第310冊，上海：上海辭書出版社，2006年8月，第436頁。

大師。」〔註25〕又如蘇軾稱讚惟度大師「器宇落落可愛，渾厚人也。能言唐末、五代事傳記所不載者，因是與之遊甚熟。」〔註26〕當然，這其中並不排除僧人借詩歌有意弘法：「始以詩句牽勸，令入佛智，行化之意本。」〔註27〕無論初衷如何，宋代士大夫與僧人之間的交往酬唱已成為了不爭的實事。

　　在這樣的環境與社會背景之下，諸如蘇軾、張商英、黃庭堅、陳師道以及張方平等這樣的文人雅士自然有了更多接觸僧人以及寺院的途徑。在仕途生活之餘，他們也喜好寄身於叢林中參禪問道。而宋代寺院又是兼具宗教與世俗的雙重性，因此出入於佛門也就成為了平常之事。他們筆下的寺院作品並非是泛泛之談，雖著眼於叢林，但卻從未脫離對生命本質的探索，這也決定了文人筆下的寺院作品與僧人作品在根本上的區別。因此，本文的意義亦是希望借蘇軾的寺院作品來觀察宋代寺院的多重社會價值，並對蘇軾本人的形象刻畫進行更深一層的瞭解。

〔註25〕（宋）王禹偁：《左街僧錄通惠大師文集序》，曾棗莊、劉琳主編：《全宋文》第 8 冊，第 27 頁。

〔註26〕（宋）蘇軾著：《中和勝相院記》，張志烈、馬德富、周裕鍇主編：《蘇軾全集校注》第 11 冊，第 1211～1212 頁。

〔註27〕（宋）贊寧撰：《宋高僧傳》，《大正藏》第 50 冊，第 891 頁下。

第二章　蘇軾寺院作品的體裁研究

第一節　寺院記體文

一、「記」體文概觀與蘇軾的記體文

　　「記」是一種非常早的文體，宋代的陳騤在《文則》中提到：「大抵文士題命篇章，悉有所本。自孔子為《書》作序，文遂有序；自孔子為《易》說卦，文遂有說；自有《曾子問》、《哀公問》之類，文遂有問；自有《考工記》、《學記》之類，文遂有記；自有《經解》、《王言解》之類，文遂有解。自有《辯政》、《辯物》之類，文遂有辯；自有《樂論》、《禮論》之類，文遂有論；自有《大傳》、《間傳》之類，文遂有傳。」〔註1〕這是比較詳實的關於「記」體的論說文字。而關於這種體裁的發展，徐師曾曾在《文體明辨序說》中提到：「按《金石例》云：『記者，記事之文也。』《禹貢》、《顧命》，乃記之祖；而記之名，則昉於《戴記》、《學記》諸篇。厥後揚雄作《蜀記》，而《文選》不列其類，劉勰不著其說，則知漢魏以前，作者尚少，其盛自唐始也。」〔註2〕易知，唐代以前的記體文並不多見。直到唐代以後，比如柳宗元曾寫過諸多篇山水遊記，更是成為了當時記體文的典範。正如曾國藩所說：「所以記雜事者，經如禮記，投壺深衣。內則少儀、周禮之考工記，皆是。後世古文家修造宮室有記，

〔註1〕　（宋）陳騤著，劉彥成注譯：《文則注譯》，北京：書目文獻出版社，1988 年 2
　　　　月，第 24 頁。
〔註2〕　（明）徐師曾著，羅根澤校點：《文體明辨序說》，北京：人民文學出版社，1998
　　　　年 5 月，第 145 頁。

遊覽山水有記，以及記器物記瑣事，皆是。」〔註3〕

到了宋代，「記」體文也依舊保持著發展並實現著突破，這類文字不僅能最大程度地還原真實生活，甚至更偏重於論述性。明代的吳訥在《文章辨體序說》中曾說到：

> 記之文，《文選》弗載，後之作者，固以韓退之《畫記》、柳子厚之遊山諸記為體之正。然觀韓之《燕喜亭記》，亦微載議論於中。至柳之記新堂、鐵爐步，則議論之辭多矣。迨至歐蘇而後，始專有以議論為記者，宜乎後山諸老以是為言也。

> 大抵記者，蓋所以備不忘，如記營建，當記日月之久近，工費之多少，主佐之姓名，敘事之後，略作議論以結之，此為正體。至若范文正公之《記嚴祠》、歐陽文忠公之《記晝錦堂》、蘇東坡之《記山房藏書》、張文潛之《記進學齋》、晦翁之作《婺源書閣記》，雖專尚議論，然其言足以垂世而立教，弗害其為體之變也。學者以是求之，則必有以得之矣。〔註4〕

易知，「記」這種文體隨著後期的發展，已經逐漸實現了向議論體的轉型。而在宋代諸多文人的作品裏，記體文中同樣出現了更多議論性的文字。比如，宋初曾大力倡導詩文改革的王禹偁，就是典型的以論為記的代表，他曾寫過一篇《待漏院記》：

> 天道不言，而品物亨、歲功成者，何謂也？四時之吏，五行之佐，宣其氣矣。聖人不言而百姓親、萬邦寧者，何謂也？三公論道，六卿分職，張其教矣。是知君逸於上，臣勞於下，法乎天也。古之善相天下者，自皋、夔至房、魏，可數也，是不獨有其德，亦皆務於勤耳，況夙興夜寐，以事一人。卿大夫猶然，況宰相乎！朝廷自國初因舊制，設宰臣待漏院於丹鳳門之右，示勤政也。至若北闕向曙，東方未明，相君啟行，煌煌火城；相君至止，噦噦鑾聲。金門未闢，玉漏猶滴，徹蓋下車，於焉以息。待漏之際，相君其有思乎？

> 其或兆民未安，思所泰之；四夷未附，思所來之。兵革未息，

〔註3〕（清）曾國藩著，李翰祥編輯：《曾國藩文集3》，九州圖書出版社，1997年8月，第259頁。

〔註4〕（明）吳訥著，于北山校點：《文章辨體序說》，北京：人民文學出版社，1998年5月，第41～42頁。

何以弭之；田疇多蕪，何以闢之。賢人在野，我將進之；佞臣立朝，我將斥之。六氣不和，災眚薦至，願避位以禳之；五刑未措，欺詐日生，請修德以釐之。憂心忡忡，待旦而入，九門既啟，四聰甚邇。相君言焉，時君納焉。皇風於是乎清夷，蒼生以之而富庶。若然，總百官、食萬錢，非幸也，宜也。

其或私仇未復，思所逐之；舊恩未報，思所榮之。子女玉帛，何以致之；車馬器玩，何以取之。奸人附勢，我將陟之；直士抗言，我將黜之。三時告災，上有憂也，構巧詞以悅之；群吏弄法，君聞怨言，進諂容以媚之。私心慆慆，假寐而坐，九門既開，重瞳屢回。相君言焉，時君惑焉。政柄於是乎隳哉，帝位以之而危矣。若然，則下死獄、投遠方，非不幸也，亦宜也。

是知一國之政，萬人之命，懸於宰相，可不慎歟？復有無毀無譽，旅進旅退，竊位而苟祿，備員而全身者，亦無所取焉。

棘寺小吏王某為文，請志院壁，用規於執政者。〔註5〕

此文雖以記為名，但通篇卻是對宰相待朝拜時所思所想的描寫，通過將宰相分為憂國憂民的賢相與以及禍國殃民的奸相，表達了作者對現實政治的擔憂。全文從思索到議論，可謂環環相扣，內容飽滿豐富又富有批判性，已經遠遠超越了「記」體文所承載的內容。

同樣具有代表性的還有范仲淹的《岳陽樓記》：

予觀夫巴陵勝狀，在洞庭一湖。銜遠山，吞長江，浩浩湯湯，橫無際涯，朝暉夕陰，氣象萬千，此則岳陽樓之大觀也，前人之述備矣。然則北通巫峽，南極瀟湘，遷客騷人，多會於此，覽物之情，得無異乎？

若夫淫雨霏霏，連月不開，陰風怒號，濁浪排空，日星隱曜，山嶽潛形，商旅不行，檣傾楫摧，薄暮冥冥，虎嘯猿啼。登斯樓也，則有去國懷鄉，憂讒畏譏，滿目蕭然，感極而悲者矣。

至若春和景明，波瀾不驚，上下天光，一碧萬頃，沙鷗翔集，錦鱗游泳，岸芷汀蘭，鬱鬱青青。而或長煙一空，皓月千里，浮光躍金，靜影沉璧，漁歌互答，此樂何極！登斯樓也，則有心曠神怡，

〔註5〕（宋）呂祖謙編撰：《皇朝文鑑》卷第七十七，《四部叢刊》景常熟瞿氏鐵琴銅劍樓藏宋刊本，1659～1660頁。

寵辱偕忘，把酒臨風，其喜洋洋者矣。

嗟夫！予嘗求古仁人之心，或異二者之為，何哉？不以物喜，不以己悲，居廟堂之高則憂其民，處江湖之遠則憂其君。是進亦憂，退亦憂。然則何時而樂耶？其必曰「先天下之憂而憂，後天下之樂而樂」乎！噫！微斯人，吾誰與歸？〔註6〕

作者創作此文時正值貶謫，本可獨善其身，但卻依舊不忘國憂民，置個人榮辱於外。此文以洞庭湖的壯觀景色為開端，進一步借景抒情、覽物言志。文章將寫景、敘事、抒情、論理融為一體，以獨特的方式表達了自己對政治理想的立場和堅持。

而蘇軾也是一向反對華而不實的寫作風格。在早年，蘇軾的父親蘇洵從京城回來後，便感慨當今文字創作徒有文藻而內容空洞：「自今以往，文章其日工，而道將散矣。士慕遠而忽近，貴華而賤實，吾已見其兆矣。」〔註7〕在他看來，鳧繹先生的文字卻充滿了現實價值：「先生之詩文，皆有為而作，精悍確苦，言必中當世之過，鑿鑿乎如五穀必可以療饑，斷斷乎如藥石必可以伐病。其遊談以為高，枝詞以為美者，先生無一言焉。」〔註8〕蘇軾對父親的話牢記在心，二十餘年後明白父親所言不虛：「士之為文者，莫不超然出於形器之表，微言高論，既已鄙陋漢、唐，而其反覆論難，正言不諱，如先生之文者，世莫之貴矣。」〔註9〕甚至對待自己的學生秦觀，蘇軾更是直言不諱：

秦少游自會稽入京見東坡。坡云：「久別當作文甚勝，都下盛唱公『山抹微雲』之詞。」秦遜謝。坡遽云：「不意別後，公卻學柳七秦。」答曰：「某雖無識，亦不至是，先生之言，無乃過乎？」坡云：「『銷魂當此際』，非柳詞句法乎？」秦慚服，又問別作何詞，秦舉『小樓連苑，橫空下窺，繡轂雕鞍驟。』坡云：「十三個字，只說得

〔註6〕（宋）范仲淹：《岳陽樓記》，曾棗莊、劉琳主編：《全宋文》第18冊，第420～421頁。

〔註7〕（宋）蘇軾著：《鳧繹先生文集敘》，張志烈、馬德富、周裕鍇主編：《蘇軾全集校注》第11冊，第968頁。

〔註8〕（宋）蘇軾著：《鳧繹先生文集敘》，張志烈、馬德富、周裕鍇主編：《蘇軾全集校注》第11冊，第968～969頁。

〔註9〕（宋）蘇軾著：《鳧繹先生文集敘》，張志烈、馬德富、周裕鍇主編：《蘇軾全集校注》第11冊，第969頁。

一個人騎馬樓前過。」〔註10〕

在蘇軾看來，秦觀以十三個字僅描述了一個人騎馬從樓前經過，是非常浪費筆墨的。朱熹曾對歐陽修以及蘇軾如實創作的原則加以讚歎：「作文字須是靠實，說得有條理乃好，不可架空細巧。大率要七分實，只二三分文。如歐公文字好者，只是靠實而有條理，如《張承業》及《宦者》等傳自然好。東坡如《靈璧張氏園亭記》最好，亦是靠實。秦少游《龍井記》之類全是架空說去，殊不起發人意思。文章要理會本領。前輩作者多讀書，亦隨所見理會，今皆仿賢良進卷胡作。」〔註11〕他也尤其反對浮誇的寫作手法：「今執筆以習研鑽華采之文，務悅人者，外而已，可恥也矣」。〔註12〕這一點與蘇軾的創作理念可謂如出一轍。

二、從蘇軾的作品看宋代寺院寺院記體文的特點

在張志烈先生點校的《蘇軾全集校注》中，文集卷十一與卷十二收集了蘇軾的記體文，其中共 61 篇。除此之外，在提拔（遊記）類的作品中，也有數篇以「記」命名的文章，如《記羅浮異境》、《記遊定惠院》、《記承天夜遊》、《記遊松風亭》等等，縱觀蘇軾的文章，這種記體文幾乎涉及到了生活的方方面面，其寫作視野不僅只限於個人的內心情感，同時也兼具社會與歷史價值。

在這諸多篇記體文中，其中關於寺院話題的作品也佔了相當比例。但這類文章並非是只是單純的記述性文字，甚至更加注重理論與議論性功能。例如，蘇軾早年時的《四菩薩閣記》更像是一篇對先父的追憶，並以此為背景記述了自己與四畫板的特殊因緣。《中和勝相院記》用大量篇幅描繪了佛教修行之難，通過對那些有實無名的不良之輩的批評，讚美了惟度、惟簡的精進過人。《鹽官大悲閣記》同樣著眼於現實，蘇軾不僅揭露了徒有其名且只知空談的學者，更是對那些散於戒律，亂於本心的偽學佛者進行了批判。貶謫黃州時，蘇軾則更加注重個人內心情感的抒發，其中的《勝相院經藏記》《記承天夜遊》《黃州安國寺記》以及《記遊定惠院》則花了更多筆墨記述了對自我的反思以及在寺

〔註10〕（明）徐釚撰：《詞苑叢談》卷 3，《景印文淵閣四庫全書》第 1494 冊，第 606 頁。

〔註11〕（宋）朱熹撰，朱傑人、嚴佐之、劉永翔主編：《朱子全書（第 18 冊）》，上海：上海古籍出版社，合肥：安徽教育出版社，2002 年 12 月，第 4315 頁。

〔註12〕（宋）朱熹撰，朱傑人、嚴佐之、劉永翔主編：《朱子全書（第 18 冊）》，第 4314 頁。

院生活時的內在體驗。而到了晚年，蘇軾的文字則充滿了更多的平和與淡然，比如《記遊白水岩》中，全篇即是對山水路境的描寫。又如《記遊松風亭》，通過寥寥數字對步遊松風亭的記載，自然而然地展現了「心若掛鉤之魚」的解脫之境。另外在他的《虔州崇慶禪院新經藏記》一文中，蘇軾一方面聲稱自己「非學佛者」，另一方面又感慨因年老而無暇「託於佛僧之宇」，字裏行間透露了更多的曠達圓融。而人生末年所作的《廣州東莞縣資福禪寺羅漢閣記》則更像是多年來對佛學探索的反思，關於對治眾生的煩惱，蘇軾認為其關鍵在於「捨」。對於坐地不動便可獲得快樂的嶺海人，蘇軾雖深知他們的施捨是出於慚愧與懼怕，但也認為他們的善心是四方天下無可比擬的。顯然，蘇軾晚年時期的文字創作依舊緊緊圍繞於現實生活，但卻流露了更多的淡泊與豁達。

　　上述作品雖多以寺院命名，但對寺院中宗教建築的描述並不多，反倒以論述為重心，而文章的題目卻皆以「記」的形式命名。對於這一特點，其一即是緣於宋代信仰的世俗化。關於佛門中的種種問題，蘇軾不可能視而不見：

> 聖人之所為惡夫異端盡力而排之者，非異端之能亂天下，而天下之亂所由出也。昔周之衰，有老聃、莊周、列禦寇之徒，更為虛無淡泊之言，而治其猖狂浮游之說，紛紜顛倒，而卒歸於無有。由其道者，蕩然莫得其當，是以忘乎富貴之樂，而齊乎死生之分，此不得志於天下，高世遠舉之人，所以放心而無憂。雖非聖人之道，而其用意，固亦無惡於天下。……莊、老之後，其禍為申、韓。由三代之衰至於今，凡所以亂聖人之道者，其弊固已多矣，而未知其所終，奈何其不為之所也？〔註13〕

> 今士大夫至以佛老為聖人，粥書於市者，非莊老之書不售也。讀其文，浩然無當而不可窮；觀其貌，超然無著而不可挹。豈此真能然哉？蓋中人之性，安於放而樂於誕耳。使天下之士，能如莊周齊死生，一毀譽，輕富貴，安貧賤，則人主之名器爵祿，所以礪世摩鈍者廢矣。〔註14〕

也正如上文所說的，蘇軾尤其反對虛談空論，釋文道書本身並無過，但當

〔註13〕　（宋）蘇軾著：《韓非論》，張志烈、馬德富、周裕鍇主編：《蘇軾全集校注》第 10 冊，第 346～347 頁。

〔註14〕　（宋）蘇軾著：《議學校貢舉狀》，張志烈、馬德富、周裕鍇主編：《蘇軾全集校注》第 13 冊，第 2845～2848 頁。

時的許多人並沒有領會其中的精髓，片面的理解讓他們貌似尋求到了浩蕩超然之感，但實際卻碌碌無為且盜世欺名，這些行為皆是有誤國政的。因此，涉及到寺院話題的文字恐怕很難迴避這些問題。

其二，從文體學的視角看，蘇軾寺院作品中的「記」體文雖偏重論述，但「論」這種文體是需要嚴密的論據和推理的，劉勰在《文心雕龍·論說》講到：「論也者，彌綸群言，而研精一理者也。」〔註15〕顯然，「論」是需要概括各家之言並結出一個道理。「逮江左群談，惟玄是務；雖有日新，而多抽前緒矣。至如張衡《譏世》，韻似俳說；孔融《孝廉》，但談嘲戲；曹植《辨道》，體同書抄；才不持論，寧如其已」，〔註16〕在劉勰看來，東晉時的很多文人皆喜好玄虛空談，有些文字雖有新的解釋，但也不過是抽引前人的話頭罷了。寫作時如果沒有正確詳實的論點，則與真正的論文大相徑庭。而寺院作品所涉及到的信仰領域中的問題本身就比較複雜，另外精神層面的論述難免又會摻雜個人情感色彩，所以，用議論體恐怕並不容易實現真正的寺院書寫。

其三，以論為記的特點也與宋代文字禪的流行有關，惠洪之後的人們對機鋒辨禪產生了濃鬱的興趣，當時的諸多士大夫也加入了學佛參禪的隊伍，「近來朝野客，無座不談禪」〔註17〕正是這樣的寫照。除此之外，這種辯述的主要載體之一是文字，所以對於文人而言，他們眼中的學佛參禪並不是傳統的觀誦佛書佛經，借寺記來闡佛理、論佛事則成為了主流趨勢。比如蘇軾的父親蘇洵在《彭州圓覺禪院記》中如此描述：

> 人之居乎此也，其必有樂乎此也。居斯樂，不樂，不居也。居而不樂，不樂而不去，為自欺，且為欺天。蓋君子恥食其食而無其功，恥服其服而不知其事，故居而不樂，吾有吐食脫服以逃天下之譏而已耳。天之畀我以形，而使我以心馭也。今日欲適秦，明日欲適越，天下誰我御？故居而不樂，不樂而不去，是其心且不能馭其形，而況能以馭他人哉？自唐以來，天下士大夫爭以排釋老為言，故其徒之欲求知於吾士大夫之間者，往往自叛其師以求其容於吾，而吾士大夫亦喜

〔註15〕　（南朝梁）劉勰著，（清）黃叔琳注，（清）紀昀評，李詳補注，劉咸炘闡說，戚良德輯校：《文心雕龍》，上海：上海古籍出版社，2015 年 11 月，第 116 頁。

〔註16〕　（南朝梁）劉勰著，（清）黃叔琳注，（清）紀昀評，李詳補注，劉咸炘闡說，戚良德輯校：《文心雕龍》，第 117 頁。

〔註17〕　（宋）司馬光著：《戲呈堯夫》，李之亮箋注：《司馬溫公集編年箋注 2》，成都：巴蜀書社，2009 年 02 月，第 488 頁。

其來而接之以禮。靈師、文暢之徒，飲酒食肉以自絕於其教。嗚呼，歸爾父子，復爾室家，而後吾許爾以叛爾師。父子之不歸，室家之不復，而師之叛，是不可以一日立於天下。」〔註18〕

　　此文不同於一般樓院建築等記體文，雖以「記」為名卻以「論」為核心，開篇便以議論的表達方式表明人應該言行一致、表裏如一，進而闡述了做人為官之理。文末作者通過對保聰以及其師品性的讚美，再次批判了某些為官者懶政投機的心態。此文通過較多筆墨介紹了為保聰作文的緣由，將僧人的優良品質與禪院名字的由來結合在一起，可謂妙筆生花。

　　張商英的《普通寺記》同時採取了類似的寫作手法：「其究竟成就，則遍滿十方，各從五體，同放寶光，交加相羅，猶如寶網。蓋道至於融，則光無不照。義至於了，則神無不通」，〔註19〕作品通過描繪如來的莊嚴形象闡釋了自己對佛法的理解；又如黃庭堅的《普覺禪寺轉輪藏記》，全篇即是黃庭堅與禪師關於佛理之間的探討。

　　當然，宋代不少排佛者也會積極撰寫一些寺院作品，比如歐陽修的《湘潭縣修藥師院佛殿記》，文中介紹了一位李氏商人募捐建廟的故事：「聞浮屠之為善，其法曰：『有能捨己之有以崇飾尊嚴，我則能陰相之，凡有所欲，皆如志。』乃曰：『盍用我之有所得，於此施以報焉，且為善也。』於是得此寺廢殿而新之，又如其法，作釋迦佛、十六羅漢塑像皆備。……視其色，若欲得予記而不敢言也。因善其以賈為生，而能知夫力少而得厚以為幸，又知在上者庇己而思有以報，顧其所為之心又趨為善，皆可喜也，乃為之作記。」〔註20〕歐陽修遇到了一位為求善報而施舍於寺廟的商人，他本人雖曾聲稱「為佛者，棄其父子，絕其夫婦，於人之性甚戾，又有蠶食蟲蠹之弊」，〔註21〕但卻被商人的向善之心所動容，因此便親自為他寫了這篇記文。此文同樣也是寺院記體文，但通篇卻在介紹商人的行善之舉。

　　除此之外，當時大力排佛的李覯也曾寫過《太平院浴室記》《建昌軍景德

〔註18〕　（宋）蘇洵：《彭州圓覺禪院記》，曾棗莊、劉琳主編：《全宋文》第 43 冊，第 168 頁。

〔註19〕　（宋）張商英：《普通寺記》，曾棗莊、劉琳主編：《全宋文》第 102 冊，第 179 頁。

〔註20〕　（宋）歐陽修撰，李之亮箋注：《歐陽修集編年箋注 4》，成都：巴蜀書社，2007 年 12 月，第 182 頁。

〔註21〕　（宋）歐陽修：《本論（下）》，曾棗莊、劉琳主編：《全宋文》第 34 冊，第 368 頁。

寺重修大殿並造彌陀閣記》《景德寺新院記》《承天院羅漢閣記》等諸多文章。
其中的《修梓山寺殿記》也是毫不保留地對佛門加以批評：「天下名山水域，
為佛墜者什有八九。其次一泉一石，含清吐寒，粗遠塵俗處，靡不為桑門所蹈
籍。蓋佛之威靈赫赫於世，僧之辯慧有以得之。故國不愛其土，民不愛其財，
以割以裂，奉事之弗暇。」〔註22〕在他看來，佛教寺院過度地佔用土地會導致
民墮落財衰。當然，李覯對於寺院經濟也並非只是一味否定，他在一篇《撫州
菜園院記》講到了可棲對於菜園院復興的夙願：「吾常患吾佛之徒將遊吾州而
未能進，必休於近郊之逆旅，乞錢炊食，雜於博徒倡女間，甚污吾法。今茲院
與城相望，果能興之，以捨吾徒，豈不滿志？」〔註23〕可棲認為僧人隨處居宿
是有污佛法的，而恰好李覯同樣也是一個重視社會秩序的人，他雖為排佛之
士，但對修復菜園院的支持也正是體現了他對社會制度的維護。可以看出，宋
人筆下的寺院記文一定程度上也展現自己的社會原則和立場。

　　最後一點，宋人在寺院寫作中對記事、闡理以及抒情等方面皆有所涉，並
遠遠超過了對寺院本身的關注，也正如蘇門六君子中的陳師道所言：「退之之
記，記其事耳；今之記，乃論也。」〔註24〕宋人作記已經顯然不同於唐代，蘇
軾的文章亦是如此，他向來反對空泛浮誇的寫作，而所謂的「記」體文，就是
要紀實，甚至是探討一件事的來龍去脈。而對於寺院作品而言，若僅僅以寺院
本身為對象去進行創作，其發揮空間是很有限的，例如蘇舜欽曾受惠源法師之
託，為蘇州的水月禪院寫過一篇記文：

　　　　予乙酉歲夏四月，來居吳門，始維舟，即登靈巖之顛，以望太湖，
　　俯視洞庭山，嶄新特起，霞雲采翠，浮動於滄波之中。予時據闌竦首，
　　精爽下墮，欲乘清風，跨落景，以翱翔乎其間，莫可得也。自爾平居，
　　鈣然思於一到，惑於險說，卒未果行，則常若有物膈塞於胸中。是歲
　　十月，遂招徐、陳二君，浮輕舟，出橫金口，觀其洪川蕩潏，萬頃一
　　色，不知天地之大所能並容。水程溯洄，七十里而遠，初宿社下，逾
　　日乃至，入林屋洞，陟毛公壇，宿包山精。又泛明月灣，南望一山，
　　上摩蒼煙，舟人指云：「此所謂縹緲峰也。」即岸，步自松間，出數

〔註22〕（宋）李覯：《修梓山寺殿記》，曾棗莊、劉琳主編：《全宋文》第 42 冊，第
　　　　325 頁。
〔註23〕（宋）李覯：《撫州菜園院記》，曾棗莊、劉琳主編：《全宋文》第 42 冊，第
　　　　324 頁。
〔註24〕（明）吳訥著，于北山校點：《文章辨體序說》，第 41 頁。

里，至峰下，有佛廟號水月者，閣殿甚古，像設嚴煥。旁有澄泉，潔清甘涼，極旱不枯，不類他水。梁大同四年始建佛寺，至隋大業六年遂廢不存。唐光化中，有浮屠志勤者，歷遊四方，至此，愛而不能去，復於舊址，結廬誦經，後因而屋之，至數十百楹，天祐四年，刺史曹珪以明月名其院，勤老且死，其徒嗣之，迄今七世不絕。國朝大中祥符初，有詔又易今名。予觀震澤受三江子，吞齧四郡之封，其中山之名見圖志者七十有二，惟洞庭稱雄其間，地占三鄉，戶率三千，環四十里。民俗真樸，歷歲未嘗有訴訟，至於縣吏之庭下，皆以樹桑栀甘柚為常產，每秋高霜餘，丹苞朱實，與長松茂樹相參差，問於岩壑間望之，若圖繪金翠之可愛。縹緲峰又居山之西北深遠處，高聳出於眾山，為洞庭勝絕之境。居山之民以少事，尚有歲時織紉樹藝捕採之勞；浮屠氏本以清曠遠物事，已出中國禮法之外，復居湖山深遠勝絕之地，壤斷水接，人跡罕至，數僧宴坐，寂嘿於泉石之間，引而與語，殊無纖介世俗間氣韻，其視舒舒，其行於於，豈上世之遺民者邪！予生平病悶鬱塞，至此喝然破散無復餘矣，反覆身世，惘然莫知，但如蛻解俗骨，傳之羽翰疆，飛出於八荒之外，吁！其快哉！後三年，其徒惠源，造予乞文，識其居之廢興，欣其見請，攬筆直述，且敘昔遊之勝焉耳。〔註25〕

同樣也是寺院記文，但此文卻是一篇典型的遊記，登靈巖，望太湖，走松林。其中只用了寥寥幾句簡單記錄了水月禪院興廢流變的歷史，並藉此感懷抒情。此文文筆可謂行雲流水，讀後如身臨其境。但其內容也僅限於對寺院景觀環境的描述，卻無法知曉更多關於寺院本身的狀況。

又如的楊億《處州龍泉縣金沙塔院記》：「經斯營斯，載樸載斫，基局環回而固護，堂陛崛起以穹崇。斫材也必取山木之良，礱之以密石；購匠也必擇雲梯之巧，賞之以兼金。極剞劂之工，加丹膜之飾。築室斯廣，蓋百堵之有餘；為臺甚高，非三休而能詣。鳥鼠攸去，燕雀是依。名量軒而欲飛，巨鼇兀以方拖。」〔註26〕這樣的描述看似氣勢磅礡，但終究也有些抽象，很難在腦中形成

〔註25〕（宋）蘇舜欽著：《蘇州洞庭山水月禪院記》，沈文倬校點：《蘇舜欽集》，上海：上海古籍出版社，1981年2月，第159頁。

〔註26〕（宋）楊億：《處州龍泉縣金沙塔院記》，曾棗莊、劉琳主編：《全宋文》第14冊，第400頁。

直觀的畫面，並且也不易體現寺院獨有的特點。

　　除了上述幾點外，蘇軾與佛門僧眾的來往亦是尤其密切，比如《中和勝相院記》一文，正是通過對偽學佛者的批判，從而讚美了惟度、惟簡兩位法師。根據上述分析便可知，蘇軾之所以會在記體文中運用更多的議論手法，正是因為這樣的寫作特色不僅為創作添加了更多新鮮的話題，同時也生動地體現了寺院的生存狀況與社會處境。至於蘇軾的寫作風格是否與所謂的「記」體文相距甚遠，筆者認為並非如此。朱熹曾這樣批評過蘇軾的寫作風格：

　　　　道者文之根本，文者道之枝葉。惟其根本乎道，所以發之於文，皆道也。三代聖賢文章皆從此心寫出，文便是道。今東坡之言曰：『吾所謂文，必與道俱。』則是文自文而道自道，待作文時，旋去討個道來入放裏面，此是它大病處。只是它每常文字華妙，包籠將去，到此不覺漏逗。說出他本根病痛所以然處，緣他都是因作文，卻漸漸說上道理來；不是先理會得道理了，方作文，所以大本都差。歐公之文則稍近於道，不為空言。如唐禮樂志云：『三代而上，治出於一；三代而下，治出於二。』此等議論極好，蓋猶知得只是一本。如東坡之說則是二本，非一本矣。〔註27〕

　　朱熹向來強調文道合一，他認為真正的寫作應該是文由道生，而並非是「因作文，卻漸漸說上道理來」。在朱熹看來，蘇軾的「吾所謂文，必與道俱」將文與道截然分開了。但在筆者看來，朱熹的觀點其實也從側面印證了蘇軾的「記」體文並沒有脫離「記」之本：所謂的「文」，即是「記」，所謂的「道」，則是論。他所說的「必與道俱」也承認了「文」與「道」之間的相輔相成。就比如蘇軾的《記遊松風亭》一文：

　　　　余嘗寓居惠州嘉祐寺，縱步松風亭下，足力疲乏，思欲就床止息。仰望亭宇，尚在木末。意謂是如何得到。良久忽曰：「此間有甚麼歇不得處？」由是心若掛鉤之魚，忽得解脫。若人悟此，雖兩陣相接，鼓聲如雷霆，進則死敵，退則死法，當甚麼時，也不妨熟歇。〔註28〕

〔註27〕　（宋）朱熹撰，朱傑人、嚴佐之、劉永翔主編：《朱子全書（第 18 冊）》，第 4314 頁。

〔註28〕　（宋）蘇軾著：《記遊松風亭》，張志烈、馬德富、周裕鍇主編：《蘇軾全集校注》第 19 冊，第 8113 頁。

　　蘇軾在遊步松風亭時，對於何處歇腳這一問題引發了思考，並悟出了「此間有甚麼歇不得處。」可見，他努力試圖從「文」中探「道」，以「論」代「記」，可謂實現了「記」體文創作的新高度。

第二節　寺院題辭文

一、題辭文概述

　　從廣義的角度講，題辭文又可分為題名文與題跋文兩類，二者大致是指為了某事或某物所寫的具有記錄以及紀念價值的文字。但二者也有區別：

　　關於題名文，徐師曾在《文體明辨序說・題名》如此定義：

> 　　按題名者，紀識登覽尋訪之歲月與其同遊之人也，其敘事欲簡而贍，其秉筆欲健而嚴，獨《昌黎集》有之，亦文之一體也。昔人嘗集華嶽題名，自唐開元（玄宗年號）至後唐清泰（廢帝年號），錄為十卷，中更二百一年，題名者五百四十二人，可謂富矣。歐陽公《集古錄》有此書，而韓愈所題亦在其中，故朱子採之以入其集，而謂「筆削之嚴，非公不可」，則此文其可易而為之哉？獨惜余之寡陋而不獲見也。當今名山勝境，非無佳題，而世人往往忽之，其殆未知此歟！故今取韓公所題七首列於篇，以備一體，庶學者知所靚法，不敢以為易而忽之也。〔註29〕

　　在徐師曾看來，題名文作為文體的一種，其特點在於短小精悍。

　　朱劍心在《金石學》中也提到：

> 　　題名之風，始於漢而盛於宋，碑碣摩崖，湖山佳處，遊覽所及，率有留題，姓名年月，偶得為考證之資，故自來金石家頗著錄之。……按自來題名，考其紀年，兩宋為多，即唐賢亦不過百一。蘇文忠笠展所至，最好留題，以黨禁多饞毀。〔註30〕

　　題名這一風氣在宋代特別受到士大夫的喜好，無論是行至碑碣摩崖，亦或是湖山佳處，都會有所題刻。蘇軾尤其如此，甚至會因此受到詆毀。

　　除此之外，與題名類似的還有提跋，吳訥在《文章辨體序說・題跋》中說到：

〔註29〕（明）徐師曾著，羅根澤校點：《文體明辨序說》，第146頁。
〔註30〕朱劍心著：《金石學》，北京：文物出版社，1981年9月第三次印刷，第194～195頁。

按蒼崖《金石例》云：「跋者，隨題以讚語於後，前有序引，當
掇其有關大體者以表章之，須明白簡嚴，不可墮人窠臼。」予嘗即
其言考之，漢晉諸集，題跋不載。至唐韓柳始有讀某書及讀某文題
其後之名。迨宋歐曾而後，始有跋語，然其辭意亦無大相遠也，故
《文鑒》、《文類》總編之曰「題跋」而已。近世竦齋盧公又云：「跋，
取古詩『狼跋其胡』之義，狼行則前躐其胡。故跋語不可太多，多
則冗；尾希宜峭拔，使不可加。」若然，則跋比題興害，尤貴乎筒
峭也。庸書以俟考訂云。〔註31〕

徐師曾在《文體明辨序說‧題跋》中說到：

按題跋者，簡編之後語也。凡經傳子史詩文圖書之類，前有序
引，後有後序，可謂盡矣。其後覽者，或因人之請求，或因感而有
得，則復撰詞以綴於末簡，而總謂之題跋。至綜其實則有四焉：一
曰題，二曰跋，三曰書某，四曰讀某。夫題者，締也，審締其義也。
跋者，本也，因文而見本也。書者，書其語‧讀者，因於讀也。題、
讀始於唐；跋、書起於宋。曰題跋者，舉類以該之也。

其詞考古證今，釋疑訂謬，褒善貶惡，立法垂戒，各有所為，
而專以勁簡為主，故與序引不同；學者熟玩所列之數篇，亦庶乎得
之矣。

又有題辭，所以題號其書之本末指義文辭之表也。若漢趙岐作
《孟子題辭》，其文稍煩；而宋朱子仿之作《小學題辭》，更為韻語。
今皆不錄，姑著其體於此。然題跋書於後，而題辭冠於前，此又其
辯也。〔註32〕

易知，題跋最早始於唐代，真正流行起來雖然是在宋代，但其內涵卻與早
期並沒有太大差別。從形式與內容上看，題跋多作於文末，常有點評、注釋、
考訂之用，並且「須明白簡嚴」。所以，本節將題名文與題跋文一同論述。

二、蘇軾寺院作品中的題辭文

上一節論述了蘇軾的寺院記體文，從結論可知，其記體文最大的特點便是
以論代記。而縱觀蘇軾的寺院作品，與記體文數量同樣多的便是題辭文。相比

〔註31〕　（明）吳訥著，于北山校點：《文章辨體序說》，第 45 頁。
〔註32〕　（明）徐師曾著，羅根澤校點：《文體明辨序說》，第 136～137 頁。

於本該具有記錄意義的記體文，蘇軾在寺院題辭文中反倒出現了更多記述性的文字。

首先，第一類便是最簡短的記錄：

明夫、子方、明弼、康道、嘉甫、子瞻同遊南昭慶。庚午八月日題。〔註33〕

——《南昭慶寺題名》

紹聖三年八月六日夜，風雨，旦視院東南，有巨人跡五。是月九日，蘇軾與男過來觀。〔註34〕

——《題棲禪院》

至和丙申季春二十八日，眉陽蘇軾與弟轍來觀盧楞伽筆跡。〔註35〕

——《大慈極樂院題名》

自老翁井還，偶憩。治平丁未十二月七日，子瞻。〔註36〕

——《大池院題柱》

祖志入山之十三日，述古赴南都，率景山、達原、子中、子瞻會別於此。熙寧七年八月十三日。〔註37〕

——《佛日淨慧寺題名》

楊繪元素、魯有開元翰、陳舜俞令舉、蘇軾子瞻同遊。熙寧七年九月二十日。〔註38〕

——《靈鷲題名》

蘇子瞻、子由、孫子發、秦少游同來觀晉卿墨竹。申先生亦來。

〔註33〕（宋）蘇軾著：《南昭慶寺題名》，張志烈、馬德富、周裕鍇主編：《蘇軾全集校注》第 20 冊，第 8759 頁。

〔註34〕（宋）蘇軾著：《題棲禪院》，張志烈、馬德富、周裕鍇主編：《蘇軾全集校注》第 19 冊，第 8115 頁。

〔註35〕（宋）蘇軾著：《大慈極樂院題名》，張志烈、馬德富、周裕鍇主編：《蘇軾全集校注》第 20 冊，第 8752 頁。

〔註36〕（宋）蘇軾著：《大池院題柱》，張志烈、馬德富、周裕鍇主編：《蘇軾全集校注》第 20 冊，第 8753 頁。

〔註37〕（宋）蘇軾著：《佛日淨慧寺題名》，張志烈、馬德富、周裕鍇主編：《蘇軾全集校注》第 20 冊，第 8754 頁。

〔註38〕（宋）蘇軾著：《靈鷲題名》，張志烈、馬德富、周裕鍇主編：《蘇軾全集校注》第 20 冊，第 8754 頁。

元祐三年八月五日。老申一百一歲。〔註39〕

——《相國寺題名》

　　東坡居士渡海北還，吳子野、何崇道、穎堂通三長老、黃明達、李公弼、林子中，自番禺追餞至清遠峽，同遊廣陵寺。元符三年十一月十五日。〔註40〕

——《遊廣陵寺題名》

　　元祐五年，歲次庚午，二月辛卯朔，二十五日乙卯上樑。蘇軾書。〔註41〕

——《智果院題梁》

　　這類題名文僅介紹了基本的時間、地點、人物，而無更多敘事性的描述。第二類則比第一類略微詳細，會有具體的事件內容，以及蘇軾的所思所想：

　　嘉祐癸卯上元夜，來觀王維摩詰筆。時夜已闌，殘燈耿然，畫僧踽踽欲動，恍然久之。〔註42〕

——《題鳳翔東院王畫壁》

　　予去此十七年，復與彭城張聖途、丹陽陳輔之同來。院僧梵英，葺治堂宇，比舊加嚴絜。茗飲芳烈，問：「此新茶耶？」英曰：「茶性新舊交，則香味復。」予嘗見知琴者，言琴不百年，則桐之生意不盡，緩急清濁，常與雨陽寒暑相應。此理與茶相近，故並記之。〔註43〕

——《題萬松嶺惠明院壁》

　　軾與幼子過同遊峽山寺，徘徊登覽，想見長老壽公之高致，但恨溪水太峻，當少留之。若於淙碧軒之北，作一小閘，瀦為澄潭，使人過閘上，雷吼雪濺，為往來之奇觀。若夏秋水暴，自可為啟閉

〔註39〕（宋）蘇軾著：《相國寺題名》，張志烈、馬德富、周裕鍇主編：《蘇軾全集校注》第20冊，第8757頁。

〔註40〕（宋）蘇軾著：《遊廣陵寺題名》，張志烈、馬德富、周裕鍇主編：《蘇軾全集校注》第20冊，第8761頁。

〔註41〕（宋）蘇軾著：《智果院題梁》，張志烈、馬德富、周裕鍇主編：《蘇軾全集校注》第20冊，第8867頁。

〔註42〕（宋）蘇軾著：《題鳳翔東院王畫壁》，張志烈、馬德富、周裕鍇主編：《蘇軾全集校注》第19冊，第7903頁。

〔註43〕（宋）蘇軾著：《題萬松嶺惠明院壁》，張志烈、馬德富、周裕鍇主編：《蘇軾全集校注》第19冊，第8097～8098頁。

之節。用陰陽家說，寺當少富云。紹聖元年九月十三日。〔註44〕

——《題廣州清遠峽山寺》

紹聖元年十月二日，軾始至惠州，寓於嘉祐寺松風亭，杖履所及，雞犬相識。明年，遷於合江之行館。得江樓廓徹之觀，而失幽深谷窈窕之趣，未見所欣戚也。嶠南嶺北，亦何以異此。虔州鶴田處士王原子直，不遠千里，訪予於此，留七十日而去。東坡居士書。〔註45〕

——《題嘉祐寺壁》

紹聖二年三月四日，詹使君邀予遊白水山佛跡寺，浴於湯泉，風於懸瀑之下，登中嶺，望瀑所從出。出山，肩輿節行觀山，且與客語。晚休於荔浦之上，曳杖竹陰之下。時荔子累累如芡實矣。父老指以告予曰：「是可食，公能攜酒復來？」意欣然許之。同遊者柯常、林抃、王原、賴仙芝。詹使君名范，予蓋蘇軾也。〔註46〕

——《題白水山》

這類題名文從形式上非常符合徐師曾所說的「敘事欲簡而贍」，而從內容上看更像是日記，甚至或多或少有「記」體文的影子。根據上文徐師曾所說易知，在唐代，具有敘事意義的題名文，「獨《昌黎集》有之」。而到了宋代，這種形式的題名文則變得非常普遍，比如蔣之奇的《澹山岩題名》：

澹山岩，零陵之絕境，蓋非朝陽之比也。次山往來湘中為最熟，子厚居永十年為最久，二人者之於山水，未有聞而不觀、觀而不記者，而茲岩獨無傳焉，何也？豈當時隱而未發耶？不然，使二人者見之，顧肯誇其尋常而遺其卓犖者哉？物之顯晦固有時，何可知也？蔣穎叔題。〔註47〕

又如章惇的《遊終南題名》：

惇自長安率蘇君旦、安君師孟至終南謁蘇君軾，因與蘇遊樓觀、

〔註44〕（宋）蘇軾著：《題廣州清遠峽山寺》，張志烈、馬德富、周裕鍇主編：《蘇軾全集校注》第19冊，第8102頁。

〔註45〕（宋）蘇軾著：《題嘉祐寺壁》，張志烈、馬德富、周裕鍇主編：《蘇軾全集校注》第19冊，第8112頁。

〔註46〕（宋）蘇軾著：《題白水山》，張志烈、馬德富、周裕鍇主編：《蘇軾全集校注》第19冊，第8111頁。

〔註47〕（宋）蔣之奇：《澹山岩題名》，曾棗莊、劉琳主編：《全宋文》第78冊，第240頁。

五郡、延生、大秦、仙遊，旦、師孟二君留終南回，遂與二君過漠陂，漁於蘇君旦之園池，晚宿草堂。明日，宿紫閣，惇獨至白閣廢寺，還復宿草堂。間過高觀，題於潭東石上，且將宿百塔，登南五臺與太一湫，道華嚴。趨長安，別二君，而惇獨來也。甲辰正月二十三日京兆章惇題。〔註 48〕

還有黃庭堅的《遊戎州無等院題名》：

元符始元重九日，同僧在純、道人唐履、舉子蔡相、張溥、子相、姬桓步自無等院，登永安門，遊息此寺。同僧惟鳳、修義、居泰、宗善靚甘泉甃井，回，乃兄東坡道人題云。低佪其下，久之不能去。責授涪州別駕、戎州安置黃庭堅魯直書。〔註 49〕

除此之外，宋代甚至還出現了「題名」與「記」連用的形式，黃賁曾在《海陵郡佐題名記》中提到：「近世凡賢公卿大夫出而為郡縣者，率書前政之名氏，樹之治事之堂，曰『題名記』」〔註 50〕，比如范仲淹的《南京書院題名記》、尹洙《潞州題名記》、富弼《鄆州使廳題名記》、張方平《吳興郡守題名記》、韓琦《揚州廳壁題名記》、司馬光《諫院題名記》、王安禮《泉亭題名記》、蘇轍《京西北路轉運使題名記》以及黃庭堅《的吉州廬陵縣令題名記》《黔州黔江縣題名記》等。從內容上看，上述題名記其實也就是所謂的廳壁記。但這種形式在宋代又不僅僅只限於官府朝廷，甚至在一些寺院作品中也有所出現，比如蘇軾本人的《南華長老題名記》《秦太虛題名記》，如黃庭堅的《慈姥岩題記》《石門寺題名記》《禮思大禪師題名記》，陳淵的《甘露寺題名記》、釋宗曉的《法雨堂題名記》、秦觀的《龍井題名記》以及張孝揚的《陵溪大佛寺石壁題名記》等等。

除了單純的記事之外，蘇軾的題辭文還流露了更多的情感色彩，例如他曾為梵天寺題過的兩篇小文：

元祐四年十月十七日，與曹晦之、晁子莊、徐得之、王元直、秦少章同來。時主僧皆出，庭戶寂然，徙倚久之。東坡書。

〔註 48〕（宋）章惇：《遊終南題名》，曾棗莊、劉琳主編：《全宋文》第 82 冊，第 374 頁。

〔註 49〕（宋）黃庭堅：《遊戎州無等院題名》，曾棗莊、劉琳主編：《全宋文》第 107 冊，第 229 頁。

〔註 50〕（宋）黃賁：《海陵郡佐題名記》，曾棗莊、劉琳主編：《全宋文》第 70 冊，第 211 頁。

余十五年前，杖藜芒屩，往來南北山，此間魚鳥皆相識，況諸道人乎？再至，惘然皆晚生相對，但有愴恨。子瞻書。

——《杭州題名二首》〔註51〕

又如：

某與大覺禪師別十九年矣，禪師脫屣當世，雲棲海上，謂不復見記，乃爾拳拳耶，撫卷太息。欲一見之，恐不可復得。會與參寥師自廬山之陽並出，而東所至，皆禪師舊跡，山中人多能言之者，乃復書太虛與辯才題名之後，以遺參寥。太虛今年三十六，參寥四十二，某四十九，辯才七十四，禪師七十六矣。此吾五人者，當復相從乎？生者可以一笑，死者可以一歎也。元豐七年五月十九日慧日院，大雨中書。〔註52〕

文章顯然已經不是對時間、人物、地點所做簡單的羅列，其中也透露了個人的喜好與情感。在年少時，蘇軾便有題字之好，曹學佺在《蜀中廣記》如此記載：「連鰲山，在西南九十里，山形如鰲，傍即棲雲寺。東坡少時讀書寺中，嘗於石崖上作『連鰲山』三字，大如屋宇，雄勁飛動。」〔註53〕蘇軾的弟弟蘇轍也曾記錄到：「昔余少年，從子瞻遊，有山可登，有水可浮，子瞻未始不褰裳先之。有不得至，為之悵然移日。至其翩然獨往，逍遙泉石之上，擷林卉，拾澗實，酌水而飲之，見者以為仙也。」〔註54〕當「有不得至，為之悵然移日」時，便很容易萌生題字的想法，就如明代劉基曾說：「題名所以識歲月之久近，行役之勞勤，而寓感思於其中焉。」〔註55〕所以，無論從內容還是形式，蘇軾的寺院題辭文已經凸顯了記體文的影子。記體文本該有充足的記述性，正是因為以「論」代「記」的出現，才間接地將記述性的描寫移植到題辭文中。蘇軾諸多寺院題辭文的篇幅雖皆短小，但卻足以清楚地交代出事件的來龍去脈。此

〔註51〕（宋）蘇軾著：《題白水山》，張志烈、馬德富、周裕鍇主編：《蘇軾全集校注》第 19 冊，第 8093～8094 頁。

〔註52〕（宋）蘇軾著：《跋太虛辯才廬山題名》，張志烈、馬德富、周裕鍇主編：《蘇軾全集校注》第 19 冊，第 8085 頁。

〔註53〕（明）曹學佺：《蜀中廣記》卷 12，《景印文淵閣四庫全書》第 591 冊，第 164 頁。

〔註54〕（宋）蘇轍著：《武昌九曲亭記》，何新所注譯：《唐宋名家文集（蘇轍集）》，鄭州：中州古籍出版社，2010 年 4 月，第 188 頁。

〔註55〕（明）劉基著：《浙東肅政廉訪司處州分司題名記》，林家驪點校：《劉基集》，杭州：浙江古籍出版社，1999 年 12 月，第 125 頁。

外，其中的文字敘說並沒有拘泥於寺院本身，反倒融入了更多個人體驗的元素，這也讓寺院題辭文充滿了更多的審美色彩與價值。

第三節　其他文體

一、書

關於「書」這一文體，其最常見的定義如這樣所說：「昔臣僚敷奏，朋舊往復，皆總曰書。近世臣僚上言，名為表奏；惟朋舊之間，則曰書而已。」〔註56〕而本文所介紹的「書」既非奏摺，也非與友人之間的書信，而是具有書寫涵義文作，《文體明辨序說・書》中提到：「按編內既以人臣進御之書為上書，往來之書為書，而此類復稱書者，則別以議論筆之而為書也。然作者甚少，故諸集不載。」〔註57〕可見，以議論作為「書」體並不常見。但無論是書信亦或是其他，「書」體總體上而言是具備這樣的特點：

> 大舜云：「書用識哉！」所以記時事也。蓋聖賢言辭，總為之書；
> 書之為體，主言者也。揚雄曰：「言，心聲也；書，心畫也。聲畫形，
> 君子小人見矣。」故書者，舒也。舒布其言，染之簡牘。
> ……
> 詳總書體，本在盡言，言以散鬱陶，託風采，故宜條暢以任氣，
> 優柔以懌懷；文明從容，亦心聲之獻酬也。〔註58〕

從這樣的定義可知，「書」的基本特徵一是「記時事」，二是「言心聲」，也就是說，它並非是簡單地記事，更是要通過流暢的言語將心中情感充分吐露出來。

蘇軾的寺院書體文並不是很多，但基本都具備上述特點。這些文章大概可以分為兩類，其一是對文字創作時心境的記錄，如《書清泉寺詞》、《書魯直浴室題名後》，又如《書贈遊浙僧》中的描述：「湖上壽院竹極偉，其傍智果院有參寥泉及新泉，皆甘冷異常，當時往一酌，仍尋參寥子妙總師之遺跡，見穎沙彌亦當致意。靈隱寺後高峰塔一上五里，上有僧不下三十餘年矣，不知今在

〔註56〕（明）吳訥著，于北山校點《文章辨體序說》，第41頁。
〔註57〕（明）徐師曾著，羅根澤校點：《文體明辨序說》，第138頁。
〔註58〕（南朝梁）劉勰著，（清）黃叔琳注，（清）紀昀評，李佯補注，劉咸炘闡說，戚良德輯校：《文心雕龍》，上海：上海古籍出版社，2015年11月，第159頁。

否？亦可一往。」〔註59〕這段文字即是對遊壽星院時所觀所想的記載。第二類則充滿了更多的趣味性，且皆涉及到了夢境：

太安楊氏，世出名僧。正信表公兄弟三人，其一曰仁慶，故眉僧正。其一曰元俊，故極樂院主，今太安治平院也。皆有高行。而表公行解超然，晚以靜覺。三人皆與吾先大父職方公、吾先君中大夫遊，相善也。熙寧初，軾以服除，將入朝，表公適臥病，入室告別。霜髮寸餘，目光了然，骨盡出，如畫須菩提像，可畏也。軾盤桓不忍去。表曰：「行矣，何處不相見。」軾曰：「公能不遠千里相從乎？」表笑曰：「佛言生正信家，千里從公，無不可者，然吾蓋未也。」已而果無恙，至六年乃寂。是歲，軾在錢塘，夢表若告別者。又十五年，其徒法用以其所作偈、頌及塔記相示，乃書其末。〔註60〕

——《書正信和尚塔銘後》

僕在黃州，參寥自吳中來訪，館之東坡。一日，夢見參寥所作詩，覺而記其兩句云：「寒食清明都過了，石泉槐火一時新。」後七年，僕出守錢塘，而參寥始卜居西湖智果院。院有泉出石縫間，甘冷宜茶。寒食之明日，僕與客泛湖，自孤山來謁參寥，汲泉鑽火，烹黃蘗茶，忽悟所夢詩，兆於七年之前。眾客皆驚歎，知傳記所載，非虛語也。元祐五年二月二十七日，眉山蘇軾書並題。〔註61〕

——《書參寥詩》

右歐陽文忠公為峽州夷陵令日所作《黃牛廟》詩也。軾嘗聞之於公：「予昔以西京留守推官，為館閣較勘，時同年丁寶臣元珍適來京師，夢與予同舟溯江，入一廟中，拜謁堂下。予班元珍下，元珍固辭，予不可。方拜時，神像為起，鞠躬堂上，且使人邀予上，耳語久之。元珍私念，神亦如世俗，待館閣乃爾異禮耶？既出門，見一馬只耳。覺而語予，固莫識也。不數日，元珍除峽州判官。已而，余亦貶夷陵令。日與元珍處，不復記前夢云。一日，與元珍溯峽謁

〔註59〕 （宋）蘇軾著：《書贈遊浙僧》，張志烈、馬德富、周裕鍇主編：《蘇軾全集校注》第 19 冊，第 8130 頁。

〔註60〕 （宋）蘇軾著：《書正信和尚塔銘後》，張志烈、馬德富、周裕鍇主編：《蘇軾全集校注》第 19 冊，第 7469〜7270 頁。

〔註61〕 （宋）蘇軾著：《書參寥詩》，張志烈、馬德富、周裕鍇主編：《蘇軾全集校注》第 19 冊，第 7668〜7669 頁。

黃牛廟，入門惘然，皆夢中所見。予為縣令，固班元珍下，而門外
鐫石為馬，缺一耳。相視大驚，乃留詩廟中，有『石馬繫祠門』之
句，蓋私識其事也。」

　　元豐五年，軾謫居黃州，宜都令朱君嗣先見過，因語峽中山水，
偶及之。朱君請書其事與詩：「當刻石於廟，使人知進退出處，皆非
人力。如石馬一耳，何與公事，而亦前定，況其大者。公既為神所
禮，而猶謂之淫祀，以見其直氣不阿如此。」感其言有味，故為錄
之。正月二日，眉山蘇軾書。〔註62〕

　　　　　　　　　　　　　　　　　　——《書歐陽公黃牛廟詩後》

　　夢境本身就是不易言說、難以琢磨，而蘇軾的這三個夢，皆有預示性，並
且與現實生活關聯緊密。所以，這樣的文章並非是簡單的背景性記述，它帶有
濃厚的個人感情元素，甚至某種程度體現了蘇軾所說的「人生如夢」。在諸多
寺院作品中，如此具有故事性情結的描述不僅為宗教場所添加了神秘主義色
彩，也為寺院作品的創作提供了更多的話題與素材。

二、讚頌文

　　關於「贊」，《文章辯體序說》中如此定義：「贊者，讚美之辭。」〔註63〕
《釋名》曰：「稱人之美曰贊。贊，纂也，纂集其美而敘之也。」〔註64〕與「贊」
經常連用的還有「頌」，二者的涵義也十分相近，《文心雕龍》中如此解釋：「贊
者，明也，助也。……然本其為義，事生獎歎，所以古來篇體，促而不廣，必
結言於四字之句，盤桓乎數韻之辭，約舉以盡情，昭灼以送文，此其體也。發
源雖遠，而致用蓋寡，大抵所歸，其頌家之細條乎？」〔註65〕可見，贊的本義
即是對人事的讚歎，其篇幅皆不長，並且可視為頌的一個分支。而關於「贊」
的種類，大概可分為三種：「一曰雜贊，意專褒美，若諸集所載人物、文章、
書畫諸贊是也。二曰哀贊，哀人之沒而述德以贊之者是也。三曰史贊，詞兼褒

〔註62〕　（宋）蘇軾著：《書歐陽公黃牛廟詩後》，張志烈、馬德富、周裕鍇主編：《蘇
　　　　　軾全集校注》第 19 冊，第 7743～7744 頁。
〔註63〕　（明）吳訥著，于北山校點：《文章辨體序說》，第 47 頁。
〔註64〕　曾棗莊：《中國古代文體學（附卷一）》，上海：上海人民出版社，上海書店出
　　　　　版社，2012 年 12 月，第 324 頁。
〔註65〕　（南朝梁）劉勰著，王運熙，周鋒譯著：《文心雕龍譯注》，上海：上海古籍出
　　　　　版社，2016 年 04 月，第 78 頁。

貶，若《史記索隱》、《東漢》，《晉書》諸贊是也。」〔註66〕從這一分類可知，史贊則是有褒有貶，並非只是單純地讚美。隨著受西方梵唄的影響後，「贊」的內容則逐漸傾向於只贊不貶：「尋西方之有唄，猶東國之有贊。贊者，從文以結音。唄者，短偈以流頌。比其事義，名異實同。是故經言，以微妙音聲歌贊於佛德，斯之謂也。」〔註67〕

　　蘇軾所創作的讚頌文數量很多，其中也有部分涉及到寺院話題。從內容上看，其寺院贊文也是屬於只贊不貶。從形式上看，他的贊文多是四言贊，但也有例如《膠西蓋公堂照壁畫贊》的駢文贊和類似《觀音贊》的五言贊。從具體的創作題材與手法看看，蘇軾非常擅長借物喻理，例如他的《東莞資福堂老柏再生贊》：「生石首肯，槁松肘回。是心苟真，金石為開。堂去柏枯，其留復生。此柏無我，誰為枯榮？方其枯時，不枯者存。一枯一榮，皆方便門。人皆不聞，瓦礫說法。今聞此柏，燦然常說。」〔註68〕文章雖隻字未提寺院中的宗教建築，但卻借寺中的柏樹來揭示佛理。除此之外，蘇軾還有一篇非常有名的寺院羅漢贊，即是作於元符三年的《自海南歸過清遠峽寶林寺敬贊禪月所畫十八大阿羅漢》：

第一賓度羅跋羅墮尊者

白氎在膝，貝多在巾。目視超然，忘經與人。面顱百皺，不受刀箴。無心掃除，留此殘雪。

第二迦諾迦代蹉尊者

耆年何老，粲然復少。我知其心，佛不妄笑。瞋喜雖幻，笑則非瞋。施此無憂，與無量人。

第三迦諾迦跋梨惰闍尊者

揚眉注目，拊膝橫拂。問此大士，為言為默？默如雷霆，言如牆壁。非言非默，百祖是式。

第四蘇頻陀尊者

聯耳屬肩，綺眉覆顴。佛在世時，見此耆年。開口誦經，四十餘齒。時聞雷電，出一彈指。

第五諾矩羅尊者

善心為男，其室法喜。背癢孰爬？有木童子。高下適當，輕重

〔註66〕　（明）徐師曾著，羅根澤校點：《文體明辨序說》，第143頁。

〔註67〕　（唐）釋道世撰：《法苑珠林》，《大正藏》第53冊，第574頁。

〔註68〕　（宋）蘇軾著：《東莞資福堂老柏再生贊》，張志烈、馬德富、周裕鍇主編：《蘇軾全集校注》第13冊，第2504頁。

得宜。使真童子，能如茲乎？

第六跋陀羅尊者

美狼惡婉，自昔所聞。不圓其輔，有圓者存。現六極相，代眾生報。使諸佛子，具佛相好。

第七迦理迦尊者

佛子三毛，髮眉與鬚。既去其二，一則有餘。因以示眾，物無兩遂。既得無生，則無生死。

第八伐闍羅弗多尊者

兩眼方用，兩手自寂。用者注經，寂者寄膝。二法相忘，亦不相捐。是四句偈，在我指端。

第九戍博迦尊者

一劫七日，剎那三世。何念之勤，屈指默計。屈者已往，伸者未然。孰能住此？屈伸之間。

第十半托迦尊者

垂頭沒肩，俯目注視。不知有經，而況字義？佛子云何，飽食晝眠？勤苦功用，諸佛亦然。

第十一羅怙羅尊者

面門月滿，瞳子電爛。示和猛容，作威喜觀。龍象之姿，魚鳥所驚。以是幻身，為護法城。

第十二那迦犀那尊者

以惡轆物，如火自焚。以信入佛，如水自濕。垂眉捧手，為誰虔恭。大師無德，水火無功。

第十三因揭陀尊者

捧經持珠，杖則倚肩。植杖而起，經珠乃閒。不行不立，不坐不臥。問師此時，經杖何在？

第十四伐那婆斯尊者

六塵既空，出入息滅。松摧石隕，路迷草合。逐獸於原，得箭忘弓。偶然汲水，忽焉相逢。

第十五阿氏多尊者

勞我者皙，休我者黔。如晏如岳，鮮不僻淫。是哀駘它，澹臺滅明。各妍於心，得法眼正。

第十六注荼半托迦尊者

以口說法，法不可說。以手示人，手去法滅。生滅之中，了然真常。是故我法，不離色聲。

第十七慶友尊者

以口誦經，以手數法。是二道場，各自起滅。孰知毛竅？八萬四千。皆作佛事，說法熾然。

第十八賓頭盧尊者

右手持杖，左手拊右。為手持杖，為杖持手。宴坐石上，安以杖為？無用之用，世人莫知。〔註69〕

羅漢在早期只有十六尊，但後來的畫者張玄以及貫休大概將作者與譯者也畫在了一起，因此便誕生了十八大羅漢像，蘇軾曾目睹過此畫，因而便為十八羅漢像題文。雖然唐代玄奘所譯的《大阿羅漢難提密多羅所說法住記》中曾明確指出過十六羅漢的名號以及出處，但蘇軾之後，十八羅漢之說卻逐漸取代了十六羅漢。此外，歷史上最早記錄十八羅漢像的也是蘇軾。他對十八羅漢像的描寫固然惟妙惟肖，但這樣的流傳某種程度或許也是源於蘇軾在文壇史上的卓越地位。此外，與蘇軾交往甚好的李公麟，也曾在繪畫創作中出現過十八羅漢的形象。所以，十六羅漢到十八羅漢的轉變也是宋代信仰世俗化的體現。當時的文人雅士對佛學禪修有著濃厚的興趣，但這種禪悅一定程度上會借助於文字創作與繪畫創作，他們會將自己的所喜所好寄託於筆墨之中，並且敢於打破傳統與束縛。十八羅漢的出現雖然在某種意義上意味著羅漢塑像神聖性的褪減，但也體現了宋代信仰並非是一種高高在上、觸不可及的彼岸，而是逐漸實現了的平民化與大眾化的轉變。

三、銘

與讚頌文類似的還有銘文，《文心雕龍·頌讚第九》中提到：「敬慎如銘，而異乎規戒之域。」〔註70〕也就是說，銘在表達上不僅僅有「敬慎」的要求，在內容上還有「規戒」之意。關於「銘」，《文章辨體序說》中如此定義：

按銘者，名也，名其器物以自警也。漢《藝文志》稱道家有《黃帝銘》六篇，然亡其辭。獨《大學》所載成湯《盤銘》九字，發明日

〔註69〕（宋）蘇軾著：《自海南歸過清遠峽寶林寺敬贊禪月所畫十八大阿羅漢》，張志烈、馬德富、周裕鍇主編：《蘇軾全集校注》第13冊，第2450～2454頁。

〔註70〕《文心雕龍》，第57頁。

新之義甚切。迨周武王，則凡几席觴豆之屬，無不勒銘以致戒警。
厥後又有稱述先人之德善勞烈為銘者，如春秋時孔悝《鼎銘》是也。
又有以山川、宮室、門關為銘者，若漢班孟堅之《燕然山》，則旌征
伐之功；晉張孟陽之《劍閣》，則戒殊俗之僭叛，其取義又各不同也。
傳曰：「作器能銘，可以為大夫。」陸士衡云：「銘貴博約而溫潤。」
斯蓋得之矣。〔註71〕

《文體明辨序說》中的定義也大致相同：

　　按鄭康成曰：「銘者，名也。」劉勰云：「觀器而正名也。」故
曰：「作器能銘，可以為大夫矣。」考諸夏商鼎、彝、尊、卣、盤、
匜之屬，莫不有銘，而文多殘缺。獨湯《盤》見於《大學》，而《大
戴禮》備載武王諸銘，使後人有所取法。是以其後作者浸繁，凡山
川、宮室、門、井之類皆有銘詞，蓋不但施之器物而已。然要其體
不過有二：一曰警戒，二曰祝頌，故今辨而列之。〔註72〕

　　易知，在古時銘文通常是借助某種器物以實現讚頌或規勸。而蘇軾受到宋
代破體的影響，他的寺院銘文也添加了更多議論與記述的成分，如《法雲寺鐘
銘》：

　　有鐘誰為撞？有撞誰撞之？三合而後鳴，聞所聞為五。闕一不
可得，汝則安能聞？汝聞竟安在？耳視目可聽。當知所聞者，鳴寂
寂時鳴。大圜空中師，獨處高廣座。臥士無所著，人引非引人。二
俱無所說，而說無說法。法法雖無盡，問則應曰三。汝應如是聞，
不應如是聽。〔註73〕

　　通篇並無任何贊言，而是討論了人之所以可以聽到鐘聲所具備的要素。除
此之外，他還有一些寺院銘文包含了個人的情感夙願，如《真相院釋迦舍利塔
銘》中的「願持此福達我先，生生世世離垢纏」，〔註74〕《法雲寺鐘銘》中的
「汝應如是聞，不應如是聽」，〔註75〕以及《參寥泉銘》裏的「夫求何神，實

〔註71〕（明）吳訥著，于北山校點：《文章辨體序說》，第46～47頁。
〔註72〕（明）徐師曾著，羅根澤校點：《文體明辨序說》，第142頁。
〔註73〕（宋）蘇軾著：《法雲寺鐘銘》，張志烈、馬德富、周裕鍇主編：《蘇軾全集校
　　　　注》第12冊，第2123頁。
〔註74〕（宋）蘇軾著：《真相院釋迦舍利塔銘》，張志烈、馬德富、周裕鍇主編：《蘇
　　　　軾全集校注》第12冊，第2209頁。
〔註75〕（宋）蘇軾著：《法雲寺鐘銘》，張志烈、馬德富、周裕鍇主編：《蘇軾全集校
　　　　注》第12冊，第2123頁。

弊汝神」〔註76〕等等。從形式上看，四言、五言、七言的形式皆有出現，這也突破了秦漢時候以四言韻文為主的銘文特點。而從銘文的具體結構看，蘇軾又非常喜好作敍，比如《真相院釋迦舍利塔銘（並敍）》、《菩薩泉銘（並敍）》、《參寥泉銘（並敍）》以及《廣州東莞縣資福寺舍利塔銘（並敍）》，並且其中敍文的篇幅要遠遠多於銘文，而敍文的內容多是介紹銘文創作背景的敍述性文字，甚至可看到更多記述文的影子。難怪黃庭堅曾說：「銘欲頓挫崛奇，賦欲弘麗。故子瞻作諸物銘，光怪百出。」〔註77〕儘管早期的銘文與贊文區別並不是很大，但蘇軾筆下的寺院銘文已擺脫了單純的贊功頌德，更多時候是借物喻理，並展現個人的情感理趣。早年時蘇軾就曾說過：

> 君子可以寓意於物，而不可以留意於物。寓意於物，雖微物足以為樂，雖尤物不足以為病；留意於物，雖微物足以為病，雖尤物不足以為樂。
>
> ……
>
> 凡物之可喜，足以悅人而不足以移人者，莫若書與畫。然至其留意而不釋，則其禍有不可勝言者。
>
> ……
>
> 吾薄富貴而厚於書，輕死生而重於畫，豈不顛倒錯繆失其本心也哉？自是不復好。見可喜者雖時復蓄之，然為人取去，亦不復惜也。譬之煙雲之過眼，百鳥之感耳，豈不欣然接之，然去而不復念也。於是乎二物者常為吾樂而不能為吾病。〔註78〕

而晚年時，這樣的思想更多地體現出了佛教中的般若空觀：「余晚聞道，夢幻是身。真即是夢，夢即是真。」〔註79〕他對於是身是幻的感悟其實也是個人對於生活的警醒，從這一點也可看出銘文與贊文的不同之處。蘇軾對於銘文的創作可謂遊刃有餘，字裏行間都流淌出了體驗生活後的哲思與意趣。

〔註76〕（宋）蘇軾著：《參寥泉銘》，張志烈、馬德富、周裕鍇主編：《蘇軾全集校注》第 12 冊，第 2149 頁。

〔註77〕（宋）黃庭堅：《題蘇子由黃樓賦草》，曾棗莊、劉琳主編：《全宋文》第 106 冊，第 353 頁。

〔註78〕（宋）蘇軾著：《寶繪堂記》，張志烈、馬德富、周裕鍇主編：《蘇軾全集校注》第 11 冊，第 1122～1123 頁。

〔註79〕（宋）蘇軾著：《參寥泉銘（並敍）》，張志烈、馬德富、周裕鍇主編：《蘇軾全集校注》第 12 冊，第 2149 頁。

本章小結

　　本章主要對蘇軾寺院作品的題材進行了分類並做了研究，從上文分析可知，「記」體文可謂是蘇軾寺院作品中最常出現的一類文體，這一點首先在於「記」體文本身駁雜性的特點，因為它幾乎可以涵蓋一切關於事、物、人方面的敘寫。其次，宋代「記」體文又尤其注重議論特徵，此特點讓蘇軾的寺院作品擺脫了單純的記敘性描寫，讓文字本身具備了更多的現實意義和社會價值。當然，文字禪的流行也讓學佛參禪成為了士大夫所好之事，借寺院話題闡釋佛理在當時也極為盛行。除此之外，寺院題辭文也佔據了一定的比例，這類文字更像是以日記的形式記錄蘇軾日常生活中的點滴，這類記錄性的文字或兼及情感，或兼及說理，也讓文字本身變得靈活且多樣化。另外，讚頌文也是蘇軾寺院作品中常見的一類文體，這類文字多以情感為主線，甚至間雜了更多的個人信仰元素。總之，在將蘇軾的寺院作品按體裁分類之後，便可更直觀地感受他在不同環境及處境中的經歷以及情感，體裁的分類也為蘇軾寺院作品的深入研究建立了一定的基礎。

第三章　寺院環境與空間構建

第一節　叢林書寫中的慕竹情結

中國自古就是一個盛產竹子的國家，在早期，竹子不僅會成為人們生活中各種工具器具的製作源材，同時也逐漸融匯成了園林建築中的別致景觀。而隨著佛教的傳入，竹文化也漸漸與佛教交融在了一起，比如觀世音菩薩的修行道場就是在普陀山的紫竹林。而事實上，竹子與佛教的淵源可以追溯到更遠，早在釋迦牟尼成道之時，佛教史上的第一座供佛教徒專用的建築就叫「竹林精舍。」又如人們熟知的「青青翠竹，盡是法身」，〔註1〕更是借竹之喻闡明了萬法唯識的真諦。可以說，竹子在佛教裏不僅是「法身」的象徵代表，它也是中國民俗文化的一個重要組成部分。在蘇軾的寺院作品中，竹子也是一個經常出現的意象。但與此同時，蘇軾寺院作品中的竹子又不是一個偶然的存在，因為在筆者的觀察中發現，蘇軾關於竹子的描述尤其集中於黃州時期的寺院作品中，故本節將以蘇軾黃州時期的寺院作品為出發點，分析蘇軾寺院書寫中的意義和特殊情結。

一、蘇軾黃州時期的寺院作品概覽

蘇軾身居黃州的時候曾遊訪過諸多寺院，下表即是蘇軾遊覽過的所有寺院以及對寺院環境的描寫：

〔註1〕《大慧普覺禪師語錄》，《大正藏》第 47 冊，河北省佛教協會影印 2005 年，第 872 頁。

寺院名稱	寺院環境
禪智寺	1. 佛燈漸暗饑鼠出，山雨忽來修竹鳴。
定惠院	1. 參差玉宇飛木末，繚繞香煙來月下。江雲有態清自媚，竹露無聲浩如瀉。已驚弱柳萬絲垂，尚有殘梅一枝亞。 2. 江城地瘴蕃草木，只有名花苦幽獨。嫣然一笑竹籬間，桃李滿山總粗俗。……不問人家與僧舍，拄杖敲門看修竹。 3. 余謫黃州，寓居定惠院。繞舍皆茂林修竹，荒池蒲葦。 4. 而居處修潔，如吳越間人，竹林花圃皆可喜。……晚乃步出城東，鬻大木盆，意者謂可以注清泉，淪瓜李，遂貪緣小溝，入何氏、韓氏竹園。時何氏方作堂竹間，既闢地矣，遂置酒竹陰下。
安國寺	1. 披衣坐小閣，散髮臨修竹。 2. 城南古寺修竹合，小房曲檻敧深紅。 3. 每歲之春，與眉陽子瞻遊於安國寺，飲酒於竹間亭，擷亭下之茶，烹而食之。 4. 得城南精舍曰安國寺，有茂林修竹，陂池亭榭。
乾明寺	1. 其一 雨過浮萍合，蛙聲滿四鄰。海棠真一夢，梅子欲嘗新。 拄杖閒挑菜，秋韆不見人。殷勤木芍藥，獨自殿餘春。 其二 高亭廢已久，下有種魚塘。暮色千山入，春風百草香。 市橋人寂寂，古寺竹蒼蒼。鸛鶴來何處，號鳴滿夕陽。
西山寺	1. 今寒溪少西數百步，別為西山寺，有泉出於嵌竇間，色白而甘，號菩薩泉，人莫知其本末。
禪莊院	1. 十日春寒不出門，不知江柳已搖村。稍聞決決流冰谷，盡放青青沒燒痕。數畝荒園留我住，半瓶濁酒待君溫。去年今日關山路，細雨梅花正斷魂。
開善院	1. 其一 晚照餘喬木，前村起夕煙。棋聲虛閣上，酒味早霜前。 遠謫何須恨，來遊不偶然。風光類吾土，乃是蜀江邊。 其二 放船江瀨淺，城郭近連村。水檻松筠靜，市橋燈火繁。 誰家掛魚網，小舫繫柴門。卜築計未定，何妨試買園。
清泉寺	1. 寺在蘄水郭門外二里許，有王逸少洗筆泉，水極甘，下臨蘭溪，溪水西流。 2. 山下蘭芽短浸溪，松間沙路淨無泥。瀟瀟暮雨子規啼。誰道人生無再少，門前流水尚能西。休將白髮唱黃雞。
承天寺	1. 庭下如積水空明，水中藻荇交橫，蓋竹柏影也。何夜無月，何處無竹柏，但少閒人如吾兩人者耳。

　　從上面列舉的表格可以看出，蘇軾對寺院的印象大概有以下兩個特點：第一，他幾乎沒有對寺院中的宗教建築有相關介紹，而是將筆墨重點放置於自然環境，並且字裏行間都流淌著濃鬱的田園氣息。第二，蘇軾在寺院環境描寫中都多次出現了「竹」這一字眼，特別是安國寺、定惠院還有承天寺，竹子幾乎成為了寺院的象徵代表，例如「披衣坐小閣，散髮臨修竹」，〔註2〕竹子似乎與蘇軾形影不離。此外，在上述羅列的 9 個寺院之中，定惠院和安國寺是蘇軾最常到訪的兩個寺院，蘇軾關乎二者的筆墨也是最多的。

　　那麼僅從這一點看，寺院對於蘇軾不僅僅是一處宗教聖地，同時它也是一種旅遊資源。而旅遊資源的特點之一，就是它必須具有相當的可遊性，即必須通過它所具有的遊素刺激旅遊者的感觀而獲得某種身心的滿足或享受。〔註3〕也就是說，對於寺院空間的描述不僅僅繪寫出了建築環境的物質存在，同時它也展現了人的內心體驗和情感觸動。單從蘇軾對寺院的環境描寫看，蘇軾對竹子可謂是情有獨鍾的。

二、蘇軾寺院作品中的故鄉情結

　　蘇軾對於竹子的偏好首先在於當地的自然環境。當時的黃州就是一個盛產竹子的地方。北宋的王禹偁被貶黃州時曾寫過一篇《黃岡竹樓記》，其中說道：「黃岡之地多竹，大者如椽，竹工破之，刳去其節，用代陶瓦。比屋皆是，以其價廉而工省也。」〔註4〕竹子在當時可謂是一種廉價而實用的建材，家家戶戶都會用它來蓋房子，因此，竹披出現於寺院中也是數見不鮮。

　　其次，竹子對於蘇軾意味著些許故鄉情結。蘇軾的家鄉四川就是一個盛產竹子的地方。四川地處中國西南部，屬於亞熱帶範圍，除了西部少數地帶屬於高原高寒氣候外，大部分地區都是溫暖濕潤，氣候宜人的。四川自古就有茂盛的竹林栽培，《前漢書‧地理志》中曾記載：「巴、蜀、廣漢本南夷，秦並以為郡，土地肥美，有江水沃野，山林竹木蔬食果實之饒。」〔註5〕竹子可謂是當

〔註2〕　（宋）蘇軾著：《安國寺浴》，張志烈、馬德富、周裕鍇主編：《蘇軾全集校注》
　　　　　第 4 冊，第 2158 頁。
〔註3〕　段玉明：《中國寺廟文化》，上海：上海人民出版社，1997 年 1 月，第 676 頁。
〔註4〕　（宋）王禹偁：《黃岡竹樓記》，《湖廣通志》卷 105，《景印文淵閣四庫全書》
　　　　　第 534 冊，第 668 頁。
〔註5〕　（漢）班固撰：《前漢書》卷 28，《景印文淵閣四庫全書》第 249 冊，第 771
　　　　　頁。

地獨特的自然景觀，李白在《訪戴天山道士不遇》說過：「野竹分青靄，飛泉掛碧峰。」〔註6〕另外，蘇軾故時的家中也有竹子：「家有粗險石，植之疏竹軒。」〔註7〕生長在修竹盤繞的環境裏，蘇軾也逐漸對竹子的品格有了更深的認識。早年時，他曾寫過一篇《墨君堂記》，他對王子猷稱竹為君的叫法頗加認同。蘇軾認為竹子有著異乎尋常的品質：「風雪凌厲以觀其操，崖石犖确以致其節。得志，遂茂而不驕；不得志，瘁瘠而不辱。群居不倚，獨立不懼。」〔註8〕竹子就像君子一樣高潔堅貞又不卑不亢，所以他曾說過：「可使食無肉，不可使居無竹。無肉令人瘦，無竹令人俗。」〔註9〕如果說肉代表著物質財富，那麼竹則象徵著精神依託，相比物質體驗，蘇軾則更看重精神追求，此詩以簡單易懂的譬喻傳達了蘇軾超然不俗的人生觀。所以，蘇軾總是喜好與竹為鄰：「余謫黃州，寓居定惠院。繞舍皆茂林修竹，荒池蒲葦」，〔註10〕「披衣坐小閣，散髮臨修竹。」〔註11〕

關於蘇軾的故鄉情結，並不是在黃州時才萌生的，黃州之前他的許多文字都流露了對故鄉的掛念。蘇軾南行途中就對故鄉戀戀不捨：「故鄉飄已遠，往意浩無邊」，〔註12〕甚至可以說，蘇軾早年對於故鄉情的吐露是非常直白的：

> 浩蕩荊江遠，淒涼蜀客悲。〔註13〕
>
> 今朝遊故里，蜀客不勝悲。〔註14〕

〔註6〕 （唐）李白：《訪戴天山道士不遇》，《李太白文集》卷20，《景印文淵閣四庫全書》第1066冊，第364頁。

〔註7〕 （宋）蘇軾著：《詠怪石》，張志烈、馬德富、周裕鍇主編：《蘇軾全集校注》第8冊，第5490頁。

〔註8〕 （宋）蘇軾著：《墨君堂記》，張志烈、馬德富、周裕鍇主編：《蘇軾全集校注》第11冊，第1120頁。

〔註9〕 （宋）蘇軾著：《於潛僧綠筠軒》，張志烈、馬德富、周裕鍇主編：《蘇軾全集校注》第2冊，第893頁。

〔註10〕 （宋）蘇軾著：《五禽言五首（並敘）》，張志烈、馬德富、周裕鍇主編：《蘇軾全集校注》第4冊，第2185頁。

〔註11〕 （宋）蘇軾著：《安國寺浴》，張志烈、馬德富、周裕鍇主編：《蘇軾全集校注》第4冊，第2158頁。

〔註12〕 （宋）蘇軾著：《初發嘉州》，張志烈、馬德富、周裕鍇主編：《蘇軾全集校注》第1冊，第5頁。

〔註13〕 （宋）蘇軾著：《白帝廟》，張志烈、馬德富、周裕鍇主編：《蘇軾全集校注》第1冊，第59頁。

〔註14〕 （宋）蘇軾著：《隆中》，張志烈、馬德富、周裕鍇主編：《蘇軾全集校注》第1冊，第155頁。

　　蜀客曾遊明月峽，秦人今在武陵溪。〔註15〕

　　蜀客南遊家最遠，吳山寒盡雪先晴。〔註16〕

　　蒼顏華髮，故山歸計何時決。〔註17〕

　　蜀客到江南，長憶吳山好。〔註18〕

　　故山猶負平生約。西望峨嵋，長羨歸飛鶴。〔註19〕

　　長安自不遠，蜀客苦思歸。莫教名障日，喚作小峨眉。〔註20〕

　　他曾頻頻以「蜀客」自稱，時常念想著可以回到故鄉，並且努力在鄉愁中尋找歸屬感。蘇軾甚至還說過：「吳蜀風流自古同，歸去應須早」，〔註21〕他試圖拉近異鄉與自己之間的距離，在他鄉中尋找故鄉的感覺。慢慢地，隨著仕途沉浮以及身世漂泊，蘇軾已然深感自己離故鄉越來越遠，思鄉之情雖未減，無處可尋的歸依感卻與日俱增，他的許多文字更是展現了歸鄉無望的感傷：

　　故鄉歸去千里，佳處輒遲留。〔註22〕

　　天涯倦客，山中歸路，望斷故園心眼。〔註23〕

〔註15〕（宋）蘇軾著：《留題仙遊潭中興寺。寺東有玉女洞，洞南有馬融讀書石室。過潭而南，山石益奇。潭上有橋，畏其險，不敢渡》，張志烈、馬德富、周裕鍇主編：《蘇軾全集校注》第 1 冊，第 215 頁。

〔註16〕（宋）蘇軾著：《莘老葺天慶觀小園，有亭北向，道士山宗說乞名與詩》，張志烈、馬德富、周裕鍇主編：《蘇軾全集校注》第 2 冊，第 809 頁。

〔註17〕（宋）蘇軾著：《醉落魄（蘇州閶門留別）》，張志烈、馬德富、周裕鍇主編：《蘇軾全集校注》第 9 冊，第 92 頁。

〔註18〕（宋）蘇軾著：《卜算子（自京口還錢塘，道中寄述古太守）》，張志烈、馬德富、周裕鍇主編：《蘇軾全集校注》第 9 冊，第 40 頁。

〔註19〕（宋）蘇軾著：《醉落魄（席上呈楊元素）》，張志烈、馬德富、周裕鍇主編：《蘇軾全集校注》第 9 冊，第 105 頁。

〔註20〕（宋）蘇軾著：《廬山五詠（障日峰）》，張志烈、馬德富、周裕鍇主編：《蘇軾全集校注》第 2 冊，第 1251 頁。

〔註21〕（宋）蘇軾著：《卜算子（自京口還錢塘，道中寄述古太守）》，張志烈、馬德富、周裕鍇主編：《蘇軾全集校注》第 9 冊，第 40 頁。

〔註22〕（宋）蘇軾著：《水調歌頭（余去歲在東武，作〈水調歌頭〉以寄子由。今年子由相從彭門百餘日，過中秋而去，作此曲以別。余以其語過悲，乃為和之。其意以不早退為戒，以退而相從之樂為慰云）》，張志烈、馬德富、周裕鍇主編：《蘇軾全集校注》第 9 冊，第 195 頁。

〔註23〕（宋）蘇軾著：《永遇樂（彭城夜宿燕子樓，夢盼盼，因作此詞。一云：徐州夜夢覺，此登燕子樓作）》，張志烈、馬德富、周裕鍇主編：《蘇軾全集校注》第 9 冊，第 223 頁。

忘卻成都來十載，因君未免思量。憑將清淚灑江陽。故山知好在，孤客自悲涼。坐上別愁君未見，歸來欲斷無腸。殷勤且更盡離觴。此身如傳舍，何處是吾鄉。〔註24〕

而烏臺詩案後，蘇軾筆下的念鄉之情幾乎沒有了早期的迫切和期待，反而更像是物是人非後的一種沉澱。初到黃州時，蘇軾「深自閉塞，扁舟草履，放浪山水間，與漁樵雜處往往為醉，人所推罵。輒自喜漸不為人識，平生親友無一字見及，有書與之亦不答，自幸庶幾免矣。」〔註25〕他丟掉了官職，也斷絕了與親友之間的聯繫，從而選擇了閉門安居，居住在黃州的定惠院。從蘇軾筆下定惠院的作品看，此寺院雖地處偏僻，但還算是清靜優雅：

江雲有態清自媚，竹露無聲浩如瀉。〔註26〕

先生食飽無一事，散步逍遙自捫腹。不問人家與僧舍，拄杖敲門看修竹。〔註27〕

余謫黃州，寓居定惠院。繞舍皆茂林修竹，荒池蒲葦。〔註28〕

黃州定惠院東小山上，有海棠一株，特繁茂。每歲盛開，必攜客置酒，已五醉其下矣。……既飲，往憩於尚氏之第。尚氏亦市井人也。而居處修潔，如吳越間人，竹林花圃皆可喜。……晚乃步出城東，鬻大木盆，意者謂可以注清泉，瀹瓜李，遂夤緣小溝，入何氏、韓氏竹園。時何氏方作堂竹間，既闢地矣，遂置酒竹陰下。〔註29〕

定惠院可謂是一個竹林叢生的地方。蘇軾很喜歡尚氏人家的住宅，稱讚他們家中的竹林和花圃非常討喜。此外，蘇軾還對何氏和韓氏的竹園頗感興趣，非常享受置酒於竹蔭下的感覺。除了定惠院之外，蘇軾還經常去的一個寺院就

〔註24〕（宋）蘇軾著：《臨江仙（送王緘）》，張志烈、馬德富、周裕鍇主編：《蘇軾全集校注》第9冊，第202頁。

〔註25〕（宋）蘇軾著：《答李端叔書》，張志烈、馬德富、周裕鍇主編：《蘇軾全集校注》第16冊，第5344～5345頁。

〔註26〕（宋）蘇軾著：《定惠院寓居月夜偶出》，張志烈、馬德富、周裕鍇主編：《蘇軾全集校注》第4冊，第2152頁。

〔註27〕（宋）蘇軾著：《寓居定惠院之東，雜花滿山，有海棠一株，土人不知貴也》，張志烈、馬德富、周裕鍇主編：《蘇軾全集校注》第4冊，第2162～2163頁。

〔註28〕（宋）蘇軾著：《五禽言五首（並敘）》，張志烈、馬德富、周裕鍇主編：《蘇軾全集校注》第4冊，第2185頁。

〔註29〕（宋）蘇軾著：《記遊定惠院》，張志烈、馬德富、周裕鍇主編：《蘇軾全集校注》第19冊，第8074頁。

是安國寺：

> 得城南精舍曰安國寺，有茂林修竹，陂池亭榭。〔註30〕

> 每歲之春，與眉陽子瞻遊於安國寺，飲酒於竹間亭，擷亭下之茶，烹而食之。〔註31〕

> 披衣坐小閣，散髮臨修竹。〔註32〕

> 城南古寺修竹合，小房曲檻欹深紅。〔註33〕

從上面的文字看，安國寺與定惠院有這樣一個共同點：二者都是一個有修竹和水塘地方，而蘇軾早年時對故鄉的印象，大概就是「漸入西南風景變，道邊修竹水潺潺。」〔註34〕所以，如此場景很難讓蘇軾不會想到自己的家鄉。「我老忘家舍」，〔註35〕蘇軾深知自己歸鄉無望，所以，他才常常遊覽寺院甚至是居住在寺院，這不僅是為了從佛教中尋求解脫，其實也是希望從竹林叢生的寺院中找到故鄉的味道。在《記承天夜遊》中，蘇軾說道：「庭下如積水空明，水中藻荇交橫，蓋竹柏影也。何夜無月，何處無竹柏，但少閒人如吾兩人者耳。」〔註36〕竹柏常在，明月常有，解脫就在當下。「身外儻來都似夢，醉裏無何即是鄉」，〔註37〕蘇軾不再執著於「蜀客」、「成都」這些特定的稱謂，逐漸淡化了故鄉在空間地理意義上的界限。離開黃州後，蘇軾對故鄉的概念有了更深一層的認識：「若說峨眉眼前是，故鄉何處不堪回」，〔註38〕又「傾蓋相逢勝白

〔註30〕（宋）蘇軾著：《黃州安國寺記》，張志烈、馬德富、周裕鍇主編：《蘇軾全集校注》第 11 冊，第 1237 頁。

〔註31〕（宋）蘇軾著：《遺愛亭記（代巢元修）》，張志烈、馬德富、周裕鍇主編：《蘇軾全集校注》第 11 冊，第 1271 頁。

〔註32〕（宋）蘇軾著：《安國寺浴》，張志烈、馬德富、周裕鍇主編：《蘇軾全集校注》第 4 冊，第 2158 頁。

〔註33〕（宋）蘇軾著：《安國寺尋春》，張志烈、馬德富、周裕鍇主編：《蘇軾全集校注》第 4 冊，第 2160 頁。

〔註34〕（宋）蘇軾著：《石鼻城》，張志烈、馬德富、周裕鍇主編：《蘇軾全集校注》第 1 冊，第 221 頁。

〔註35〕（宋）蘇軾著：《元修菜（並敘）》，張志烈、馬德富、周裕鍇主編：《蘇軾全集校注》第 4 冊，第 2427 頁。

〔註36〕（宋）蘇軾著：《記承天夜遊》，張志烈、馬德富、周裕鍇主編：《蘇軾全集校注》第 19 冊，第 8082 頁。

〔註37〕（宋）蘇軾著：《十拍子》，張志烈、馬德富、周裕鍇主編：《蘇軾全集校注》第 9 冊，第 448 頁。

〔註38〕（宋）蘇軾著：《次韻徐積》，張志烈、馬德富、周裕鍇主編：《蘇軾全集校注》第 5 冊，第 2889 頁。

頭，故山空復夢松楸。此心安處是菟裘。」〔註39〕「菟裘」這一詞源於《左轉》：「使營菟裘，吾將老焉」，〔註40〕它本是春秋魯地之名，後多指士大夫晚年告老隱居之地。無論身處何地，心安處就是故鄉。蘇軾還有一首非常有名的《定風波》，亦是借柔奴的口吻聲稱「此心安處是吾鄉。」〔註41〕

　　烏臺詩案之後，蘇軾的歸鄉之情逐漸被淡化，張道在《蘇亭詩話》中認為蘇軾是「不敢言歸」，但在筆者看來，此時的蘇軾是「不需言歸」，因為他真正地實現了將異鄉故鄉化，這一點不僅是人生閱歷成熟的結果，黃州寺院中的特殊環境也起到了一定的催化作用。甚至若干年後，蘇軾在杭州任知州時，還會想到當年在黃州時回憶壽星院竹子的情形：「清風肅肅搖窗扉，窗前修竹一尺圍。紛紛蒼雪落夏簟，冉冉綠霧沾人衣。」〔註42〕直至晚年，翠竹環江的樣子依舊牽動著他對故鄉的回憶：「只疑歸夢西南去，翠竹江村繞白沙。」〔註43〕

三、從「以竹入詩」到「身與竹化」——寺院空間構寫的意義和價值

　　通過上文分析可知，蘇軾在黃州時期關於「竹子」的描述重點出現於寺院作品中，反倒在寺院之外的場所併不多見。寺院與非寺院中的竹子本並無本質的區別，但竹林蔥蔥的寺院不僅為蘇軾提供了遠離紅塵的養心之地，也讓蘇軾尋找到了故鄉的感覺，筆者認為這一點也是蘇軾當時尤其喜好出入寺院的原因之一。

　　而結合蘇軾整個的人生經歷看，他在「烏臺詩案」前後對於竹子的情感也是不一樣的。早年時的蘇軾也常常「以竹入詩」：

　　　　門前兩叢竹，雪節貫霜根。〔註44〕

〔註39〕（宋）蘇軾著：《浣溪沙》，張志烈、馬德富、周裕鍇主編：《蘇軾全集校注》第 9 冊，第 478 頁。

〔註40〕《春秋左傳注疏》卷 3，《景印文淵閣四庫全書》第 143 冊，第 107 頁。

〔註41〕（宋）蘇軾著：《定風波（王定國歌兒曰柔奴，姓宇文氏，眉目娟麗，善應對，家世住京師。定國南遷歸，余問柔：「廣南風土，應是不好？」柔對曰：「此心安處，便是吾鄉。」因為綴詞云）》，張志烈、馬德富、周裕鍇主編：《蘇軾全集校注》第 9 冊，第 526 頁。

〔註42〕（宋）蘇軾著：《壽星院寒碧軒》，張志烈、馬德富、周裕鍇主編：《蘇軾全集校注》第 5 冊，第 3520 頁。

〔註43〕（宋）蘇軾著：《留題顯聖寺》，張志烈、馬德富、周裕鍇主編：《蘇軾全集校注》第 8 冊，第 5245 頁。

〔註44〕（宋）蘇軾著：《鳳翔八觀（王維吳道子畫）》，張志烈、馬德富、周裕鍇主編：《蘇軾全集校注》第 1 冊，第 317 頁。

但見竹陰綠，不知汗水黃。〔註45〕

愛竹能延客，求詩剩掛牆。〔註46〕

鄰里亦知偏愛竹，春來相與護龍雛。〔註47〕

但知愛墨竹，此歡吾已久。〔註48〕

不難看出，早期蘇軾對竹子同樣偏愛有加，特別是其中的「愛竹」、「偏愛竹」、「愛墨竹」，可以說，這是一種非常簡單又直白的喜慕。但這樣的表述也把竹子視為與自身對立的客觀存在，或者說是一種對客體所進行的主觀描述，並且這類描述也多是針對竹子的外在形象所言。而隨著閱歷的豐富，蘇軾也對竹子有更深層次的理解，熙寧九年蘇軾在《和文與可洋川園池三十首》之《竹塢》中稱讚道：「晚節先生道轉孤，歲寒惟有竹相娛。」〔註49〕其中的「有竹相娛」正是他對清貴正直這一品質的肯定。「烏臺詩案」時，蘇軾又創作了一首《竹》：

今日南風來，吹亂庭前竹。低昂中音會，甲刃紛相觸。蕭然風雪意，可折不可辱。風霽竹已回，猗猗散青玉。故山今何有，秋雨荒離菊。此君知健否，歸掃南軒綠。〔註50〕

此詩是蘇軾因烏臺詩案而作於獄中，雖說這一牢獄之災讓他丟失了官職，斷絕了親友，但卻也實現了蘇軾文學創作上的成就與人格的考驗。也正如他與李公擇的書信中所說：「吾儕雖老且窮，而道理貫心肝，忠義填骨髓，直須談笑於死生之際。若見僕困窮便相於邑，則與不學道者不大相遠矣。……兄雖懷坎壈於時，遇事有可尊主澤民者，便忘軀為之，禍福得喪，付與造物。」〔註51〕厄運下

〔註45〕　（宋）蘇軾著：《大老寺竹間閣子》，張志烈、馬德富、周裕鍇主編：《蘇軾全集校注》第 1 冊，第 420 頁。

〔註46〕　（宋）蘇軾著：《綠筠堂》，張志烈、馬德富、周裕鍇主編：《蘇軾全集校注》第 1 冊，第 508 頁。

〔註47〕　（宋）蘇軾著：《傅堯俞濟源草堂》，張志烈、馬德富、周裕鍇主編：《蘇軾全集校注》第 1 冊，第 555 頁。

〔註48〕　（宋）蘇軾著：《林子中以詩寄文與可及余，與可既歿，追和其韻》，張志烈、馬德富、周裕鍇主編：《蘇軾全集校注》第 3 冊，第 2057～2058 頁。

〔註49〕　（宋）蘇軾著：《和文與可洋川園池三十首（竹塢）》，張志烈、馬德富、周裕鍇主編：《蘇軾全集校注》第 3 冊，第 1350 頁。

〔註50〕　（宋）蘇軾著：《御史臺榆、槐、竹、柏四首（竹）》，張志烈、馬德富、周裕鍇主編：《蘇軾全集校注》第 3 冊，第 2105 頁。

〔註51〕　（宋）蘇軾著：《與李公擇十七首（十一）》，張志烈、馬德富、周裕鍇主編：《蘇軾全集校注》第 16 冊，第 5617 頁。

的剛正不阿也正如詩中所說的「蕭然風雪意，可折不可辱」。蘇軾以竹自喻，並且在這首詩中充分肯定了竹子的內在品質。

蘇軾早年就曾聲稱「可使食無肉，不使可居無竹」，〔註52〕而他真正實現「居有竹」的時候，恰恰就是在黃州寺院。從前文分析可知，蘇軾在黃州寺院中常常與竹為鄰，但這一階段的慕竹文字顯然既沒有了早期的直白大愛，也不同於「烏臺詩案」爆發之際的凜然鐵骨，蘇軾試圖與竹融為一體，字裏行間流淌出的都是平和淡然。經歷了在黃州的五年時光，蘇軾便在一首詩中正式提出了「身與竹化」〔註53〕的繪畫創作理念，這一說法的核心正是在於：當忘記物我，實現主客體合二為一時，便可到達創作與審美的至佳境界。劉勰在《文心雕龍》中也曾闡述過類似的說法：「人稟七情，應物斯感，感物吟志，莫非自然。」〔註54〕當人把接觸到外物時的情感寄託於文字時，這可謂是性情最本真的流露。對於蘇軾，竹子傲然高潔、堅不可摧的形象已然成為了他本人的化身。因此，蘇軾在黃州寺院「與竹為鄰」的歲月，不僅讓他逐漸實現從「以竹入詩」到「身與竹化」的昇華，並且也領會到了「以竹入禪」的境界。在《題文與可墨竹》一詩中，他說道：「詩鳴草聖餘，兼入竹三昧」，〔註55〕「三昧」在佛教中一般指禪定不亂的狀態，而「入竹三昧」的說法，則正是禪宗中常講的「青青翠竹，盡是法身」。〔註56〕

從蘇軾慕竹文字在不同階段中的特點中可知，寺院中的竹子也許只是一個偶然的出現，但蘇軾筆下寺院作品中的竹子卻並不是偶然的存在。寺院雖然是一處宗教聖地，但它對於人的意義遠非宗教意義，其中的一草一木都為置身於其中的人們提供了一個修行的場所。也正如米克·巴爾在《敘述學：敘事理論導論》中所說：

> 空間在故事中以兩種方式起作用。一方面它只是一個結構，一個行動的地點。在這樣一個容積之內，一個詳略程度不等的描述將

〔註52〕（宋）蘇軾著：《於潛僧綠筠軒》，張志烈、馬德富、周裕鍇主編：《蘇軾全集校注》第 2 冊，第 893 頁。

〔註53〕（宋）蘇軾著：《書晁補之所藏與可畫竹三首（其一）》，張志烈、馬德富、周裕鍇主編：《蘇軾全集校注》第 5 冊，第 3160 頁。

〔註54〕（南北朝）劉勰：《文心雕龍》卷 2，《景印文淵閣四庫全書》第 1478 冊，第 10 頁。

〔註55〕（宋）蘇軾著：《題文與可墨竹（並敘）》，張志烈、馬德富、周裕鍇主編：《蘇軾全集校注》第 5 冊，第 3003 頁。

〔註56〕（宋）道原撰：《景德傳燈錄》，《大正藏》第 51 冊，第 391 頁。

產生那一空間的具象與抽象程度不同的畫面。空間也可以完全留在背景中。不過，在許多情況下，空間常被「主題化」：自身成了描述的對象本身。這樣，空間就成為一個「行動著的地點」（acting place），而非「行為的地點」（the place of action）。〔註57〕

　　從這一視角看，蘇軾筆下的寺院作品暗含了神聖與世俗的雙層元素，其實也正是被「主題化」了。寺院中的修竹綠水親近自然，遠離鬧市，它為僧人提供了一個絕佳的修行場所。對於蘇軾本人而言，他雖然並不嚮往佛教中的彼岸世界，但身處寺院之中，獨特的寺院空間卻為他鑄造出了一處立足於現實的心靈家園：「得城南精舍曰安國寺，有茂林修竹，陂池亭榭。間一二日輒往，焚香默坐，深自省察，則物我相忘，身心皆空，求罪垢所從生而不可得」，〔註58〕「披衣坐小閤，散髮臨修竹。心困萬緣空，身安一床足。」〔註59〕這樣的一個空間淡化了宗教場所裏的森嚴與沈寂，讓修行進一步大眾化，正如《坐禪三昧經》中所說：「閒靜修寂志，結跏坐林間。撿心不放逸，吾意覺諸緣。」〔註60〕蘇軾鄰竹默坐的場景與佛教中的坐禪極為相似，這不僅讓他在深自省察中抵達到了物我兩空的境界，同時也在無形中尋找到了故鄉的味道。蘇軾筆墨下的竹子不僅僅只是一種植物，它如同宗教一樣，某種意義上也是一種信仰依託，或者說它被蘇軾化身成了故鄉的符號代表，同時也為文字創作提供了更多的靈感和源泉。

第二節　蘇軾寺院作品中的「鐘聲」研究

　　鐘是佛教寺院中經常出現的法器之一，《百丈清規》中說過：「大鐘，叢林號令資始也。曉擊，則破長夜，警睡眠；暮鳴，則覺昏衢，疏冥昧。」〔註61〕寺院中的鐘聲不僅僅有報時的作用，更是提醒修行人要勇猛精進、常持正念。在歷代文人的作品中，鐘聲也是一個很常見的意象，常建在《題破山寺後禪院》

〔註57〕（荷蘭）米克・巴爾著，譚君強譯：《敘述學：敘事理論導論》，北京：中國社會科學出版社，1995年11月，第108頁。

〔註58〕（宋）蘇軾著：《黃州安國寺記》，張志烈、馬德富、周裕鍇主編：《蘇軾全集校注》第11冊，第1237頁。

〔註59〕（宋）蘇軾著：《安國寺浴》，張志烈、馬德富、周裕鍇主編：《蘇軾全集校注》第4冊，第2158頁。

〔註60〕（姚秦）鳩摩羅什譯：《坐禪三昧經》，《大正藏》第15冊，第270頁。

〔註61〕（唐）百丈懷海：《百丈清規證義記》，《卍新續藏》第63冊，第515頁。

中說過：「萬籟此俱寂，但餘鐘磬音」；〔註62〕張繼的「姑蘇城外寒山寺，夜半鐘聲到客船」〔註63〕也是膾炙人口的佳句；劉長卿的「蒼蒼竹林寺，杳杳鐘聲晚」，〔註64〕更以短短數字展現了寺院的清幽靈澈之美；還有陸游的《短歌行》：「百年鼎鼎世共悲，晨鐘暮鼓無休時」，〔註65〕則是借鐘聲感歎時光易逝。本節將對蘇軾寺院作品中的鐘聲進行考察，試圖瞭解鐘聲的宗教內涵與藝術創作。

一、寺院鐘聲的藝術表達與創作

（一）寺院鐘聲中的通感

關於鐘聲，蘇軾曾寫過一篇《法雲寺鐘銘》，對其進行了這樣的解讀：

> 有鐘誰為撞？有撞誰撞之？三合而後鳴，聞所聞為五。闕一不可得，汝則安能聞？汝聞竟安在？耳視目可聽。當知所聞者，鳴寂寂時鳴。大圜空中師，獨處高廣座。臥士無所著，人引非引人。二俱無所說，而說無說法。法法雖無盡，問則應曰三。汝應如是聞，不應如是聽。〔註66〕

蘇軾認為，當「鐘」、「撞鐘的人」和「撞鐘」這一行為三者並具的時候，就會產生鐘聲。如果要使得鐘聲被人聽見，還需要「聽的人」與「聽」這一行為存在才得以發生。但蘇軾又進一步提出了「耳視目可聽」這一說法，也就是說，對於盲人而言，只要他聽到了鐘聲，就會知道撞鐘這一行為。同樣，對於聾人而言，當他看到了撞鐘這一行為，當會想像出鐘鳴的聲音。所以，人的各種感官是可以互補互通的。在蘇軾的寺院作品中，這一觀念被如此運用：

> 秋來雨過，一新鍾鼓之音。〔註67〕

〔註62〕（唐）常建：《題破山寺後禪院》，《常建詩》卷3，《景印文淵閣四庫全書》第1071冊，第433頁。

〔註63〕（唐）張繼：《楓橋夜泊》，《御定全唐詩》卷242，《景印文淵閣四庫全書》第1425冊，第342頁。

〔註64〕（唐）劉長卿：《送靈澈上人》，《御定全唐詩》卷147，《景印文淵閣四庫全書》第1424冊，第341頁。

〔註65〕（唐）陸游：《短歌行》，《放翁詩選後集》卷2，《景印文淵閣四庫全書》第1163冊，第776頁。

〔註66〕（宋）蘇軾著：《法雲寺鐘銘（並敘）》，張志烈、馬德富、周裕鍇主編：《蘇軾全集校注》第12冊，第2123頁。

〔註67〕（宋）蘇軾著：《重請戒長老住石塔疏》，張志烈、馬德富、周裕鍇主編：《蘇軾全集校注》第18冊，第6876頁。

老去山林徒夢想，雨餘鍾鼓更清新。〔註68〕

這兩句詩的創作手法非常相似。「秋來雨過」，人們能感受到秋天和雨水的到來，當是有賴於觸覺與視覺，而在蘇軾的筆下，這種自然景觀卻可以讓聽覺支配下的鍾鼓之音變得新鮮。同樣，「雨餘鍾鼓更清新」也是如此，當聽覺與視角效果交融在一起時，寺院裏的鐘聲被展現得格外靈動鮮活。對於這樣的一種描寫手法，錢鍾書在《通感》一文中曾做過深入研究，此文列舉分析了大量的詩文，並最早提出了「通感」這一概念，認為各個官能的領域是可以不分界限的，按照這樣的思路便可打磨出一些新奇的句法。〔註69〕

關於「通感」這一說法，佛教中的《楞嚴經》也有過相類似的論述：

明妄非他，覺明為咎，所妄既立，明理不踰。以是因緣，聽不出聲，見不超色。色、香、味、觸，六妄成就，由是分開，見、覺、聞、知。〔註70〕

汝耳自聞，何關身、口？口來問義，身起欽承。是故應知，非一終六，非六終一。終不汝根，元一元六。〔註71〕

當本覺真明成為了妄明妄覺，六根似乎是相互分開、各有所用的。如果耳朵能夠聽聞，那與身、口又有何關？但是在聽聞的過程中，卻需要用口來詢問，用身體來禮拜。所以，六根不是一，也不是六，而是各有所用，並且有一體之性。

不由前塵所起知見，明不循根，寄根明發，由是六根互相為用。阿難！汝豈不知，今此會中，阿那律陀無目而見；跋難陀龍無耳而聽；殑伽神女非鼻聞香；驕梵缽提異舌知味；舜若多神無身有觸，如來光中映令暫現，既為風質，其體元無；諸滅盡定得寂聲聞，如此會中摩訶迦葉，久滅意根，圓明瞭知，不因心念。〔註72〕

如果人不依隨十二種外塵所升起妄念和妄見，即可六根互用，也就是眼睛

〔註68〕（宋）蘇軾著：《贈清涼寺和長老》，張志烈、馬德富、周裕鍇主編：《蘇軾全集校注》第6冊，第4345頁。

〔註69〕錢鍾書：《七綴集》，北京：三聯書店，2016年6月，第62頁。

〔註70〕（唐）般剌密諦：《大佛頂如來密因修證了義諸菩薩萬行首楞嚴經》卷4，《大正藏》第19冊，第120頁。

〔註71〕（唐）般剌密諦：《大佛頂如來密因修證了義諸菩薩萬行首楞嚴經》卷4，《大正藏》第19冊，第123頁。

〔註72〕（唐）般剌密諦：《大佛頂如來密因修證了義諸菩薩萬行首楞嚴經》卷4，《大正藏》第19冊，第123頁。

可以聽聞，耳朵可以看見等等。所謂一根返源，六根解脫，這正是修行者所追求的通達圓融之境。

關於這一藝術手法的創作靈感，筆者認為蘇軾很有可能是受到了《楞嚴經》的影響。因為在他讀過的所有佛教中，《楞嚴經》是其所好之一：「《楞嚴》在床頭，妙偈時仰讀。返流歸照性，獨立遺所矚。」〔註73〕他對此經中的通感也是深有體會：「耳如芭蕉，心如蓮花。百節疏通，萬竅玲瓏。來時一，去時八萬四千。此義出《楞嚴》，世未有知之者也。」〔註74〕蘇軾關於寺院鐘聲的筆墨雖然不多，但是通感的手法卻被充分利用了起來：「淡遊何以娛庠老，坐聽郊原琢磬聲」，〔註75〕「長廊欹雨腳，破壁撼鐘音」，〔註76〕鐘聲本是無法觸摸與視見的，但蘇軾筆下的鐘聲卻可以被打磨甚至被撼動，這樣的描述呈現出了一種立體化的寺院空間，彷彿讓人置身於其中。

（二）寺院鐘聲的出塵之美

除了通感手法所呈現的立體空間效果外，蘇軾筆下的寺院鐘聲許多都滿載禪意，並且富有一種遠離鬧市的出塵之美。細品這些文字，其中的禪意並不僅僅只是與寺院這個宗教場所有關，它們還有一個很明顯的共同點，就是這些鐘聲皆非近在咫尺。比如蘇軾在梵天寺時曾寫過這樣一首小詩：「但聞煙外鐘，不見煙中寺。幽人行未已，草露濕芒屨。惟應山頭月，夜夜照來去。」〔註77〕蘇軾可以聽到遠煙外傳來的鐘聲，但卻看不見雲霧籠罩下的寺院。在拜訪友人的路上，露水還打濕了芒鞋。詩中的山寺彷彿空曠無邊，雖有鐘聲傳來，卻又幽靜無比；又「漸聞鐘磬音，飛鳥皆下翔。入門空無有，雲海浩茫茫」，〔註78〕鳥

〔註73〕（宋）蘇軾著：《次韻子由浴罷》，張志烈、馬德富、周裕鍇主編：《蘇軾全集校注》第 7 冊，第 4959～4960 頁。

〔註74〕（宋）蘇軾著：《書贈邵道士》，張志烈、馬德富、周裕鍇主編：《蘇軾全集校注》第 19 冊，第 7468～7469 頁。

〔註75〕（宋）蘇軾著：《與舒教授、張山人、參寥師同遊戲馬臺，書西軒壁，兼簡顏長道二首（其一）》，張志烈、馬德富、周裕鍇主編：《蘇軾全集校注》第 3 冊，第 1848 頁。

〔註76〕（宋）蘇軾著：《過廣愛寺，見三學演師，觀楊惠之塑寶山、朱瑤畫文殊、普賢三首（其三）》，張志烈、馬德富、周裕鍇主編：《蘇軾全集校注》第 2 冊，第 927 頁。

〔註77〕（宋）蘇軾著：《梵天寺見僧守詮小詩清婉可愛，次韻》，張志烈、馬德富、周裕鍇主編：《蘇軾全集校注》第 2 冊，第 757 頁。

〔註78〕（宋）蘇軾著：《遊靈隱高峰塔》，張志烈、馬德富、周裕鍇主編：《蘇軾全集校注》第 2 冊，第 1157 頁。

兒隨著漸漸入耳的鐘聲飛過，雲海茫茫，如夢如幻；「松門有時盡，幽景無斷續。崖轉聞鐘聲，林疏見華屋，」〔註79〕一路幽景，如臨仙境，「崖轉聞鐘聲」，鐘聲說遠又近，似乎只是一崖之隔。總之，這些文字皆渲染出了一種縹緲虛幻的感覺，鐘聲可聞於耳，但卻遠在虛空又無法觸摸。

在佛教中曾有著名的「十喻」來解釋「空觀」：「諸法如幻、如焰、如水中月、如虛空、如響、如揵闥婆城、如夢、如影、如鏡中象、如化，得無閡無所畏。」〔註80〕鳩摩羅什還曾用一首詩來解釋「十喻」：「十喻以喻空，空必待此喻。借言以會意，意盡無會處。若得出長羅，住此無所住。若能映斯照，萬象無來去。」〔註89〕詩中所描繪的「空」並不是虛無，而是一種非無非有、無生無滅的狀態。

如此看，蘇軾詩中寺院鐘聲的似真似幻就非常類似於經中的「如虛空、如響」，這樣的聲音縈繞在空中又不經意地傳入耳中，很難讓人不萌生出塵之想。因此，蘇軾筆下的寺院鐘聲可以說是韻味十足的，它不僅空靈縹緲，不絕如縷，同時也是一幅清幽可視的畫境。聲象與形象的結合也把虛實、動靜巧妙地融合在了一起，可謂禪味十足，意韻無窮。

二、寺院鐘聲的宗教意義

從上述《法雲寺鐘銘》一文中易知，蘇軾對鐘聲的理解可謂細緻入微。鐘聲不僅會為寺院添加了些許出塵之美，同時也會引發人們對佛理的思考。比如蘇軾的一首《大別方丈銘》：

> 閉目而視，目之所見，冥冥濛濛。掩耳而聽，耳之所聞，隱隱隆隆。耳目雖廢，見聞不斷，以搖其中。孰能開目，而未嘗視，如鑒寫容？孰能傾耳，而未嘗聽，如穴受風？不視而見，不聽而聞，根在塵空。湛然虛明，遍照十方，地獄天宮。蹈冒水火，出入金石，無往不通。我觀大別，三門之外，大江方東。東西萬里，千溪百穀，為江所同。我觀大別，方丈之內，一燈常紅。門閉不開，光出於隙，曄如長虹。問何為然，笑而不答，寄之盲聾。但見龐然，秀眉月面，

〔註79〕　（宋）蘇軾著：《遊山呈通判承議寫寄參寥師》，張志烈、馬德富、周裕鍇主編：《蘇軾全集校注》第 8 冊，第 5730～5731 頁。
〔註80〕　（姚秦）鳩摩羅什譯：《摩訶般若波羅蜜經》，《大正藏》第 8 冊，第 217 頁。
〔註81〕　（唐）澄觀述：《華嚴經疏注》，《卍新續藏》第 7 冊，第 773 頁。

純漆點瞳。我作銘詩，相其木魚，與其鼓鍾。〔註82〕

這段文字其實與《法雲寺鐘銘》有著異曲同工之妙。當人閉上眼睛的時候，眼前是漆黑的一片。當人堵住耳朵的時候，耳中是隆隆的聲音。所以即便對於耳聾目盲之人，也依舊可以感覺到聲色的存在。因為人的根性就在紅塵之中，它無處不在、無孔不入。這篇文章雖名為《大別方丈銘》，但蘇軾寫作此文的目的卻是「相其木魚，與其鼓鍾」。木魚與鍾鼓一樣，它不僅有報時的作用，同時也以此警醒大眾：「相傳謂魚晝夜常醒，刻木象形擊之，所以警昏惰也。」〔註83〕無論是敲擊木魚，還是撞鼓鳴鐘，它所體現的宗教內涵就是要人們不斷精進，時時攝心觀心，如此才可保持六根清淨，不為凡塵所困。

蘇軾晚年時，他對鐘的佛教內涵有了更深一步的理解。蘇軾的侍妾王朝雲逝世後，他為還為朝雲選擇了一塊獨特的墓地：

> 朝雲葬豐湖上棲禪寺松林中。前瞻大聖塔，日聞鐘梵。墓得如此，不負其宿性。頃嘗學佛法於泗上比丘尼義空，亦粗知大意。且死，誦《金剛經》四句偈乃絕。因蒙公記憐之，故一報也。〔註84〕

王朝雲生前篤信佛法，且粗知佛學大義，蘇軾還曾將她比作天女維摩。朝雲臨命終之時還在念誦著《金剛經》中的六如偈。蘇軾深知朝雲宿願，便將她安葬在了棲禪寺的松林中，此地毗鄰聖塔，日日可聞得寺院鐘聲。他還在朝雲的墓誌銘中還寫道：「浮屠是瞻，伽藍是依。如汝宿心，惟佛之歸。」〔註85〕在佛教中，寺院裏的鐘聲是可以幫助眾生離苦得樂的，《付法藏因緣傳》中曾記載月支國的罽昵吒王因戰爭勞民傷財，死後成為了大海中的千頭魚，並深受劍輪斫首之苦。他便祈求羅漢為其打鐘，聲稱如此可以減少痛苦。〔註86〕又如《佛祖統紀》中說過：「人命終時得聞鍾磬增其正念。……若打鐘時，一切惡道諸苦，並得停止。」〔註87〕朝雲生前一直追隨著蘇軾：「一生辛勤，萬里隨

〔註82〕（宋）蘇軾著：《大別方丈銘》，張志烈、馬德富、周裕鍇主編：《蘇軾全集校注》第 12 冊，第 2213 頁。

〔註83〕（唐）百丈懷海：《百丈清規證義記》，《卍新續藏》第 63 冊，第 516 頁。

〔註84〕（宋）蘇軾著：《與章質夫五首（其五）》，張志烈、馬德富、周裕鍇主編：《蘇軾全集校注》第 20 冊，第 8854 頁。

〔註85〕（宋）蘇軾著：《朝雲墓誌銘》，張志烈、馬德富、周裕鍇主編：《蘇軾全集校注》第 12 冊，第 1630 頁。

〔註86〕（元魏西域）吉迦夜共曇曜譯：《付法藏因緣傳》，《大正藏》第 50 冊，第 315 頁。

〔註87〕（宋）志磐撰：《佛祖統紀》，《大正藏》第 49 冊，第 322 頁。

從。遭時之疫，遘病而亡」，〔註88〕她的一生可以歷盡艱苦，因此蘇軾更希望朝雲離世後可以遠離痛苦，早日證得菩提。所以，他為朝雲選擇的墓地可謂良苦用心。

對於寺院中的修行僧眾而言，鐘聲有著號令以及警示的作用。對於普通人而言，寺院鐘聲又像是一種特殊的音符，空靈悠長的梵音會讓置身寺院的人們感受到其中獨有的清澈與靜穆。而對於像蘇軾一樣喜好佛學的文人而言，鐘聲不僅能帶來些許文字創作上的靈感，聽聞鍾音又似乎是一種清淨美好的象徵。同是北宋的黃庭堅在一首羅漢贊中寫道：「清淨眷屬千五百，無日不聞鍾磬音。閻浮提中大福田，蓮花會上菩提記。」〔註89〕作為蘇軾生前的摯友，黃庭堅在蘇軾逝世後寫過一首著名的《追和東坡〈壺中九華〉詩》：

> 有人夜半持山去，頓覺浮嵐暖翠空。試問安排華屋處，何如零落亂雲中。能回趙璧人安在，已入南柯夢不通。頗有霜鐘難席捲，袖椎來聽響玲瓏。〔註90〕

蘇軾生前酷愛奇石，紹聖元年路過九華山時，聽聞當地人李正臣有一塊形色甚佳的奇石，蘇軾本欲以百金購買，因為南遷路途匆匆而未能如願。八年後，蘇軾北歸時又經此地，發現石頭已經被人取走，深感惋惜。蘇軾逝世後可謂人石兩空，宛如夢境不復。黃庭堅痛心至極，於是便寫了這首詩。在詩的結尾，黃庭堅說道，不如到蘇軾生前所愛的石鐘山去，用錘子敲一敲石鐘，以此清越的聲音來懷念蘇軾。此處的石鐘並非是鐘，只是因為聲音頗似鐘聲而得此名。當年朝雲離世後，蘇軾將她安葬在了可以日聞梵鐘的地方。如今蘇軾離開後，黃庭堅又以此玲瓏之音來悼念蘇軾。如此觀之，蘇軾和黃庭堅筆下的鐘聲都被賦予了美好的意願和寄託，鐘或鐘聲並不只是法器或是充當鳴時的工具，它象徵著祥和與安寧，搭建出了走向美好夙願的橋樑。

三、蘇軾筆下的「飯後鐘」

五代的王定保在《唐摭言》裏曾記載了一位叫王播的讀書人，因為家境貧

〔註88〕（宋）蘇軾著：《惠州薦朝雲疏》，張志烈、馬德富、周裕鍇主編：《蘇軾全集校注》第 18 冊，第 6864 頁。

〔註89〕（宋）黃庭堅：《南山羅漢贊十六首》，《山谷集》卷 14，《景印文淵閣四庫全書》第 1113 冊，第 122 頁。

〔註90〕余毅恒、陳維國：《黃山谷詩選注》，四川人民出版社 1988 年 9 月，第 250～251 頁。

寒，所以常常去惠明寺的木蘭院隨眾僧吃飯。時間久了，這一行為讓眾僧感到厭惡，於是僧人便等到飯後才敲鐘，王播這一次便沒有吃到飯，他深感慚愧，於是就寫下了「上堂已了各西東，慚愧闍黎飯後鐘」〔註91〕這一詩句。時隔三十年，王播做了官，去廟裏故地重遊，他看到自己曾經住過的房間被打掃得很乾淨，連當年自己題過的詩也被碧紗籠罩了起來，因而便感歎「二十年來塵撲面，如今始得碧紗籠。」這一故事就是著名的「飯後鐘」，後人一直認為這一作品正是通過窮苦人的冷落際遇而揭露了世態之炎涼。對於這一故事，蘇軾曾寫過一首名為《石塔寺》的詩，道出了自己的看法：

> 饑眼眩東西，詩腸忘早晏。雖知燈是火，不悟鐘非飯。山僧異漂母，但可供一莞。何為二十年，記憶作此訕。齋廚養若人，無益只貽患。乃知飯後鐘，闍黎蓋具眼。〔註92〕

人情冷暖之事，自古甚多。但蘇軾的這首石塔寺卻一反常人的態度，他不僅不認為僧人勢力，反而稱之獨具慧眼。也正如他在詩的序文中所說「戲作」，全詩以詼諧的口吻展現了王播貪婪的形象。紀昀稱此詩「翻案卻有至理」；〔註93〕胡苕溪也認為：「東坡此詩，其貶之也至矣」；〔註94〕甚至清代的趙翼也借「一生只見罍中粟，舉世爭趨飯後鐘」〔註95〕之句暗諷了那些目光短淺且不勞而獲的人。

關於王播，史料中如此記載：「播少孤貧，自刻苦至成立，居官以強濟稱。天性勤吏職，每視簿領紛積於前，人所不堪者，播反用為樂。……再領鐵鹽，嗜權利，不復初操。重賦取，以正額月進為羨餘，歲百萬緡。自淮南還，獻玉帶十有三、銀碗數千、綾四十萬，遂再得相云。」〔註96〕別人所不能勝任之事，他卻可以以之為樂。「播少孤貧，嗜權利；穆宗立，權倖競進，播賴其力至宰

〔註91〕（五代）王定保：《唐摭言》卷7，《文淵閣四庫全書》，臺北：臺灣商務印書館，1986年，第1035冊，第744頁。

〔註92〕（宋）蘇軾著：《石塔寺（並引）》，張志烈、馬德富、周裕鍇主編：《蘇軾全集校注》第6冊，第4034頁。

〔註93〕曾棗莊：《蘇詩匯評（中）》，成都：四川文藝出版社，2000年，第1499頁。

〔註94〕吳文治主編：《宋詩話全編（第九冊）》，南京：江蘇古籍出版社，1998年12月，第9667頁。

〔註95〕華夫主編：《趙翼詩編年全集（第三冊）》，天津：天津古籍出版社，1996年11月，第1126頁。

〔註96〕（宋）歐陽修，宋祁撰：《新唐書》，北京：中華書局，1975年2月，第5116～5117頁。

相，不厭人望，出為淮南節度使，仍領鹽鐵。是時，南方旱歉，人相食，播掊
斂不少衰，民怨之」，〔註97〕通過這些史料看，王播早年步入仕途時也算剛正
不阿、盡職盡責，但後期卻只因鑽營謀利而不惜搜刮百姓，甚至通過賣官鬻爵
的方式來迅速斂財。結合蘇軾的詩「何為二十年，記憶作此訕」，可知，時隔
二十年，他還對之前的事念念不忘。如此看，王播儘管做了官，但他骨子裏的
貧寒其實並未褪去。

　　後人對飯後鐘故事的爭議頗多，甚至有詩曰：「風塵誰識饑腸苦，旦夕人
多冷眼看」〔註98〕來感歎寒門貧士之不易。木蘭院的僧人心平曾請清代的阮
元為碧紗籠寫一副跋文，他在《碧紗籠石刻跋》中如此說道：「王敬公之才之
遇，豈闍黎所能預識，為之紗籠亦至矣，而猶以詩愧之，偏哉。敬公相業，
誠有可議，然其濬揚州大渠利轉運，以鹽鐵濟軍國之需用，亦不為無功。坡
公以闍黎為具眼，亦過激之論也。」〔註99〕阮元認為寺院的僧人並沒有什麼
慧眼，王播發跡後寫詩吐怨也是不對的，而蘇軾的言論亦是過於偏激。這一
觀點看似公允，不過筆者認為，蘇軾在創作此詩時並未想用真正嚴肅的態度
去評判孰是孰非，正如此詩是以「戲作」二字開篇。結合蘇軾的性格和經歷
看，至少他本人與僧人群體的關係是非常親近和諧的，比如史上關於蘇軾與
佛印和尚的趣聞就有很多。蘇軾一生遊覽過的寺院更是不計其數，甚至經常
以之為舍。另外，蘇軾所處的宋代又是一個文人書生與僧侶關係非常密切的
一個時代，葛兆光在《禪宗與中國文化》中提到：「到宋代，禪僧已經完全士
大夫化了。這時的禪僧不僅遊歷名山大川，還與士大夫結友唱和，填詞寫詩，
鼓琴作畫，生活安逸恬靜、高雅淡泊又風流倜儻，很多禪僧成為馳名當時文
壇藝壇的人物。」〔註100〕當時文人與僧人交往的風氣尤為興盛，比如梅堯
臣，一生遊歷諸多佛寺山水，《梅堯臣集編年校注》中關於他與僧人的詩歌就
有七十餘首。又如僧人道潛，他不僅與蘇軾、蘇轍、秦觀、陳師道等人來往
密切，並且也得到了士大夫們較高的評價。那麼站在這樣的一個時代背景下
看，蘇軾的這首詩並非是刻意為批判王播而作，在他看來，僧人飯後鳴鐘大

〔註97〕錢泳、黃漢、尹元煒、牛應之：《筆記小說大觀（三十五編）》第2冊，南京：
　　　江蘇廣陵古籍刻印社，1983年10月，第117頁。
〔註98〕李坦主編：《揚州歷代詩詞（4）》，北京：人民文學出版社，1998年7月，第
　　　468頁。
〔註99〕（清）阮元撰：《揅經室集　九》，北京：中華書局，1985年，第626頁。
〔註100〕葛兆光：《禪宗與中國文化》，上海人民出版社，1986年6月，第43頁。

概只是和王播開了個玩笑，實在不足為怨。此外，石塔寺的僧人在王播做官後用碧紗將他的詩重新籠罩起來，其實更可能是想借王播之名為自己的廟宇發揚光大。正如蘇軾曾在《書柳子厚大鑒禪師碑後》中寫道：「釋迦以文教，其譯於中國，必託於儒之能言者，然後傳遠。故《大乘》諸經至《楞嚴》，則委曲精盡勝妙獨出者，以房融筆授故也。柳子厚南遷，始究佛法，作曹溪、南嶽諸碑，妙絕古今，而南華今無刻石者。長老重辯師，儒釋兼通，道學純備，以謂自唐至今，頌述祖師者多矣，未有通亮簡正如子厚者。」〔註101〕在蘇軾看來，佛教經文的玄妙精微有賴於房融潤色的緣故，柳子厚在研究了佛法後所寫的文章也顯得熠熠生輝。如此看，佛教乃至寺院的發展僅僅依賴其自身還不夠，它與凡世之間的互利互動也很重要。

對於這一故事，筆者認為若將飯後鐘的行為視為僧人勢力的表現有過甚其辭之嫌。因為僧人並不是一開始就不給他飯吃，而是時間久了才開始拒絕他。另外，僧人選擇了飯後鳴鐘這一非常委婉的方式，如此可謂給王播留下了足夠的自尊。《古今詩話》中還收有石塔寺住持誦苕的一首詩：「鐘聲迢遞出煙蘿，茶熟香溫少客過。設遇報齋王節度，添他一箸未為多。」這首詩中描寫的對象未必是王播，但是寺僧對待過門之客的態度可謂包容又熱情。在蘇軾的詩中，「齋廚養若人，無益只貽患」可以理解為兩個層面的意思：一來寺院自身也要生存的，一味盲目地施捨有可能養虎為患。二來對於王播而言，如果僧人一直縱容他在寺院乞食為生，王播的一生很可能就此墮落而無所作為。所以，無論僧人當時的拒絕是出於何種目的，飯後鐘這一行為對於王播卻可視為一種變相的激勵。總之，蘇軾的這首《石塔寺》為我們理解寺院與紅塵之間的關係提供了一個新的視角。佛教一直倡導慈悲為懷，幫助眾生離苦得樂，因而寺院受到十方供養後再回饋大眾也無可厚非。但是這種回饋不應該一味地給予，也不應該只限於經濟層面的付出，它應該更加注重心靈上的救贖。

本章小結

本章主要研究了蘇軾寺院作品中的環境與物象，寺院作為一處宗教場所，它為人們帶來了不同程度的心靈救贖與淨化，無論置身於其中的人們是否有

〔註101〕（宋）蘇軾著：《書柳子厚大鑒禪師碑後》，張志烈、馬德富、周裕鍇主編：《蘇軾全集校注》第 19 冊，第 7471～7472 頁。

宗教信仰，但是他們所經歷的心靈純化卻是強制性的，而這種純化機制的產生原理正是在於寺院這個特殊的環境，正如段玉明先生所說：「出於對人的靈與肉的雙重滿足，宗教與科學分別在兩個領域以各自的方式孜孜以求地作出努力。宗教的職責就是為人的靈魂尋找一個合於邏輯的歸宿，即要為人的靈魂的生滅作出至少能夠自圓其說而又人人滿意的解釋……把充滿物質誘惑的塵世作為惡的象徵、作為一切苦難的根源，遠離塵世、純淨無染的名園秀林自然就是善的比擬、就是離污去垢的淨土。那麼，一切看破紅塵的人在還沒有別的辦法超凡脫俗以前，唯一的，可以表示他們不同凡響的方式就是離群索居地隱予某個風景秀麗的聖地，然後「道法自然修，獲得解脫。」〔註102〕無論這種解脫是否真的在現實中得以實現，他們會試圖將這種感覺表達出來，諸如寄寓於詩歌文字等方式，就像蘇軾筆下的許多寺院鐘聲都流淌著超塵越俗之美。從這一角度看，寺院一定程度地實現了它的宗教價值。除此之外，寺院還具有宗教性質以外的其他社會元素，比如寺院中的自然空間特別是其中的園林景觀又是一種別致的遊玩勝地，它為像蘇軾一樣的文人打開了文字創作的源泉。如此看，寺院並非只是僧人的專利，大乘佛教的開放性也讓寺院從封閉的修行場所逐漸演化成了接納遊客的公共資源，它讓神聖與世俗之間的鏈接變得更為自然，也在無形中使佛教滲透到了民俗之中。

〔註102〕段玉明：《中國寺廟文化》，第677頁。

第四章　蘇軾寺院作品中的禮儀研究

　　關於蘇軾與佛教的研究中，許多成果都是集中於佛教對蘇軾人格思想以及佛學對蘇軾創作的影響，但這些終究屬於思想理念的範疇，而並非是宗教的全部。法國宗教社會學派代表人物杜爾凱姆曾說過：「宗教現象可以自然而然地分為兩個基本範疇：信仰和儀式。」〔註1〕也就是說，對於一種宗教而言，信念與禮儀可謂互為表裏。作為構成宗教的基本要素之一，宗教禮儀不僅是宗教活動的規範性形式，同時又是信仰者信念與意識的表象體現，宗教禮儀的發生場所雖然不僅僅只限於宗教場所，但當人身處宗教場所特別是面視神佛塑像時，肅穆莊嚴的環境會拉近人神之間的距離，甚至無形中推動了人對神靈的敬畏感與依賴感。簡言之，宗教場所較之普通場地更容易激發人們的宗教情感。作為一種特殊的遊記，寺院作品不僅反映了人的內心活動與情感體驗，它更是傳達了作者對佛教的接受與立場。因此本章主要通過佛教中的禮儀來研究蘇軾的寺院作品，並從宗教學的角度來解讀蘇軾的佛教觀。

第一節　叩拜與祈願

一、蘇軾寺院作品中的首次叩拜

　　佛教中的禮拜最早是源於佛教徒對於世尊的敬慕，佛陀滅度後，人們則通過對佛像、佛經、舍利以及金剛座等的祭拜來表達對佛陀的尊敬。關於禮拜的方式，《大唐西域記》中介紹了以下九種方式：「致敬之式，其儀九等：一、發

〔註1〕（法）愛彌爾・涂爾幹著，渠東、汲喆譯：《宗教生活的基本形式》，上海：上海人民出版社，1999 年 11 月第 1 版，第 42 頁。

言慰問，二、俯首示敬，三、舉手高揖，四、合掌平拱，五、屈膝，六、長跪，七、手膝踞地，八、五輪俱屈，九、五體投地。凡斯九等，極唯一拜。跪而讚德，謂之盡敬。」〔註2〕其中的五體投地是佛教中最為恭敬的一種行禮方式，《長阿含經》中云：「二肘、二膝、頭頂，謂之五輪。」〔註3〕根據如此表述，這種叩拜禮其實就是所謂的「稽首」，這樣的方式不僅常用於禮敬諸佛菩薩以及拜見高僧大德，也是古代臣子拜見君父時的一種禮儀。

蘇軾出生於四川眉山，也是宋代四川地區最重要的佛教中心之一，如有學者考證，宋代的眉州、嘉州地區是四川佛教發展程度最高的區域。〔註4〕正如他自己所言：「成都，西南大都會也。佛事最勝。」〔註5〕因此，他對於佛教以及相關禮儀並不會太陌生。蘇軾一生中游覽過的寺院可謂不勝枚舉，但其中關於叩拜的細節卻是歷歷可數。蘇軾早年並不承認神佛的力量，他曾在公元1071年所寫過一首《泗州僧伽塔》：

> 我昔南行舟繫汴，逆風三日沙吹面。舟人共勸禱靈塔，香火未收旗腳轉。回頭頃刻失長橋，卻到龜山未朝飯。至人無心何厚薄，我自懷私欣所便。耕田欲雨刈欲晴，去得順風來者怨。若使人人禱輒遂，告物應須日千變。我今身世兩悠悠，去無所逐來無戀。得行固願留不惡，每到有求神亦倦。退之舊雲三百尺，澄觀所營今已換。不嫌俗士污丹梯，一看雲山繞淮甸。〔註6〕

此詩回憶自己當年南行時曾遇大風，同行人共同祈禱後風速果然驟減。但蘇軾卻不以為然，他不僅沒有讚頌神力，反而認為至人無心。在他看來，神佛本無分別之心，順風之喜也不過是自己的私心。蘇軾寫這首詩時正值與新法不合，他無心於仕途得失，也懶於祈求神靈，總之，這首詩帶有非常濃鬱的批判味道。

而其作品中第一次正式出現「叩拜」是在公元1075年時所寫的《成都大

〔註2〕（唐）玄奘撰，章撰點校：《大唐西域記》，上海：上海人民出版社，1977年10月，第40頁。

〔註3〕（北宋）釋道誠集：《釋氏要覽》，《大正藏》第54冊，第277頁。

〔註4〕相關考證可參考鄭濤：《唐宋四川佛教地理研究》（西南大學，2013年博士論文）中的論述：「（區域佛教）發展程度高的地區：成都府地區、眉嘉地區。」（第222頁。）

〔註5〕（宋）蘇軾著：《成都大悲閣記》，張志烈、馬德富、周裕鍇主編：《蘇軾全集校注》第11冊，第1250頁。

〔註6〕（宋）蘇軾著：《泗州僧伽塔》，張志烈、馬德富、周裕鍇主編：《蘇軾全集校注》第1冊，第587頁。

悲閣記》中，文章回憶了二十餘年前遊覽成都大悲閣時的情景，並詳細描述了觀音菩薩容貌莊嚴美妙的形象，蘇軾認為觀世音菩薩由於慈悲至極，所以成就了千手千眼，是極為殊勝的。但他還是提出了自己思考和懷疑：為何常人不能像觀音一樣廣大神通？由於受到僧人敏行的委託，這篇記的主題始終還是圍繞於對觀世音菩薩的稱頌，因而蘇軾在文末說到：「稽首大悲尊，願度一切眾。皆證無心法，皆具千手目。」〔註7〕此處雖然提到了向菩薩叩首禮敬，但結合整篇記的文風與內容看，則更像是對於觀音神通的哲學思考與客觀解讀。早期的蘇軾對佛教的信仰其實是比較理性中立的，生活在信仰濃鬱的環境裏，不免對於神佛心懷自然的敬畏。所以此處的「稽首」更多只是一種禮節性的叩拜，而無太多超脫世層面的信仰元素。

二、蘇軾與淨居寺之拜

　　真正讓蘇軾在面視佛像深受觸動時還是在烏臺詩案之後。烏臺詩案作為蘇軾人生的第一次重挫，也是其思想情感成熟的轉折期，不過這種轉變在黃州之前就已見端倪。在赴往黃州的路上，蘇軾曾寫過一首非常有代表性的《遊淨居寺》，這是他路過光山縣的淨居寺時所作：

　　　　淨居寺，在光山縣南四十里大蘇山之南、小蘇山之北。寺僧居仁為余言：齊天保中，僧惠思過此，見父老，問其姓，曰蘇氏。又得二山名，乃歎曰：「吾師告我，遇三蘇則住。」遂留結庵。而父老竟無有，蓋山神也。其後僧智顗見思於此山而得法焉，則世所謂思大和尚智者大師是也。唐神龍中，道岸禪師始建寺於其地。廣明庚子之亂，寺廢於兵火。至乾興中乃復，而賜名曰梵天雲。

　　　　十載遊名山，自製山中衣。願言畢婚嫁，攜手老翠微。不悟俗緣在，失身蹈危機。刑名非夙學，陷阱損積威。遂恐死生隔，永與雲山違。今日復何日，芒鞋自輕飛。稽首兩足尊，舉頭雙涕揮。靈山會未散，八部猶光輝。願從二聖往，一洗千劫非。徘徊竹溪月，空翠搖煙霏。鐘聲自送客，出谷猶依依。回首吾家山，歲晚將焉歸？〔註8〕

〔註7〕（宋）蘇軾著：《成都大悲閣記》，張志烈、馬德富、周裕鍇主編：《蘇軾全集校注》第 11 冊，第 1249～1251 頁。

〔註8〕（宋）蘇軾著：《遊淨居寺（並敘）》，張志烈、馬德富、周裕鍇主編：《蘇軾全集校注》第 4 冊，第 2131～2132 頁。

　　淨居寺是佛教天台宗的發祥地，據《續高僧傳》所記載，慧思大師曾從北朝南下，並住在了光州的大蘇山。這一史事也正如蘇軾在此詩的序言中所記載：當年慧思來到大蘇山時，遇到了一位老人，他詢問這位老人的名字，這位老人說自己姓蘇。慧思環視周圍的大蘇山與小蘇山，他回想起了自己的師傅曾說過的話「遇三蘇則住」，於是便留在了這裡。之後這位老人不見了，慧思更加堅信這是山神點化，便在此處開壇講法，勤勉精進。再後來，智顗大師慕慧思之名投奔了大蘇山，並從此苦心修習，精研《法華經》，慧思曾稱讚他「說法中人，最為第一」，這就是著名的「大蘇開悟」之美談。

　　在蘇軾眾多寺院詩文中，這是鮮有的一篇在敘言中如此詳實介紹寺院背景與傳說的作品。在詩的開頭，蘇軾說道自己十餘年來喜好遊歷名山名水，並且還為自己製作了遊玩的衣服。他還放言說待處理好兒女的婚事之後，便和妻子一起享受錦繡河山的美好。接下來蘇軾又回憶自己本非官場之人，錯入仕途才招致了當今的名身皆毀。他跪拜在寺院的佛像面前，猜想天龍八部也許正在聆聽佛教講經並沐浴其光輝，便希望自己也可以追隨著二聖（慧思、智顗）的腳步，以此洗去過往的種種罪業。這首詩開篇並沒有直接提到自己貶謫時的心跡，只是單純地描述了對遊玩山水的嚮往，而在寫道「稽首兩足尊」這一場面時，卻頓時潸然淚下。蘇軾在叩拜時的心境可謂五味陳雜：

　　首先，自己身遭貶謫，仕途無望，但來到淨居寺時，蘇姓老人的神秘故事給蘇軾帶來了新鮮與好奇，特別是由於蘇軾自己也姓蘇，這不僅為寺院增添了更多的神秘色彩，同時也為蘇軾帶來了一種心靈上的契合。所以蘇軾才會在詩末聲稱：「鐘聲自送客，出谷猶依依。回首吾家山，歲晚將焉歸？」他將淨居寺所在地的山稱為「吾家山」，其中的情懷不僅僅只是思鄉，更是在一路漂泊中驀然找到依歸時的觸動。

　　另外，這篇作品也足以說明蘇軾與天台宗緣分匪淺。蘇軾在此前就曾與天台宗的僧人有交集。早年倅杭時，他就結識了辯才大師，二人不僅經常結伴出遊，辯才還為曾為他的兒子蘇迨剃度祈禱，並治好了他的病。之後蘇軾與辯才之間的書信往來頻繁，他在晚年時曾稱：「軾平生與辯才道眼相照之外，緣契冥符者多矣。」〔註9〕另外一位給蘇軾留下深刻印象的是錢塘僧人梵臻法師，《佛祖統紀》中有記載：「東坡初來杭，與師最厚，後為郡而師已逝，見其行

〔註9〕（宋）蘇軾著：《跋舊與辯才書》，張志烈、馬德富、周裕鍇主編：《蘇軾全集校注》第 19 冊，第 7868 頁。

狀曰：『此文雖工，未道此老大過人處。吾嘗與語，凡經史群籍有遺忘，即應聲誦之。』〔註10〕梵臻法師可謂博聞強記，博古通今。「我初適吳，尚見五公。講有辯、臻，禪有璉、嵩」，〔註11〕他的才華給蘇軾留下了很深的印象。此外，還有、清順、可久等等，他們多擅長文辭，皆是蘇軾此前在杭州所結識的僧友。而這一次在淨居寺又聽說了天台僧人的傳聞，不可不謂之漂泊中的慰藉。

　　如此看，如果說蘇軾這首詩的前半部分是在有意迴避自己的處境，但在面對佛陀的時候，他才真正敞開心扉。雙目灑淚不僅是對佛陀的敬畏和崇拜，也將佛陀的神聖形象推向了更高的層面。所以，蘇軾此時的稽首已經從禮儀層面的敬仰上升到了宗教層面的信仰。從這一點便可以更好地理解為何杜爾凱姆會將信念和禮儀視為宗教的全部，按宗教學的理論看，「宗教的這種崇拜禮儀是強化宗教意識最為重要的基本禮儀活動，……他能使信教者在這莊嚴隆重禮儀的氣氛中虛幻地來感受、體驗神的存在，並以此來溝通人與神之間的關係。這也是強化信教者宗教意識的最首要的任務和目的。」〔註12〕在蘇軾的詩中，「靈山會未散，八部猶光輝」正是在虛幻地感受體驗神明的存在，而「願從二聖往，一洗千劫非」則是信仰被昇華的過程。在蘇軾現有的文字記載中，此處的「稽首」是繼《成都大悲閣記》後第一次對神佛的叩拜，相對於《成都大悲閣記》中客觀的解讀與平靜的心緒，此詩中的情感尤其濃烈，正如湯因比所說：「逆境的加劇會使人回想到宗教」，〔註13〕對於蘇軾而言，從身遇貶謫到聽聞傳說，從面視佛像到稽首行禮，一系列的世事經歷讓他對佛教產生了不一樣的依賴。關於蘇軾從對佛教的中立轉變成對佛教的親近態度，在黃州時閱讀佛書、閉門靜思的確重要，但筆者認為淨居寺之遊也是一個重要的契機。因為在第二章中筆者有提到，蘇軾黃州時期的寺院作品中並沒有涉及過多的宗教元素，反而更加注重個人的內在心境與其中的自然環境，而這篇《遊淨居寺》就大不一樣了，這是蘇軾鮮有的一篇在叩拜佛像時揮淚的作品。他之所以如此深受觸動，其實也與「稽首」這一禮儀有著密不可分的關係。從詩的情感看，

〔註10〕（宋）志磐撰，釋道法校注：《佛祖統紀校注（上）》，上海：上海古籍出版社，2012 年 11 月，第 296 頁。

〔註11〕（宋）蘇軾著：《祭龍井辯才文》，張志烈、馬德富、周裕鍇主編：《蘇軾全集校注》第 18 冊，第 7067 頁。

〔註12〕陳麟書、陳霞：《宗教學原理》，北京：宗教文化出版社，2003 年 1 月，第 94 頁。

〔註13〕（英）阿諾德‧湯因比（Arnold Toynbee）著，晏可佳、張龍華譯：《一個歷史學家的宗教觀》，成都：四川人民出版社，1998 年 9 月，第 1 頁。

蘇軾此時的禮拜不僅有感慨與敬畏的成分，結合「願從二聖往」這一詩句，其中也包含了祈求的意願。「祈求禮儀對強化宗教情感具有十分重要的意義，特別是當人類無法忍受自然壓迫和社會壓迫的時候，或當個人無法解脫困境甚至處於絕望境地的時候，會使祈求禮儀的情感色彩達到難以想像的迫切的狂熱的程度。」〔註14〕蘇軾寫這首詩的時候剛剛經歷了烏臺詩案，又正值路途之中，可謂驚魂未定，前途未卜。所以，此詩中的稽首已經遠非一種簡單的禮節，它更是內心自然吐露的訴求和祈願，也是一種不自覺的情感傾訴。也正是在稽首禮拜的過程中，蘇軾尋找到了精神依託，也逐漸坦然接納了現實。如此可見，宗教之所以會成為宗教，內心的信仰與依賴是一個層面，而禮儀的結合則會強化信仰，並將信仰推向更為神聖、更為堅固的高度。

三、從蘇軾的寺院作品看禮拜的特點與意義

從蘇軾的文字中看，他對佛陀的叩拜不僅有對佛陀的尊敬，還有這樣的幾個明顯特點：

（一）懺悔式的自我剖析

這一特點在烏臺詩案之後尤為明顯。比如上文曾提到的淨居寺之遊，「不悟俗緣在，失身蹈危機。刑名非夙學，陷阱損積威。」〔註15〕如果說這句詩是在佛教思想感染下對命運的體悟，那麼他的《勝相院經藏記》則展現了非常深刻的自我剖析。蘇軾曾稱這篇文章是因為夢見寶月大師索要此文，而後醒來一氣呵成的。〔註16〕文章開篇便介紹了勝相院莊嚴而又曼妙的場景，然後蘇軾又說：「凡見聞者，隨其根性，各有所得。如眾饑人，入於太倉，雖未得食，已有飽意。又如病人，遊於藥市，聞眾藥香，病自衰減。」〔註17〕這樣的因緣可以讓眾生擺脫煩惱，進而他又回顧了自己前半生：

> 有一居士，其先蜀人，與是比丘有大因緣。去國流浪，在江淮間。聞是比丘，作是佛事，即欲隨眾，舍所愛習。周視其身，及其

〔註14〕陳麟書、陳霞：《宗教學原理》，第 95 頁。

〔註15〕（宋）蘇軾著：《遊淨居寺（並敘）》，張志烈、馬德富、周裕鍇主編：《蘇軾全集校注》第 4 冊，第 2131～2132 頁。

〔註16〕（宋）蘇軾著：《自跋勝相院經藏記》，張志烈、馬德富、周裕鍇主編：《蘇軾全集校注》第 20 冊，第 8701 頁。

〔註17〕（宋）蘇軾著：《勝相院經藏記》，張志烈、馬德富、周裕鍇主編：《蘇軾全集校注》第 11 冊，第 1223～1224 頁。

室廬，求可捨者，了無一物。如焦谷芽，如石女兒，乃至無有毫髮可捨。私自念言，我今惟有無始已來，結習口業，妄言綺語，論說古今，是非成敗。以是業故，所出言語，猶如鐘磬，黼黻文章，悅可耳目。如人善博，日勝日貧，自云是巧，不知是業。今捨此業，作寶藏偈。願我今世，作是偈已，盡未來世，永斷諸業、客塵妄想，及諸理障。一切世間，無取無捨，無憎無愛，無可無不可。時此居士，稽首西望，而說偈言。〔註18〕

在這段文字中，蘇軾對自身作為做了非常透徹的反省，他認為自己一直以來搏巧善辯，頻頻以論說古今為豪。而實際上，這樣的行為就像是賭博，每天看似勝利，但實際日趨貧窮。細細品來，這樣的一種類似懺悔的說辭其實可以追溯到儒家的自省精神，「見賢思齊焉，見不賢而內自省也。」〔註19〕在儒家看來，當遇到有德行的賢者時，也要及時對自身做出相應反省。又如屈原也曾說過：「內惟省以端操兮，求正氣之所由」，自省可謂是修煉美好品格的重要途徑。「內省不疚，夫何憂何懼？」〔註20〕這一系列的說法都把自省化身成為了一種近乎完美的品質象徵。但對於怎樣反省，特別是如何將反省落實在現實生活裏的具體行動中，儒家並未做出詳細說明，因此，這種自省更像是一種高高在上的主觀超越。而蘇軾是非常反對儒士的空假之言的：「軾少時好議論古人，既老，涉世更變，往往悔其言之過，故樂以此告君也。儒者之病，多空文而少實用。」〔註21〕所以，他在《勝相院經藏記》中對自己進行了深刻的自省和剖析，蘇軾借種種譬喻，從言語到文字再到思想，把自己無始已來的業障和妄念毫不掩蓋地展露了出來。不得不說，他的這種懺悔模式完全是模仿了佛教的懺悔儀式，《廣弘明集》中對懺悔做了這樣的解釋：

身、口、意三，禍患之首。故經云：有身，則苦生。無身，則苦滅。既知其患苦，則應挫而滅之。滅苦之要，莫過懺悔。懺悔之法，先當潔其心，靜其慮，端其形，整其貌，恭其身，肅其容。內懷

〔註18〕（宋）蘇軾著：《勝相院經藏記》，張志烈、馬德富、周裕鍇主編：《蘇軾全集校注》第 11 冊，第 1223～1225 頁。

〔註19〕（宋）陳祥道：《論語全解》卷 2，《景印文淵閣四庫全書》第 196 冊，第 92 頁。

〔註20〕（宋）陳祥道：《論語全解》卷 2，《景印文淵閣四庫全書》第 196 冊，第 157 頁。

〔註21〕（宋）蘇軾著：《答王庠書》，張志烈、馬德富、周裕鍇主編：《蘇軾全集校注》第 16 冊，第 5306 頁。

慚愧，鄙恥外發。書云：「禮無不敬，傲不可長。」又曰：「過而能改，是謂無過。」經云：於一切眾生，敬之如親。想各自省其過，然後懺悔。

眾等從無始世界以來，至於此生。由於身意，造諸苦業。並緣愚癡，多違至教。遂乃驕慢懈怠，形用不恭。眠坐放逸，行動輕傲。或入出僧坊，登上堂殿，禮拜旋繞，形不卑恭；或於父母師長、上中下座、善友知識前，服用不端，動止乖法，非禮而觀，用違體制；或盜三寶財及親屬物，一切他有，抄掠強奪，欺誑增減，非分相凌；或淫姝恣縱，非時非處，罔隔禽獸，不避親族；或造五逆，水火焚澆，攻略坑陷，加毒無罪；或剖、剔、刖、刵。考掠研射，傷毀斬截。殘害剝裂；屠割炮燒，煮炙爛瀹；諸如此罪，或為淫慾，或為財利，或為慳貪，或為癡我。無慚賢愚，不愧聖達。今思此過，若影隨形。怖懼慚愧，悲惻懺悔。痛苦懺悔，已有相加害者。從今已去，為真善友。生生相向，以法示誨。願十方佛，特加攝念。悔身業障，永更不造。

次懺口業，此是患苦之門，禍纍之始。書曰：「一言可以興邦，一言可以喪國。」又曰：「言行君子之樞機。」樞機一發，榮辱之主。經云：不得離間惡口，妄言綺語，謟曲華詞，構扇狡亂。故知有言之患，招報實重。廣如自愛，經彰斯業相。又如經云：失命因緣，尚不忘語，何況戲笑，構扇是非。常以直心懺悔口業。

次懺意業，意為身口之本，罪福之門。書云：「檢七情，務九思。思無邪，動必正。」七情者，喜、怒、憂、懼、憎、愛、惡欲者也。九思者、視思明、德思聰、色思溫、貌思恭、言思忠、視思敬、疑思問、忿思難、見利思義。此皆所以洗除胸懷，去邪務正。經云：不得貪欲瞋恚，愚癡邪見。故知萬惡川流，事由心造。何以知其然？若瞥緣心起，故口發惡言，言由意顯，便行重罪。今欲緘其言，而正其身者，未若先措其心，而次折其意。故經云：制之一處，無事不辦。既心會於道，身過不遏而止；意順於理，口失不防而滅。然身口業粗，易可抑絕。意造細微，難可鑿盡。廣如諸經，說其相狀。〔註22〕

經文裏的懺悔分為了身、口、意三個方面，幾乎涵蓋了方方面面的內容。

〔註22〕 （唐）道宣撰：《廣弘明集》，《大正藏》第 52 冊，第 307 頁。

對比蘇軾的文字，諸如「我今惟有無始已來，結習口業，妄言綺語。……願我今世，作是偈已，盡未來世，永斷諸業，客塵妄想，及諸理障。一切世間，無取無捨，無憎無愛，無可無不可」，〔註23〕則多多少少帶有一些程式化的模仿味道。另外，蘇軾的自我評價幾乎把自己貶低得一無是處了，他深覺慚愧，甚至發願要斷絕塵世妄想。所以與儒家自省不同的是，蘇軾的懺悔帶有明顯誇張的意味。因為他自始至終都很清楚：「平生坐詩窮，得句忍不吐。吐酒茹好詩，肝胃生浲污」，〔註24〕明明知道自己平生易因詩受困，但每得佳句仍不吐不快。「臣賦性剛拙，議論不隨」，〔註25〕天性剛烈、心直口快正是本心所在，也是他一生的信念追求。但蘇軾還是對自己做出如此有失公允的評價。所以說，他的懺悔雖然深刻至極，但並不是哀傷自憐。他之所以選擇了佛教式的懺悔模式，因為這種懺悔可以讓人獲得心安和愉悅。在這篇文章中，蘇軾通過「稽首西望，而說偈言」更一步強化了懺悔的真誠，而懺悔稽首的目的，則是「於一彈指頃，洗我千劫罪」。所以，蘇軾的稽首雖說真誠無疑，但這其中的懺悔卻並非為了實現宗教層面意義上的解脫。如果說懺悔是稽首的動因，那麼稽首則實現了蘇軾與佛陀的精神交流。他通過這樣的自我剖析重塑自我，並在種種不得意的現實生活中尋求些許慰藉。

（二）道德色彩濃鬱的禱告祈福

在前文中有提到，五體投地可謂是佛教中最為恭敬的一種行禮方式。在蘇軾的文章中，早期的稽禮多是在寺院，而到了後期，這種禮儀的形式則變得更加靈活多樣化，此處以蘇軾的三篇頌文為例：

> 錢塘圓照律師，普勸道俗歸命西方極樂世界阿彌陀佛。眉山蘇軾敬捨亡母蜀郡太君程氏遺留簪珥，命工胡錫彩畫佛像，以薦父母冥福。謹再拜稽首而獻頌曰：

> 佛以大圓覺，充滿河沙界。我以顛倒想，出沒生死中。云何以一念，得往生淨土。我造無始業，本從一念生。既從一念生，還從一念滅。生滅滅盡處，則我與佛同。如投水海中，如風中鼓橐。雖

〔註23〕（宋）蘇軾著：《勝相院經藏記》，張志烈、馬德富、周裕鍇主編：《蘇軾全集校注》第 11 冊，第 1224～1225 頁。

〔註24〕（宋）蘇軾著：《叔弼云：履常不飲，故不作詩。勸履常飲》，張志烈、馬德富、周裕鍇主編：《蘇軾全集校注》第 6 冊，第 3762 頁。

〔註25〕（宋）蘇軾著：《乞罷學士除閒慢差遣箚子》，張志烈、馬德富、周裕鍇主編：《蘇軾全集校注》第 14 冊，第 3189 頁。

有大聖智，亦不能分別。願我先父母，與一切眾生，在處為西方，
所遇皆極樂。人人無量壽，無往亦無來。〔註26〕

——《阿彌陀佛頌（並敘）》

端明殿學士兼翰林侍讀學士蘇軾，為亡妻同安郡君王氏閏之，
請奉議郎李公麟敬畫釋迦文佛及十大弟子。元祐八年十一月十一日，
設水陸道場供養。軾拜手稽首而作頌曰：

我願世尊，足指按地。三千大千，淨琉璃色。其中眾生，靡不
解脫。如日出時，眠者皆作。如雷震時，蟄者皆動。同證無上，永
不退轉。〔註27〕

——《釋迦文佛頌（並引）》

佛弟子蘇簞與其妹德孫，病久不愈。其父過，母范氏，供養祈
禱藥師琉璃光佛，遂獲痊損。其大父軾，特為造畫尊像，敬拜稽首，
為之贊曰：

我佛出現時，眾生無病惱。世界悉琉璃，大地皆藥草。我今眾
稚孺，仰佛如翁媼。面頤既圓平，風末亦除掃。弟子簞與德，前世
衲衣老。敬造世尊像，壽命仗佛保。〔註28〕

——《藥師琉璃光佛贊（並引）》

這三篇作品雖然簡短，但卻有這樣幾個特點：

其一，蘇軾皆沒有明確交代禮佛的地點，但文章都出現了佛陀的畫像。也
就是說，寺院並非是人神交流的唯一空間載體，雖然擺脫了寺院這個固化的地
點，但並不妨礙禮佛。關於稽禮佛像，早在佛教創始的階段，經文中明確是反
對偶像崇拜的：「佛告須菩提：「凡所有相，皆是虛妄。若見諸相非相，則見如
來。」〔註29〕「菩提，於意云何？可以身相見如來不？不也，世尊。不可以身
相得見如來。」〔註30〕所以當時並沒有建造佛像的傳統，只會將蓮花、輪寶等

〔註26〕（宋）蘇軾著：《阿彌陀佛頌（並敘）》，張志烈、馬德富、周裕鍇主編：《蘇軾
全集校注》第 12 冊，第 2237～2238 頁。

〔註27〕（宋）蘇軾著：《釋迦文佛頌（並引）》，張志烈、馬德富、周裕鍇主編：《蘇軾
全集校注》第 12 冊，第 2241～2242 頁。

〔註28〕（宋）蘇軾著：《藥師琉璃光佛贊（並引）》，張志烈、馬德富、周裕鍇主編：
《蘇軾全集校注》第 13 冊，第 2413～2414 頁。

〔註29〕（姚秦）鳩摩羅什譯：《金剛般若波羅蜜經》，《大正藏》第 8 冊，第 749 頁。

〔註30〕（姚秦）鳩摩羅什譯：《金剛般若波羅蜜經》，《大正藏》第 8 冊，第 749 頁。

器物作為佛法的象徵。後期隨著大乘佛教的流行，建造佛像逐漸成為了累積福報的修行方式之一，而後才出現了諸如《大乘造像功德經》之類的經典。事實上，對於佛陀畫像以及雕塑的推崇並非是簡單意義上的偶像崇拜，它是一種神聖與崇高的象徵，是借用佛陀高尚美好的形象來警示督促眾生努力修行。因此對於寺院而言，佛像之於其中更像是一種表徵與紀念。蘇軾曾寫過一篇《興國寺浴室院六祖畫贊》：

> 浴室之南有古屋，東西壁畫六祖像。其東，刻木為樓閣堂宇以障之，不見其全，而西壁三師，皆神宇靖深，中空外夷。意非知是道者不能為此。……獨主僧惠汶，蓋當時堂上侍者，然亦老矣。導予觀令宗畫，則三祖依然尚在陰翳間。予與器資相顧太息。汶曰：「嘻，去是也何有。」乃徙置所謂樓閣堂宇者，北向而出之，六師相視，如言如笑，如以法相授。都人聞之，觀者日眾，汶乃作欄楯以護之。〔註31〕

在興國寺中，牆壁上掛的祖師像可謂珍貴至極。只是雕刻的木製樓閣擋住了佛像，略顯遺憾。所以惠汶法師才提議將畫像移放到樓閣大堂中，以此讓六位祖師面面相對。因為在他看來，沒有了這幾幅畫像，寺院也不再有其他珍貴之物了。而京城的人們聽說之後，前來參觀的人也越來越多。可見，佛像對於寺院不僅意義非凡，本身也是佛法的象徵。

在上面三段文字中，蘇軾不僅會請人畫佛像，甚至會自己親手畫佛像並對之扣頭膜拜。可見，佛像在某些時候不僅成為了寺院的核心象徵，也成為了個體的內在信仰依託。從空間地域的角度講，如果說寺院象徵著神聖超俗，那麼寺院之外則代表著紅塵凡世。但如果當人們沒有足夠機會或條件親自去寺院禮拜時，建造佛像不失為一種信仰的追尋方式。在早期，佛像的建造是有嚴格的標準和流程的，這一過程也是其神聖性構建的過程，《佛說造像量度經解》中這樣說道：「量度不准像，正神不受寓。反別邪魔鬼，為所依而住。」〔註32〕也就是說，如果塑造的佛像不符合標準的度量，真正的護法神不僅不會來此常住，反而會招引邪魔至此。甚至在《佛說大乘造像功德經》中說過：「若我造像不似於佛，恐當令我獲無量罪。」〔註33〕造像的標準與否，不僅僅關係到神

〔註31〕（宋）蘇軾著：《興國寺浴室院六祖畫贊（並敘）》，張志烈、馬德富、周裕鍇主編：《蘇軾全集校注》第 13 冊，第 2424～2425 頁。

〔註32〕（清）工布查布譯：《佛說造像量度經解》，《大正藏》第 21 冊，第 950 頁。

〔註33〕（唐）提雲般若譯：《佛說大乘造像功德經》，《大正藏》第 16 冊，第 790 頁。

聖性構建的成功與否，甚至會引發相應的因果報應。然而在上文蘇軾的三段文字中，三人所打造的均是畫像而不是塑像，相比起塑像，畫像雖然沒有各種條框的要求，但他們創作的目的則是希望和塑像一樣能成為神聖對象的符號。其中，胡錫是一位因畫道釋像而得名的畫工；李公麟雖也擅長繪畫，但他的主要特長還是畫馬與山水人物；相比之下，蘇軾作畫則更加注重「神」的意味，米芾曾如此評價他的《古木怪石圖》：「子瞻作枯木，枝幹虬屈無端，石皴硬亦怪怪奇奇無端，如其胸中盤鬱也。」〔註34〕蘇軾筆下的作品卻正似心中的鬱悶盤結，但他的畫法卻是無固定的定法的。所以，如果說胡錫作畫還有一定的專業技能於其中，那麼李、蘇二人卻表現出了些許隨意性，甚至蘇軾作畫還帶有更多「感覺」的成分於其中。對於這樣誕生的三幅畫像，蘇軾依舊對之虔誠叩拜還做了讚頌文。可見，宋代的宗教信仰更像是一種生活方式，它突破了許多束縛，依託人們的自身需要而誕生。這種隨意性雖說某種程度上會降低人神之間的溝通成本，甚至會導致信仰的功利化與世俗化，但卻實實在在地解決了人們的信仰需求。

其二，蘇軾在這三段文字中的稽首固然虔誠，但皆是為了親人祈福或冥福而作。他在文字中一方面承認佛陀的神聖與法力，但另一方面他並不認為佛陀是高不可及的，「我今眾稚孺，仰佛如翁媼」，蘇軾認為敬仰佛陀就像尊敬父母一樣，最重要的是虔誠之心。在另外一篇《法雲寺禮拜石記》中，他也有提到：「夫供養之具，最為佛事先，其法不一。他山之石，平不容垢，橫展如席，願為一座具之用。晨夕禮佛，以此皈依。當敬禮無所觀時，運心廣博，無所不在，天上人間，以至地下，悉觸智光。聞我佛修道時，芻尼巢頂，沾佛氣分，後皆受報。則禮佛也，其心實重。有德者至，是禮也，願一拜一起，無過父母。」〔註35〕在蘇軾看來，用什麼貢品來敬奉神靈，每個人都有各不相同的方式，但每每向佛陀敬目禮拜時，似乎就能感受到佛祖智慧的光芒。他對佛的一起一拜，不亞於對父母的敬愛，但卻並不會拘泥於形式。因此，蘇軾的虔誠，並不是把佛陀抬舉到了高高在上、不可侵犯的高度，於他而言更像是一種本心的流露。從這一角度看，蘇軾對佛陀的親近也展現了宋代宗教信仰中濃厚的道德倫理色彩。宋代的禪僧契嵩就曾在《孝論》中提出過：「夫孝也者，大戒之所先

〔註34〕（宋）米芾：《畫史》，《景印文淵閣四庫全書》第813冊，第12頁。
〔註35〕（宋）蘇軾著：《法雲寺禮拜石記》，張志烈、馬德富、周裕鍇主編：《蘇軾全集校注》第11冊，第1289～1290頁。

也。戒也者，眾善之所以生也。」〔註36〕這句話正強調了孝道對於戒律的重要地位。同樣，他也曾強調過孝心要尤其以虔誠為貴：「必先誠其性，而然後發諸其行也」，〔註37〕「聖人之孝，以誠為貴也」，〔註38〕也就是說，孝行只是孝道的表現形式，誠於內心的孝才是真正的孝。蘇軾也尤其強調虔誠，他所說的「則禮佛也，其心實重」與契嵩的觀點如出一轍。蘇軾的這種思想是否得源於契嵩不得而知，但他與契嵩同時代，還曾給過契嵩很高的評價：「契嵩禪師常瞋，人未嘗見其笑。海月慧辨師常喜，人未嘗見其怒。予在錢塘，親見二人，皆趺坐而化。嵩既茶毗，火不能壞，益薪熾火，有終不壞者五。」〔註39〕總之，蘇軾對佛陀的虔敬更多還是出於現實生活中的訴求，這樣的信仰充滿了濃鬱的道德倫理色彩，它不僅會成為日常生活的增色劑，也一定程度地推動了儒釋之間的融合。

第二節　供養與布施

　　佛教歷來倡導以慈悲為懷，布施可謂是佛教慈悲精神最直接的體現。按照種類來看，布施可分為財布施、法布施與無畏布施這三種，它的對象可以涵蓋世間的一切眾生。而當布施的對象是僧人甚至僧團時，這種布施通常又被稱為供養。此外，對佛陀乃至對寺院的布施也是供養的一種，這種形式的供養雖然一般也要借助物的奉獻，但更多時候是一種象徵意義，是祭獻者通過施捨物資來表達敬畏、求得福報乃至獲得心靈解脫的一種修行方式。因此，從宗教學的角度講，這便是宗教禮儀中的分支。在各種宗教中，禮儀是宗教意識的一個重要體現。陳麟書在《宗教學原理》一書中將禮儀分為三種類型：物象禮儀、示象禮儀和意象禮儀。〔註40〕這三種形式的禮儀層層遞進又互相交錯，但皆傳達了人對神的敬仰與依賴。從禮儀的內容來看，物象禮儀是以物的形式向神靈祭獻，它將抽象的宗教情感凝聚成了特定的祭獻物，人們會通過供養各種物品來傳達對神明的情感。這種物祭雖然會帶有多多少少功利主義的交易性質，但卻

〔註36〕（宋）契嵩：《鐔津文集》，上海：上海古籍出版社，2016 年 08 月，第 49 頁。
〔註37〕（宋）契嵩：《鐔津文集》，第 50 頁。
〔註38〕（宋）契嵩：《鐔津文集》，第 51 頁。
〔註39〕（宋）蘇軾著：《書南華長老重辨師逸事》，張志烈、馬德富、周裕鍇主編：《蘇軾全集校注》第 19 冊，第 7365 頁。
〔註40〕陳麟書、陳霞：《宗教學原理》，北京：宗教文化出版社，2003 年 1 月，第 90 ～100 頁。

是非常普遍也是最容易在民間傳播的一種形式。本節則以物象禮儀為出發視角，去解讀蘇軾寺院作品中的供養與布施。

一、蘇軾作品中的供養物

（一）蘇軾作品中的供養物統計

蘇軾自年幼便對佛教多有瞭解，但這種瞭解並非是源於宗教情感上的訴求，更大程度上是一種為求「廣其聞見」的興趣與學習。而烏臺詩案後，他則逐漸對佛法產生了興致與依賴，比如每臨寺院或身遇僧人時候，則常行供養。關於蘇軾的供養行為與言論，筆者作了如下統計：

內　容	時間及出處	供養物品（供養對象）	地點
以是因緣，度無量眾，時見聞者，皆爭捨施，富者出財，壯者出力，巧者出技，皆捨所愛，及諸結習，而作佛事，求脫煩惱，濁惡苦海。	1080《勝相院經藏記》	不限	勝相院
元豐三年十一月十五日，以舍利授寶月大師之孫悟清，使持歸本院供養。	1080《趙先生舍利記》	將舍利供於寺院	勝相院
眾問居士是畫羅漢，有何勝相？供養讚歎，得何功德？當以何等，報酬常公居士言：是畫實無勝相，亦無功德。彼與我者，即以報之。	1081《唐畫羅漢贊》	羅漢像	——
而廬山歸宗佛印禪師適有使至，遂以為供。禪師嘗以道眼觀一切，世間混淪空洞，了無一物，雖夜光尺璧與瓦礫等，而況此石；雖然，願受此供。灌以墨池水，強為一笑。使自今以往，山僧野人，欲供禪師，而力不能辦衣服飲食臥具者，皆得以淨水注石為供，蓋自蘇子瞻始。	1082《怪石供》	以怪石供禪師	——
蘇子既以怪石供佛印，佛印以其言刻諸石。蘇子聞而笑曰：「是安所從來哉？予以餅易諸小兒者也。以可食易無用，予既足笑矣，彼又從而刻之。今以餅供佛印，佛印必不刻也，石與餅何異？」參寥子曰：「然。供者，幻也。受者，亦幻也。刻其言者，亦幻也。夫幻何適而不可。」舉手而示蘇子曰：「拱此而揖人，人莫不喜。戟此而詈人，人莫不怒。同是手也，而喜異，世未有非之者也。子誠知拱、戟之皆幻，則喜怒雖存而根亡。刻與不刻，無不可者。」蘇子大笑曰：「子欲之耶？」乃亦以供之。凡二百五十，並二石盤去。	1083《後怪石供》	以怪石供禪師	——

元豐七年臘月朔日，東坡居士過臨淮，謁普照王塔，過襄師房，觀所藏佛骨舍利，捨山木一峰供養。	1084《木峰偈（並敍）》	木峰	泗州僧伽塔
參寥問主人，乞此地養老。主人許之。東坡居士投名作供養主，龍丘子欲作庫頭。	1084《記參寥龍丘答問》	供養僧人	——
近過南都，見致政太保張公。公以所藏禪月羅漢十六軸見授，云：「衰老無復玩好，而私家畜畫像，乏香燈供養，可擇名藍高僧施之。」今吾師遠來相別，豈此羅漢契緣在彼乎？敬以奉贈，亦太保公之本意也。	1085《答開元明座主九首（以下俱黃州）》	以羅漢畫像供養徐州開元寺僧	——
某與舍弟某捨絹一百疋，奉為先君霸州文安縣主簿累贈中大夫、先姚武昌郡太君程氏，造地藏菩薩一尊，並座及侍者二人。……乞為指揮選匠便造，造成示及，專求便船迎取，欲京師寺中供養也。	1087《與辯才禪師六首（以下俱翰林）》	地藏菩薩與二侍者像	京師寺院
興國浴室院法真大師慧汶，傳寶禪月大師貫休所畫十六大阿羅漢，左朝散郎集賢校理歐陽棐為其女為軾子婦者捨所服用裝新之。軾亦家藏慶州小孟畫觀世音，捨為中尊，各作贊一首，為亡者追福滅罪。	1088《觀音贊（並引）》	羅漢像、觀音像	興國寺浴室院
眉山蘇軾敬捨亡母蜀郡太君程氏遺留簪珥，命工胡錫彩畫佛像，以薦父母冥福。	1090《阿彌陀佛頌（並敍）》	佛像	——
軾敬發願心，具嚴繪事，而大檀越張侯敦禮，樂聞其事。共結勝緣，請法雲寺法湧禪師善本，差擇其徒，修營此會，永為無礙之施，同守不刊之儀。軾拜手稽首，各為之贊，凡十六首。	1091《水陸法像贊（並引）》	佛陀畫像	
端明殿學士兼翰林侍讀學士蘇軾，為亡妻同安郡君王氏閏之，請奉議郎李公麟敬畫釋迦文佛及十大弟子。元祐八年十一月十一日，設水陸道場供養。	1093《釋迦文佛頌（並引）》	釋迦文佛及十大弟子	
夫供養之具，最為佛事先，其法不一。他山之石，平不容垢，橫展如席，願為一座具之用。晨夕禮佛，以此皈依。	1093《法雲寺禮拜石記》	以石供佛	法雲寺
盲人有眼不自知，忽然見日喜而舞。非謂日月有在亡，實自慶我眼根在。泗濱大士誰不見？而有熟視不見者。彼豈無眼業障故，以知見者皆希有。若能便作希有見，從此成佛如反掌。傳摹世間千萬億，皆自大士法身出。麻田供養東坡贊，見者無數悉成佛。	1094《僧伽贊》	東坡贊文	麻田

蘇軾之妻王氏，名閏之，字季章，年四十六，元祐八年八月一日卒於京師。臨終之夕，遺言捨所受用，使其子邁、迨、過為畫阿彌陀像。紹聖元年六月九日，像成，奉安於金陵清涼寺。	1094《阿彌陀佛贊（並引）》	阿彌陀佛像	金陵清涼寺
念將祥除，無以申岡極之痛，故親書《金光明經》四卷，手自裝治，送虔州崇慶禪院新經藏中，欲以資其母之往生也。	1095《書金光明經後》	《金光明經》四卷	虔州崇慶禪院
歲設大供四。公年九十，凡設二百餘供。……軾家藏十六羅漢像，每設茶供，則化為白乳，或凝為雪花桃李芍藥，僅可指名。或云：羅漢慈悲深重，急於接物，故多現神變。儻其然乎？今於海南得此十八羅漢像，以授子由弟，使以時修敬，遇夫婦生日，輒設供以祈年集福，並以前所作頌寄之。	1099《十八大阿羅漢頌（並敘有跋）》	以燈油香果供羅漢	家中
或問居士：「佛無不在，云何僧榮，所常供養，觀世音像，獨稱靈感？」居士答言：「譬如靜夜，天清無雲，我目無病，未有舉頭，而不見月，今此畫像，方其畫時，工適清淨。又此僧榮，方供養時，秉心端嚴，不入諸相，無有我人，眾生壽者，則觀世音，廓然自現。」	1101《靈感觀音偈（並引）》	觀世音像	——
軾遷嶺海七年，每遇私忌，齋僧供佛，多不能如舊。今者北歸，舟行豫章、彭蠡之間，遇先姑成國太夫人程氏忌日，復以阻風滯留，齋薦尤不嚴，且敬寫《楞嚴經》中文殊師利法王所說《圓通偈》一篇，少伸追往之懷，行當過廬山，以施山中有道者。	1101《跋所書圓通偈》	以《圓通偈》一篇施山中有道者	——
佛弟子蘇翰與其妹德孫，病久不愈。其父過，母范氏，供養祈禱藥師琉璃光佛，遂獲痊損。	不詳《藥師琉璃光佛贊（並引）》	藥師琉璃光佛	——
有吳道子絹上畫釋迦佛一軸，雖頗損爛，然妙跡如生，意欲送院中供養。	《與寶月大師五首（以下俱杭倅）》	釋迦佛像一軸	寺院
鬼趣多餓，仁者當念濟之，以錫若鐵為斛，受一二升，每晨炊熟，取飯滿斛，蓋覆著淨處，至夜重鎦令熱透，並一盞淨水咒施。能不食酒肉，固大善，不能，當以淨水漱口。誦淨口業真言七遍，燒香咒願云：「奉佛弟子某甲，夜夜具斛食淨水，供養一切鬼神。」仍誦《般若心經》三卷，《破地獄》三偈，共二十一遍。又咒	《施餓鬼文》	裝米於斛，並念咒	——

云:「願此飯此水,上承佛力,下承某甲,福力願力,變少為多,變粗為細,變垢為淨。願佛弟子等,飲食此已,永除饑渴,諸障消滅,離苦即樂,究竟成佛。」以手掬飯三之一,散置屋上,余不妨以食貧者,水即散灑之。要在發平等慈悲無求心耳。

　　上表依時間順序列舉了蘇軾的種種供養與祭獻行為。

　　首先,按照宗教學對於宗教禮儀的定義來看,這些行為皆可被視為物象禮儀的範疇。在佛教中,這種物象禮儀又是供養的一種,《十地經論》中有說到:「一切供養者,有三種供養:一者利養供養,謂衣服臥具等;二者恭敬供養,謂香花幡蓋等;三者行供養,謂修行信戒行等。」〔註41〕從這一概念看,前兩種屬於物資範疇的供養就是物象禮儀,而行供養則上升到了身心修行的高度。此外,《佛本行集經》中也有說到:「四事供養,所謂衣服飲食臥具湯藥幡蓋華香。」〔註42〕總之,佛教中一般會將飲食、衣服、臥具、湯藥、幡蓋、燃燈、香、花、財寶等視為供養物,並且這些供養物也皆有其表法。但蘇軾卻並不以為然,他的供養物並不僅僅限於上述的幾種,比如他曾在泗州僧伽塔中供養了一座木峰。此外,他還在兩篇文章中皆提到了供養怪石,在《怪石供》一文中,蘇軾說自己所得到的石頭都是用小孩的餅換來的,正是因為禪師是以佛家一切空無的眼光看待世界,所以佛印欣然接受了這樣的貢品,蘇軾還聲稱這是「自蘇子瞻始」。對於這一事,參寥還用拱手作揖與用手指人罵人做比喻,指出了上供與接收貢品都是虛幻的行為,因而無論是餅還是石頭都不會有什麼不同。那麼從這一角度講,蘇軾的供養並不是一種簡單意義上的物象禮儀,他的供養雖然也是物供,但卻過濾掉了物象禮儀中的交易成分。佛教歷來提倡眾生平等,布施供養也應如此,《優婆塞戒經》中說過:「若能至心生大憐愍,施於畜生,專心恭敬施於諸佛,其福正等無有差別。」〔註43〕正如蘇軾自己也曾說過:「富者出財,壯者出力,巧者出技,皆捨所愛及諸結習,而作佛事,求脫煩惱惡濁苦海。」〔註44〕做佛事的方式方法並不應該被某種固定的模式所限制,心誠為最,並且是根據每個人的自身情況量力而行的。

〔註41〕　(後魏)世親:《十地經論》,《大正藏》第 26 冊,第 138 頁。
〔註42〕　(隋)天竺三藏闍那崛多:《佛本行集經》,《大正藏》第 3 冊,第 655 頁。
〔註43〕　(北涼)曇無讖:《優婆塞戒經》,《大正藏》第 24 冊,第 1058 頁。
〔註44〕　(宋)蘇軾著:《勝相院經藏記》,張志烈、馬德富、周裕鍇主編:《蘇軾全集校注》第 11 冊,第 1223～1224 頁。

　　其次，在上表列舉的種種供養行為中，又有以下幾處涉及到了孝親追思：《與辯才禪師六首》《觀音贊（並引）》《阿彌陀佛頌（並敘）》《釋迦文佛頌（並引）》《阿彌陀佛贊（並引）》《跋所書圓通偈》，這幾處供養的地點或多在寺院，或禮節儀式莊重嚴謹，全然沒有了《怪石供》以及《木峰偈》中戲說的味道。又如在《十八大阿羅漢頌》一文中，蘇軾也提到自己的祖父在生前每年都會陳設豐盛的果食供養羅漢，供奉的茶水還會變成乳白的液汁，並凝結成或雪花、或桃花、或李花或芍藥等形狀。這一供奉習慣一直被蘇軾延續下來，並且還傳述給了他的弟弟子由，某種程度上講，這也可被視為追思。那麼如此看來，僅僅從宗教信仰的視角去定義蘇軾的供奉行為是遠遠不夠的，因為他對供養禮儀的不同態度直接受到供養目的的影響，或者說，他的孝親追思幾乎都涉及到了宗教禮儀。特別是當這種行為關乎到祭祀時，也涵蓋了更為獨特的宗教意義。

（二）蘇軾作品中供養的內涵

1. 儒釋會通與孝親祭祀

　　事實上，宋代獨特的社會背景恰恰推動了佛教禮儀與孝親祭祀的融合。早在唐末慧能大師提出了頓悟的修行法門後，佛教修行便逐漸走向了平民化與世俗化的路線：「若欲修行，在家亦得，不由在寺」〔註45〕，這一言論消除了社會等級的差異，為每一個在佛法修行中的人提供了平等的機會。而宋代淨土宗的興起再次為佛教提供了更多的生存和發展空間。另外，當時的契嵩法師曾大力推廣「儒釋會通」的思想，他在《孝論》開篇中就指明了孝道的重要地位：「夫孝，諸教皆尊之，而佛教殊尊也。」〔註46〕佛教在形式上雖然會剃髮易服、遠離眾親，但在契嵩看來，真正的佛教徒是應該嚴格踐行孝道的。「夫孝也者，大戒之所先也。戒也者，眾善之所以生也。」〔註47〕這一言語也明顯說明了佛教修行是要以孝道為根本。與此同時，宋朝建國之初，宋太祖還曾大力推行孝道：「民五千戶舉孝悌彰聞、德行純茂者一人，奇才異行不拘此限，里閭郡國遞審聯署以聞，仍為治裝詣闕。」〔註48〕這一舉動無疑又開啟了勸孝之風。總之，佛教在經歷了從魏晉至隋唐的發展，已經逐漸成為了一種扎根於本

〔註45〕　（元）宗寶編：《六祖大師法寶壇經》，《大正藏》第 48 冊，第 352 頁。
〔註46〕　（宋）契嵩：《鐔津文集》，《大正藏》52 冊，第 660 頁。
〔註47〕　（宋）契嵩：《鐔津文集》，《大正藏》52 冊，第 660 頁。
〔註48〕　《宋史》卷 2，《景印文淵閣四庫全書》第 280 冊，第 105 頁。

土的思想文化，正如錢穆曾說：「在中國文化體系中，宗教非其所自發。自魏晉以下，迄於宋明，正為宗教時代。其在思想界所佔分量，雖不如西方中世紀之甚，然其較偏重於個人出世則一。」〔註49〕儒學的復興雖不斷推動了闢佛思潮的興起，但也將儒釋二教在相互打磨中不斷融合。在當時的宋代，盂蘭盆節可謂是孝道與佛教文化結合的有利表現之一。相比唐代的盂蘭盆節多由官方機構所主導，宋代的盂蘭盆節則逐漸滲透到了民眾百姓的生活之中。《東京夢華錄》中曾這樣記載當時的中元節：

> 七月十五日，中元節，先數日市井賣冥器、靴鞋、襆頭、帽子、金犀假帶、五彩衣服，以紙糊架子盤遊出賣，潘樓并州東西瓦子，亦如七夕，耍鬧處亦賣果食、種生、花果之類，及印賣《尊勝目連經》。又以竹竿斫成三腳，高三五尺，上織燈窩之狀，謂之盂蘭盆，掛搭衣服冥錢在上焚之。構肆樂人自過七夕，便般《目連救母》雜劇，直至十五日止，觀者增倍。中元前一日，即賣練葉，享祀時鋪襯卓面，又賣麻谷窠兒，亦是繫在卓子腳上，乃告祖先秋成之意。又賣雞冠花，謂之洗手花，十五日供養祖先素食，才明即賣穄米飯，巡門叫賣，亦告成意也。又賣轉明菜花、花油餅、餕𩞽、沙𩞽之類。城外有新墳者，即往拜掃，禁中亦出車馬詣道者院謁墳。本院官給祠部十道，設大會，焚錢山，祭軍陣亡歿，設孤魂之道場。〔註50〕

從這段文字可以看出，中元節時的市場就像七夕節一樣熱鬧。街頭不僅有人在賣各種各樣的衣物與果實，還有藝人在上演目連救母劇。「構肆樂人自過七夕，便般《目連救母》雜劇，直至十五日止，觀者增倍。」目連救母劇上演了整整七天，並且觀看的人越來越多。可以說，行孝勸善這樣的話題非常吸引當時人們的眼球。此外，許多人家不僅會在祖先靈前供奉素食，道院中還會舉辦集會來祭奠戰爭中陣亡的將士，並且設立超度孤魂的道場等等。而從「禁中亦出車馬詣道者院謁墳」易知，皇家宮廷也是很注重中元祭祀的。另外，宋太祖時期還盛行「張燈」一說：「開寶四年七月中元節，京城張燈」，〔註51〕總之，

〔註49〕韓復智編著：《錢穆先生學術年譜（卷3）》，北京：中央編譯出版社，2012年3月，第948頁。

〔註50〕（宋）孟元老撰，鄧之誠注：《東京夢華錄》，北京：中華書局出版社，1982年1月，第211～212頁。

〔註51〕（宋）潘自牧撰：《記纂淵海》卷2，《景印文淵閣四庫全書》第930冊，第65頁。

從宮廷貴族到市井民眾，中元節不僅僅是一個節日，而更像是一種帶有濃鬱祭祀色彩的民俗。或者說，這一節日與中國傳統中的祖先崇拜有著密切的關係。除此此外，許多人對於鬼神的存在也是深信不疑，《夷堅志》中就記載了若干關於鬼神信仰的事例，「今臨安城中人，以十分言之，三分皆我輩也。或富員、或僧、或道士、或商販、或倡女，色色有之。與人交關往還不殊，略不為人害，人自不能別耳。」〔註52〕總之，對於當時的宋人而言，神明鬼怪在人們心中更像是一種普遍的自然存在，就如上表中的《施餓鬼文》，蘇軾對於餓鬼的供養是非常虔誠的，供養要選擇特定的器具、合適的時間，施捨前還要盡可能地做到禁酒禁肉，並且還要恭敬地點上香並虔誠地念誦佛經。這樣的禮儀與供養祖先的流程幾乎別二無他，但蘇軾也在文末提到，這樣做的目的無非是為了啟發人們的善心而已。總之，當時的文人士大夫與市井百姓一樣，對於神佛鬼魂的供奉恐怕還並不能完全上升到宗教信仰的高度，但是，卻更像是一種民俗風俗。特別是蘇軾又是生於四川眉山，當時的川人在中元之日也有濃鬱的供佛之風：「蜀人每中元節，多生五穀，俗謂之盆草，盛以供佛。」〔註52〕蘇軾又格外熱衷於與僧人論佛說禪，因此，這樣的供佛禮儀並不僅限於寺院寺觀，反倒更容易誕生於普通的個體家庭中。

2. 蘇軾對佛教思想的吸收

除了受到時代背景的影響，佛教中的各種思想義理也明顯貫穿在他的文字之中。一者就是華嚴宗的法界平等觀。《怪石供》中提到：「禪師嘗以道眼觀一切，世間混淪空洞，了無一物，雖夜光尺璧與瓦礫等，而況此石。」〔註54〕其中的「道眼」是一種頗值得回味的說法，「道眼」正是與「肉眼」相對。《華嚴經》曾提出過事事圓融的法界觀：「了諸世間及一切法平等無二」，〔註55〕「覺悟無量一切法界，一切世間平等不二，一切諸法亦復不二。」〔註56〕因此就如《怪石供》一文所說，在道眼的觀照方式下，事物的大小、明暗、黑白盡

〔註52〕（宋）洪邁著，李宏主編：《夷堅志 文白對照全譯本》第 2 冊，北京：北京燕山出版社，1997 年 05 月，第 1075 頁。

〔註53〕（宋）黃休復撰：《茅亭客話》卷 2，《景印文淵閣四庫全書》第 1042 冊，第923 頁。

〔註54〕（宋）蘇軾著：《怪石供》，張志烈、馬德富、周裕鍇主編：《蘇軾全集校注》第 18 冊，第 7142 頁。

〔註55〕（唐）三藏實叉難陀譯：《大方廣佛華嚴經》，《大正藏》10 冊，第 165 頁。

〔註56〕（東晉）天竺三藏佛馱跋陀羅：《大方廣佛華嚴經》，《大正藏》9 冊，第 531頁。

然消失。蘇軾早年時曾常讀《華嚴經》:「憑君借取《法界觀》,一洗人間萬事非」,〔註57〕「我老人間萬事休,君亦洗心從佛祖。手香新寫《法界觀》,眼淨不覷登伽女。」〔註58〕惠洪曾在一首詩中對這種認識方式給出了更為形象的解釋:「胸次能藏大千界,掌中笑看小重山。飛來華嶽一峰失,幻出匡廬雙劍閒。偶觸篆煙雲點綴,戲澆硯滴瀑溽顏。莫將道眼生分別,隨意聊安几案間。」〔註59〕總之就是要消除萬物的區別,以平等心看待一切。

　　二者則是受到了大乘般若空觀的影響。宋人特別是蘇軾對當時流行的幾部佛經皆有瞭解,比如深受《金剛經》中六如之說的影響,蘇軾曾寫下「過眼榮枯電與風,長久那得似花紅?上人宴坐觀空閣,觀色觀空色即空」〔註60〕的詩句。又如蘇軾曾讀過的《維摩詰經》:「是身如聚沫,不可撮摩;是身如泡,不得久立;是身如炎,從渴愛生;是身如芭蕉,中無有堅;是身如幻,從顛倒起;是身如夢,為虛妄見;是身如影,從業緣現;是身如響,屬諸因緣;是身如浮雲,須臾變滅;是身如電,念念不住。」〔註61〕總之,佛教空觀對蘇軾的影響頗深,蘇軾所說的「是畫實無勝相,亦無功德。彼與我者,即以報之」〔註62〕以及「供者,幻也。受者,亦幻也」〔註63〕也正是這種思想的體現。

　　總之,供養物品雖然是物象禮儀的一種,但蘇軾對供養物的標準並沒有太多執著,他甚至在文字中有意消除供養物在大小貴賤方面的區別。而當涉及到親屬家人的時候,一系列的供養流程都變得嚴謹規範,並且嚴守各種禮儀傳統。所以,他身上的種種供養禮儀並非只是出於對佛教信仰的虔誠,更大程度上也是受到了忠孝觀念的影響,特別是宋代士大夫又特別重視敬宗收族,比如當時的歐陽修、蘇洵等人就非常重視族譜的修訂,歐陽修曾提出了編寫族譜的

〔註57〕　(宋)蘇軾著:《和子由四首(送春)》,張志烈、馬德富、周裕鍇主編:《蘇軾全集校注》第 2 冊,第 1267 頁。

〔註58〕　(宋)蘇軾著:《送劉寺丞赴餘姚》,張志烈、馬德富、周裕鍇主編:《蘇軾全集校注》第 3 冊,第 1998 頁。

〔註59〕　(宋)惠洪:《石門文字禪》卷 11,《嘉興藏》第 23 冊。

〔註60〕　(宋)蘇軾著:《吉祥寺僧求閣名》,張志烈、馬德富、周裕鍇主編:《蘇軾全集校注》第 2 冊,第 656 頁。

〔註61〕　(姚秦)三藏鳩摩羅什譯:《維摩詰所說經》,《大正藏》14 冊,第 539 頁。

〔註62〕　(宋)蘇軾著:《唐畫羅漢贊》,張志烈、馬德富、周裕鍇主編:《蘇軾全集校注》第 13 冊,第 2470 頁。

〔註63〕　(宋)蘇軾著:《後怪石供》,張志烈、馬德富、周裕鍇主編:《蘇軾全集校注》第 18 冊,第 7144 頁。

方法：「譜圖之法，斷自可見之世，玄孫而別自為世。」〔註64〕而蘇洵則認為：「凡嫡子而後得為譜，為譜者皆存其高祖，而遷其高祖之父。世世存其先人之譜，無廢也。」〔註65〕二人編譜的方法雖有區別，但目的無非都是加強宗族團結，保證家族命脈延續，並希望子嗣後代可以繁榮發展。作為蘇洵的兒子，蘇軾自然也會遵守這樣的習俗，就比如他的《十八大阿羅漢頌》一文中還提到了自己家中供養羅漢，並且還出現了茶水凝結成花狀的奇觀。文章中提到的供奉雖然是佛陀而不是祖先，但此文卻是在中元節這一天所作的，如此看這也是對於父輩的懷念。

　　通過上文分析易知，追宗祭祖這樣的觀念對於每一個中國人都是根深蒂固的，正如李天綱在《金澤：江南民間祭祀探源》一書中所說：「與西方宗教重視神祇和神學不同，中國宗教的一大特徵是強調儀禮——祭祀制度。」〔註66〕因此，對中國人來說，祭祀制度才是宗教信仰的基本形式，在此之上方有佛、道等等進一步的信仰選擇。〔註67〕生與死作為人類生命的分界線，也是最容易觸發一個人內心情感的節點，而中國人對於祭祀傳統又有著格外濃鬱的情懷，葛兆光曾說過：「對於祖先的重視和對於子嗣的關注，是傳統中國一個極為重要的觀念，甚至成為中國思想在價值判斷上的一個來源，一個傳統的中國人看見自己的祖先、自己、自己的子孫的血脈在流動，就有生命之流永恆不息之感，他一想到自己就是這生命之流中的一環，他就不再是孤獨的，而是有家的，他會覺得自己的生命在擴展，生命的意義在擴展，擴展成為整個宇宙。而墓葬、宗廟、祠堂、祭祀，就是肯定並強化這種生命意義的莊嚴場合，這使得中國人把生物複製式的延續和文化傳承式的延續合二為一，只有民族的血脈和文化的血脈的一致，才能作為「認同」的基礎，換句話說，只有在這一鏈條中生存，才算是中國人。」〔註68〕如此看，佛教禮儀的影響與作用並不僅僅

〔註64〕李之亮箋注：《歐陽修集編年箋注（4）》，成都：巴蜀書社，2007年12月，第363頁。

〔註65〕郭預衡主編：《唐宋八大家文集（蘇洵）》，北京：人民日報出版社，1997年，第277頁。

〔註66〕李天綱：《金澤：江南民間祭祀探源》，北京：生活·讀書·新知三聯書店，2017年12月，第419頁。

〔註67〕段玉明：《揭開中國民間信仰的「底色」——評李天綱〈金澤：江南民間祭祀探源〉》，《世界宗教研究》2018年第2期，第178頁。

〔註68〕葛兆光：《中國思想史（第1卷）》，上海：復旦大學出版社，2001年，第24頁。

只限於佛教這一領域本身，它在宋代更出現了社會化乃至民眾化的傾向。就比如我國傳統的孝文化不僅只體現在孝敬父母與敬重祖先，在宗教元素的感染下也延伸到了對鬼神的祭奠。而蘇軾作品中的供養禮儀甚至可以視為當時民俗節日的一個側面縮影，它不僅僅會誕生在寺院，更多一部分禮儀活動會逐漸滲透到了個人家庭以及日常生活之中。這種宗教性的禮儀讓人們獲得了精神上的慰藉，提供了現實中難以獲取的內心關懷，並且延續了對已故之人的追思與懷念。

二、供養禮儀中的消費性與世俗化特點

對於蘇軾而言，他本人的種種供養行為雖然包含了更多孝親祭祀的元素，而並非是純粹的宗教性信仰，但在當時的宋代卻不乏種種帶有交易性質的消費性信仰。比如蘇軾在嶺南時曾寫過一篇《書柳子厚牛賦後》：

> 嶺外俗皆恬殺牛，而海南為甚。客自高化載牛渡海，百尾一舟，遇風不順，渴饑相倚以死者無數。牛登舟皆哀鳴出涕。既至海南，耕者與屠者常相半。病不飲藥，但殺牛以禱，富者至殺十數牛。死者不復云，幸而不死，即歸德於巫。以巫為醫，以牛為藥。間有飲藥者，巫輒云：「神怒，病不可復治。」親戚皆為卻藥，禁醫不得入門，人、牛皆死而後已。
>
> 地產沈水香，香必以牛易之黎。黎人得牛，皆以祭鬼，無脫者。中國人以沈水香供佛，燎帝求福，此皆燒牛肉也，何福之能得，哀哉！予莫能救，故書柳子厚《牛賦》以遺瓊州僧道贇，使以曉喻其鄉人之有知者，庶幾其少哀乎？庚辰三月十五日記。〔註69〕

當時的海南人生了病不會去求醫，而是視巫為醫，以牛為藥，並通過殺牛來供奉神靈以此祈福。蘇軾對這樣的行為深感哀痛，但又對之無能為力，只能將柳子厚《牛賦》送給當地的僧人，並希望他能去開導那些有知識的人們。除了這部分人之外，還有一部分人雖生活富足，但也會主動施捨並向神佛祈求平安：

> 四方之民，皆以勤苦，而得衣食。所得毫末，其苦無量。獨此

〔註69〕 （宋）蘇軾著：《書柳子厚牛賦後》，張志烈、馬德富、周裕鍇主編：《蘇軾全集校注》第 19 冊，第 7382～7283 頁。

> 南越，嶺海之民，貿遷重寶，坐獲富樂。得之也易，享之也愧。是
> 故其人，以愧故捨。海道幽險，死生之間，曾不容髮。而況飄墮，
> 羅剎鬼國。呼號神天，佛菩薩僧，以脫須臾。當此之時，身非己有。
> 而況財物，實同糞土。是故其人，以懼故捨。愧懼二法，助發善心。
> 是故越人，輕施樂捨，甲於四方。〔註70〕

　　嶺海地區的人們以販運買賣珠寶為生，坐地不動便可富足快樂，因而不免心生愧疚。此外，這樣的生意又是常年漂泊於海上，渡海之路兇險莫測。所以當時的人們出於懼怕也是樂於施捨。正是因為慚愧與懼怕這樣的心理活動，才激發了他們的善行。當然，他們的樂善好施也是天下人無法相比的。這段文字是蘇軾在一篇寺院羅漢記中所提到的，相比於嶺南之民多是以有所求之心來施捨，蘇軾更是對資福禪寺的祖堂大加讚賞：「有老比丘，祖堂其名。未嘗戒也，而律自嚴；未嘗求也，而人自施。人之施堂，如物在衡；損益銖黍，了然覺知。堂之受施，如水涵影；雖千萬過，無一留者。堂以是故，創作五百，大阿羅漢，嚴淨寶閣。湧地千柱，浮空三成，壯麗之極，實冠南越。」〔註71〕這位祖堂法師所接受的施捨之物雖不計其數，但他卻從未私自留下過一絲一毫，也正是這樣的緣由，他才在寺院裏建造了五百大阿羅漢像。在這篇名為《廣州東莞縣資福禪寺羅漢閣記》的文章中，蘇軾對羅漢的描寫雖只有寥寥近百字，但卻對羅漢的讚賞進行了詳實的鋪墊：文章先是以佛教醫王為喻開篇，進而又談及到了嶺南之民施捨的初衷，後又以祖堂法師的持戒嚴謹才引發出了羅漢像誕生的緣由。僅從這篇文章看，蘇軾對寺院的關注點並不完全在於寺院中的設施等建築，而是更加著眼於以寺院為媒介所承載的信仰。因為在宋代，佛教信仰幾乎在任何一個階層都深受歡迎，但這樣的信仰其實也摻雜了很多的功利成分，比如上文提到的殺牛祈福就是最明顯的事例。同樣也是供奉羅漢，歐陽修筆下的李遷之又是另外一翻模樣：

> 湘潭縣藥師院新修佛殿者，縣民李遷之所為也。遷之賈江湖，
> 歲一賈，其入數千萬。遷之謀曰：夫民，力役以生者也，用力勞者
> 其得厚，用力偷者其得薄。以其所得之豐約，必視其用力多少而必

〔註70〕 （宋）蘇軾著：《廣州東莞縣資福禪寺羅漢閣記》，張志烈、馬德富、周裕鍇主
　　　　編：《蘇軾全集校注》第 11 冊，第 1254～1255 頁。
〔註71〕 （宋）蘇軾著：《廣州東莞縣資福禪寺羅漢閣記》，張志烈、馬德富、周裕鍇主
　　　　編：《蘇軾全集校注》第 11 冊，第 1254～1256 頁。

當,然後各食其力,而無慚焉。士非我匹,若農工,則吾等也。夫
琢磨煎煉,調筋柔革,此工之盡力也;斤斸鋤夷,畎畝樹藝,此農
之盡力也,然後所食皆不過其勞。今我則不然,徒幸物之廢興而上
下其價,權時輕重而操其奇贏,遊嬉以浮於江湖,用力至逸以安,
而得則過之,我有慚於彼焉。凡誠我契而不我欺,平我斗斛權衡而
不我逾,出入關市而不我虞,我何能焉?是皆在上而為政者以庇我
也。何以報焉?聞浮屠之為善,其法曰:「有能捨己之有以崇飾尊嚴,
我則能陰相之。凡有所欲,皆如志。」乃曰:「盡用我之有所得,於
此施以報焉,且為善也。」於是,得此寺廢殿而新之,又如其法,
作釋迦佛、十六羅漢塑像皆備。凡用錢二十萬,自景祐二年十二月
癸酉,訖三年二月甲寅以成。〔註72〕

　　這位商人的大力施捨並非是出於純粹的宗教信仰,而更是希望通過行善
積德來獲得心理上的安慰與負罪。除了普羅大眾之外,也不乏有僧人為施捨
而施捨:「錢塘壽禪師,本北郭稅務專知官,每見魚蝦,輒買放生,以是破
家。後遂盜官錢,為放生之用,事發,坐死,領赴市矣。」〔註73〕這位禪師
為了所謂的放生而不惜盜用官錢,這與真正的「道」也是相距甚遠了。從這
些事例易知,以物資為載體的供養禮儀在宋代已經很難保持其原本的神聖性
與純粹性了。對於施捨物質的人們,無論是出於心安亦或是祈福懺悔,布施
出去的物資已經具備了明顯的買賣交易的特徵。當然,雖說人們布施的初衷
已被沾染了濃鬱的世俗色彩,但這些行為卻將佛教信仰實實在在地融入到了
人們的生活之中,也為需要它的人們提供了精神上的慰藉,因此它的現實價
值是值得肯定的。

本章小結

　　本章主要從叩拜與供養兩個方面研究了蘇軾寺院作品中的禮儀。從蘇軾
的作品中可以看出,無論是蘇軾個人還是蘇軾筆下所記載的禮儀行為,佛教在
宋代已經從高高在上的信仰訴求逐漸化身成為現實生活中的實用工具,這種

〔註72〕　（宋）歐陽修著,李之亮箋注:《歐陽修集編年箋注4》,成都:巴蜀書社,2007
　　　　　年12月,第182頁。
〔註73〕　（宋）蘇軾著:《壽禪師放生》,張志烈、馬德富、周裕鍇主編:《蘇軾全集校
　　　　　注》第20冊,第8321頁。

信仰以各種佛事活動為外在特徵，在本質上卻更類似於交易行為。對於蘇軾而言，他本人所奉行的禮儀展現出了明顯的實用主義價值，比如為求得內心平靜的淨居寺之拜，又比如為親人的祈福儀式也與佛教禮儀有著緊密關聯。而蘇軾筆下的社會生活也把佛教禮儀世俗化的特點展現得淋漓盡致，不過在筆者看來，這種世俗化並不是佛教「退化」的表現，它恰恰是佛教繁榮興盛、融入平民百姓的特徵之一。作為一種宗教，佛教為實現人們的精神解脫而生。而對於平民百姓而言，物質需求也很重要。但當他們在物質需求得到滿足的時候，自然會將關注的視野轉向精神世界。用物質奉獻來換取精神自由，在他們看來，這便是信仰的表現。因此，儘管宋代的供養禮儀融入了濃厚的世俗性元素，但這並不能否認人們對神聖的虔誠以及向善之心。這樣的供養禮儀釋放了人們內心的壓力與不安，並承載了人們對美好事物的嚮往。

第五章　蘇軾寺院書寫裏的
　　　　特殊物象與意象

第一節　洗沐與淨垢

　　沐浴、洗滌本是生活中很常見的事，但在蘇軾的作品中卻多次出現，這些作品有些記載了對身體的清洗，但更大一部分還是比喻性的洗滌。以往學者對於蘇軾洗沐作品的研究並不多，其中比較經典的是李勤印先生的《蘇軾沐浴詩釋要》一文，此文挑選了蘇軾的幾篇比較經典的沐浴作品做了分析，他認為蘇軾的沐浴詩有以下兩大特點：一是洗浴場所都是在寺院，二是內容都與參悟禪理有關。〔註1〕這一結論的確有很大的啟發性，但此外，蘇軾的洗沐作品還遠不止文中所列舉的這些。那麼這些洗沐作品究竟有什麼樣的特點，特殊的洗沐地點與洗沐內容與蘇軾的人生經歷又有怎樣的關係，筆者認為有必要做進一步的考察。

一、「洗沐」作品的統計及分布

　　為了還原蘇軾「洗沐」作品的真貌，筆者對蘇軾所有的「洗沐」作品進行了統計。此統計是對蘇軾文集、詩集和詞集中的「洗」、「沐」、「浴」、「淨」、「污」、「垢」、「塵」以及「水」等字眼做了檢索。在檢索後的結果中，筆者除去了本身

〔註1〕李勤印：《蘇軾沐浴詩釋要》，《文學前沿》2009年第1期，第160頁。

與洗沐無關的條目，如一些擬人手法的運用：「春雨一洗皆萌芽」，﹝註2﹞又如一些洗的對象與自身無關的文字：「記取羲之洗硯處，碧琉璃下黑蛟蟠」，﹝註3﹞而保留了原本意義和比喻意義的洗沐作品。整理後的洗沐作品共有 104 條，其中96 條是有詳細的年代考證的，另外 8 條則年代不詳。

從洗沐的對象來看，這百餘篇作品大致可分為三類：一、有近半是蘇軾對負面情緒或思想方面的排遣，主要包括煩惱、是非、業障，罪過等等，例如：「憑君借取《法界觀》，一洗人間萬事非」，﹝註4﹞「於一彈指頃，洗我千劫罪」，﹝註5﹞「借師錫端泉，洗我綺語硯」。﹝註6﹞二、其次還有二十餘篇是關於身體的沐浴，這些作品有些是對身體實實在在的洗滌，還有一部分是借洗「身」而洗「心」，如「晚涼沐浴罷，衰髮稀可數」，﹝註7﹞「輕手，輕手，居士本來無垢」。﹝註8﹞三、最後一類則是對身體某一器官的洗滌，如洗心、洗眼、洗耳、洗足、洗髓等，但這類作品大多也是虛指，而並非是對某一具體器官的洗滌。其中數量最多的是洗心，如「吟成超然詩，洗我蓬之心」，﹝註9﹞「前年開合放柳枝，今年洗心歸佛祖」。﹝註10﹞

從作品的年代分布來看，蘇軾的洗沐作品主要集中在元豐年間、紹聖年年間和元符年間，蘇軾的三次貶謫經歷就是發生在這三個時間段裏，經統計

﹝註2﹞ （宋）蘇軾著：《司竹監燒葦園，因召都巡檢柴貽勗左藏，以其徒會獵園下》，張志烈、馬德富、周裕鍇主編：《蘇軾全集校注》第 1 冊，第 446 頁。

﹝註3﹞ （宋）蘇軾著：《和文與可洋川園池三十首（冰池）》，張志烈、馬德富、周裕鍇主編：《蘇軾全集校注》第 3 冊，第 1349 頁。

﹝註4﹞ （宋）蘇軾著：《和子由四首（送春）》，張志烈、馬德富、周裕鍇主編：《蘇軾全集校注》第 2 冊，第 1267 頁。

﹝註5﹞ （宋）蘇軾著：《勝相院經藏記》，張志烈、馬德富、周裕鍇主編：《蘇軾全集校注》第 11 冊，第 1223～1225 頁。

﹝註6﹞ （宋）蘇軾著：《南華寺》，張志烈、馬德富、周裕鍇主編：《蘇軾全集校注》第 7 冊，第 4401 頁。

﹝註7﹞ （宋）蘇軾著：《宿臨安淨土寺》，張志烈、馬德富、周裕鍇主編：《蘇軾全集校注》第 2 冊，第 693 頁。

﹝註8﹞ （宋）蘇軾著：《如夢令（元豐七年十二月十八日，浴泗州雍熙塔下，戲作〈如夢令〉兩闋。此曲本唐莊宗制，名〈憶仙姿〉，嫌其名不雅，故改為〈如夢令〉，莊宗作此詞，卒章云「如夢，如夢，和淚出門相送」，因取以為名云）》，張志烈、馬德富、周裕鍇主編：《蘇軾全集校注》第 9 冊，第 495 頁。

﹝註9﹞ （宋）蘇軾著：《和潞公超然臺次韻》，張志烈、馬德富、周裕鍇主編：《蘇軾全集校注》第 3 冊，第 1386 頁。

﹝註10﹞ （宋）蘇軾著：《和蔡景繁海州石室》，張志烈、馬德富、周裕鍇主編：《蘇軾全集校注》第 4 冊，第 2474 頁。

共 69 首。另外還有 15 首集中在 1072 年～1074 年這三年中，也就是蘇軾任杭州通判的時段。從內容上看，這幾個時段裏的洗沐作品多是涉及到了寺僧話題，這一點與李勤印先生的觀點相吻合。

二、三次貶謫期間的「洗沐」作品

三次貶謫可謂是蘇軾人生的重要經歷，而他的大部分洗沐作品又集中於這個幾個階段裏，因此有必要對這幾個階段的作品做重點分析。

（一）黃州

蘇軾初至黃州時曾寫過一首名為《安國寺浴》的詩：

> 老來百事懶，身垢猶念浴。衰髮不到耳，尚煩月一沐。山城足薪炭，煙霧蒙湯谷。塵垢能幾何，翛然脫羈梏。披衣坐小閣，散髮臨修竹。心困萬緣空，身安一床足。豈惟忘淨穢，兼以洗榮辱。默歸毋多談，此理觀要熟。〔註11〕

此詩作於元豐三年二月，正是蘇軾剛剛到黃州的時候。首句說自己年老懶於百事，其實他並非真的懶於世事，只是在經歷了丟掉官職、斷絕親友並且不敢再輕易為文寫詩後的一種自我定位的缺失。蘇軾在《到黃州謝表》中雖聲稱自己罪業深重，痛改前非，甚至放言「若獲盡力鞭箠之下，必將捐軀矢石之間。指天誓心，有死無易」，〔註12〕但此時的他對於所有理想抱負都是無能為力的。他的生活大概就如與王定國的書信中所說：「感恩念咎之外，灰心杜口，不曾看謁人。所云出入，蓋往村寺沐浴，及尋溪傍谷釣魚採藥，聊以自娛耳。」〔註13〕在這種百無聊賴的日子裏，似乎只有身體髒了才會想起來洗一洗。「塵垢能幾何，翛然脫羈梏」，這裡的塵垢不僅是指身體上的塵垢，其實更是蒙蔽內心的塵垢，蘇軾雖看似坦然地認為塵垢又能把自己如何？但從「豈惟忘淨穢，兼以洗榮辱」則可看出，身體上的塵垢易洗，但榮辱才是最難放下的，這才是最需要洗滌的。整首詩先是談到了洗身，接著又延伸到了淨心，在文末，蘇軾還強調了「默歸毋多談」，也就是要少說話。細

〔註11〕（宋）蘇軾著：《安國寺浴》，張志烈、馬德富、周裕鍇主編：《蘇軾全集校注》第 4 冊，第 2158 頁。

〔註12〕（宋）蘇軾著：《到黃州謝表》，張志烈、馬德富、周裕鍇主編：《蘇軾全集校注》第 13 冊，第 2582～2583 頁。

〔註13〕（宋）蘇軾著：《與王定國四十一首（一）》，張志烈、馬德富、周裕鍇主編：《蘇軾全集校注》第 17 冊，第 5673 頁。

品此詩，蘇軾關於洗沐所體悟到的要領有三點：身、心、語。而這三個方面也恰恰是佛教中常說的身、口、意三業。這三業通常代表眾生的一切所作所為，佛教中的經律就是為了防止眾生造各種業，督促人身心清淨修得正法。經文中關於這方面的論述有很多：

> 我設於此命終，復生人間者，當淨身、口、意，倍復精勤，修諸善行。〔註14〕

> 勤修精進，端身口意行無過失，取道不難，法可久。〔註15〕

> 身口意業淨，智慧樂多聞，此則為上樂，慧者之所行。〔註16〕

> 從無始際流轉至今，一一有情互相繫屬，身口意業苦惱他人，作擾亂心發彼瞋恚。〔註17〕

在佛教看來，煩惱的根源正是由於身、口、意三業所致，而貪欲的出現則使得身心變得不清淨。對於除去這一詬病的方法，佛教中常以水洗為譬喻開示眾生：「淨洗其心如水洗垢」，〔註18〕「洗垢如水」，〔註19〕「法譬如水，能洗垢穢……其法水者亦復如是，能洗眾生諸煩惱垢。」〔註20〕可以說，蘇軾作品中的洗沐思想大概也是受到了佛教的啟發，他所希望洗去的不僅僅只是身體上的污垢，最根本的是要淨心。詩末的「毋多談」也與蘇軾一直以來的口無遮攔形成對比，至於「毋多談」的原因，在他同年所作的《勝相院經藏記》一文中是可以找到答案的：「我今惟有無始已來，結習口業，妄言綺語，論說古今，是非成敗。」〔註21〕蘇軾將自己如今的遭遇歸結為巧舌機辯，此時的他正是通過自我反省為自己尋求到一條精神上的出路。再進一步細品，末句的「毋多談」即是蘇軾努力克制自己的言語，是從主觀上斷絕妄想；「此理觀」中的「觀」就是用智慧辨清事理，尋求解脫。這兩句話實際就是佛教中常講的「止觀」，也就是通過熄滅妄念，達到覺悟的境界。

〔註14〕 （後秦）佛陀耶舍共竺佛念譯：《長阿含經》，《大正藏》第 1 冊，第 134 頁。

〔註15〕 （西晉）白法祖譯：《佛般泥洹經》，《大正藏》第 1 冊，第 161 頁。

〔註16〕 （東晉）法顯譯：《大般涅槃經》，《大正藏》第 1 冊，第 196 頁。

〔註17〕 （唐）般若譯：《大乘理趣六波羅蜜多經》，《大正藏》第 8 冊，第 879 頁。

〔註18〕 （唐）菩提流志譯：《大寶積經》，《大正藏》第 11 冊，第 61 頁。

〔註19〕 （西晉）竺法護譯：《佛說四不可得經》，《大正藏》第 17 冊，第 707 頁。

〔註20〕 （清）智銓述：《法華經玄籤證釋》，《卍新續藏》第 28 冊，第 606 頁。

〔註21〕 （宋）蘇軾著：《勝相院經藏記》，張志烈、馬德富、周裕鍇主編：《蘇軾全集校注》第 11 冊，第 1223～1224 頁。

在貶謫初期，蘇軾認為自己的罪過深重，所以他內心中「洗」的意識是很強烈的，他在赴黃州途中寫過：「願從二聖往，一洗千劫非」，〔註22〕這是他在路過淨居寺時，聽聞了僧人慧思、智顗的經歷後寫下的詩句。蘇軾斷言自己「不悟俗緣在，失身蹈危機」，〔註23〕而眼前的淨居寺恰如自己的精神家園，所以希望可以心隨二位聖僧回歸自我、洗滌是非。又如蘇軾初到黃州的第一年，曾寫過一段偈語：

> 我遊多寶山，見山不見寶。岩谷及草木，虎豹諸龍蛇。雖知寶
> 所在，欲取不可得。復有求寶者，自言已得寶。見寶不見山，亦未
> 得寶故。譬如夢中人，未嘗知是夢。既知是夢已，所夢即變滅。見
> 我不見夢，因以我為覺。不知真覺者，覺夢兩無有。〔註24〕

這段文字是說，同樣是遊寶山，有的人見山不見寶，有的人則見寶不見山，所以每個人對於外在事物的理解是不同的。這個道理就像夢中人的感受一樣，本來也無謂真假有無。但在偈末，蘇軾又將此理論延伸了一步：

> 我今說此偈，於道亦云遠。如眼根自見，是眼非我有。當有無
> 耳人，聽此非舌言。於一彈指頃，洗我千劫罪。〔註25〕

他認為這段偈語一旦說出就離著「道」很遠了。因為佛教一直倡導不要執著於某一種「相」，無論是文字、語言還是念頭，經文中關於這一觀點的論述有很多，比如：

> 王所說者乃是真實，而彼心者亦得名邪亦名正，亦可作善亦可
> 作惡，而此心相無有去來，不可知不可說，是甚深法。我知是心，
> 證得無上正等正覺。〔註26〕

> 於中若有導說不真實、虛妄、無義相應者，此終不可說。〔註27〕

佛教是講求萬法皆空的，事物都是因緣和合而成，所以任何形式的執著

〔註22〕（宋）蘇軾著：《遊淨居寺（並敘）》，張志烈、馬德富、周裕鍇主編：《蘇軾全集校注》第4冊，第2131～2132頁。

〔註23〕（宋）蘇軾著：《遊淨居寺（並敘）》，張志烈、馬德富、周裕鍇主編：《蘇軾全集校注》第4冊，第2131～2132頁。

〔註24〕（宋）蘇軾著：《勝相院經藏記》，張志烈、馬德富、周裕鍇主編：《蘇軾全集校注》第11冊，第1223～1225頁。

〔註25〕（宋）蘇軾著：《勝相院經藏記》，張志烈、馬德富、周裕鍇主編：《蘇軾全集校注》第11冊，第1223～1225頁。

〔註26〕（宋）法賢譯：《眾許摩訶帝經》，《大正藏》第3冊，第969頁。

〔註27〕（東晉）瞿曇僧伽提婆譯譯：《中阿含經》，《大正藏》第1冊，第720頁。

都是不真實的。蘇軾正是通過「無耳」、「非舌」之類的否定來試圖洗去他所認為的「千劫罪業」。在同一年裏，他在與章子厚的書信裏曾聲稱「軾正復洗濯瑕垢」；〔註28〕此外，他在和王定國的書信中提到「既以解憂，又以洗我昏蒙」；〔註29〕還有他與陳大夫的書信裏也說過「欲誦味，以洗從來罪垢業障」。〔註30〕字裏行間無一不可以感受到蘇軾極力希望通過「洗」為自己求得身心上的清淨與安寧。

那麼，蘇軾努力地洗沐求安是否幫助他走出了靈魂的困境？貶謫期間的自省又讓他發生了怎樣的變化？這些問題是可以在他貶謫後期的文章裏找到答案的。

蘇軾在元豐七年曾寫過一篇名為《黃州安國寺記》的文章，這是他即將離開黃州時對自己五年貶謫生活的反思和總結：

> 元豐二年十二月，余自吳興守得罪，上不忍誅，以為黃州團練副使，使思過而自新焉。其明年二月至黃。舍館粗定，衣食稍給，閉門卻掃，收招魂魄，退伏思念，求所以自新之方。反觀從來舉意動作，皆不中道，非獨今以得罪者也。欲新其一，恐失其二。觸類而求之，有不可勝悔者。於是喟然歎曰：「道不足以御氣，性不足以勝習。不鋤其本，而耘其末，今雖改之，後必復作，盍歸誠佛僧，求一洗之？」得城南精舍曰安國寺，有茂林修竹，陂池亭榭。間一二日輒往，焚香默坐，深自省察，則物我相忘，身心皆空，求罪垢所以生而不可得。一念清淨，染污自落，表裏翛然，無所附麗。私竊樂之。旦往而暮還者，五年於此矣。
>
> 寺僧曰繼連，為僧首七年，得賜衣。又七年，當賜號，欲謝去，其徒與父老相率留之。連笑曰：「知足不辱，知止不殆。」卒謝去。余是以愧其人。七年，余將有臨汝之行。連曰：「寺未有記。」具石請記之。余不得辭。
>
> 寺立於偽唐保大二年，始名「護國」，嘉祐八年，賜今名。堂宇

〔註28〕（宋）蘇軾著：《與章子厚參政書二首》，張志烈、馬德富、周裕鍇主編：《蘇軾全集校注》第 16 冊，第 5269～5270 頁。

〔註29〕（宋）蘇軾著：《與王定國四十一首（以下俱黃州）》，張志烈、馬德富、周裕鍇主編：《蘇軾全集校注》第 17 冊，第 5684 頁。

〔註30〕（宋）蘇軾著：《與陳大夫八首（一）》，張志烈、馬德富、周裕鍇主編：《蘇軾全集校注》第 17 冊，第 6250 頁。

齋閣，連皆易新之，嚴麗深穩，悅可人意，至者忘歸。歲正月，男
女萬人會庭中，飲食作樂，且祠瘟神，江淮舊俗也。四月六日，汝
州團練副使眉山蘇軾記。〔註31〕

蘇軾在黃州期間的心境變化其實正如他文中所說，先是「舍館粗定，衣
食稍給，閉門卻掃」，這正是剛剛經歷了風波後封閉自我、深陷苦悶的階段；
其次則是「收召魂魄，退伏思念」，這一階段蘇軾試圖反觀自省，重新審視人
生。最後一階段是「求所以自新之方」，也就是自我拯救、尋求出路。而這一
系列的努力反省所得出的結果就是：「從來舉意動作，皆不中道。」這裏的「中
道」可理解為中庸之道的意思，它在佛教中也被視為至高真理，就是要不墮
極端，脫離二邊。《大智度論》對中道做過這樣的解釋：「有相是一邊，無相
是一邊，離是二邊行中道」，〔註32〕「常是一邊，斷滅是一邊——離是二邊行
中道」，〔註33〕也就是說，真假有無都是空的，不要執著於任何一邊，甚至連
「空」這一境界也不能執著，這才是中道。對於自己的「不中道」，蘇軾還做
了詳細的分析：

道不足以御氣，性不足以勝習。不鋤其本，而耘其末，今雖改
之，後必復作。盍歸誠佛僧，求一洗之？

蘇軾認為這一切都是由於自己的習氣所致，如果不將最根本的習氣去除，
只是一味地針對問題本身下手，那麼日後恐怕還是要再犯的。所以，他說的「皆
不中道」只是暫時求得的心靈歸宿，是在與世俗抗爭後無功而返的託詞。因此，
「盍歸誠佛僧，求一洗之？」所以不如誠心於佛教，以求得一洗。「間一二日
輒往，焚香默坐，深自省察，則物我相忘，身心皆空，求罪垢所從生而不可得。
一念清淨，染污自落，表裏翛然，無所附麗。」五年的時間裏，蘇軾常常焚香
靜坐，審視身心，當一念清淨的時候，污垢自然也就沒有了，哪裏還需要洗呢？
蘇軾這段文字傳達的意思恰好契合了六祖慧能大師的開悟詩：「菩提本無樹，
明鏡亦非臺，本來無一物，何處惹塵埃？」〔註34〕身心本是空無一物的，更沒
有所謂的塵埃，所以也無需洗滌。蘇軾此時的心境可謂清淨而自在，大不同於
五年前了。

〔註31〕（宋）蘇軾著：《黃州安國寺記》，張志烈、馬德富、周裕鍇主編：《蘇軾全集
　　　　校注》第 11 冊，第 1237 頁。
〔註32〕（後秦）鳩摩羅什譯：《大智度論》，《大正藏》第 25 冊，第 492 頁。
〔註33〕（後秦）鳩摩羅什譯：《大智度論》，《大正藏》第 25 冊，第 370 頁。
〔註34〕（元）宗寶編：《六祖大師法寶壇經》，《大正藏》第 48 冊，第 348 頁。

　　這種明顯的變化在他剛剛離開黃州時也有所表現，蘇軾於元豐七年十二月在泗州雍熙塔裏曾寫過兩首關於沐浴的詞：

　　　　（一）水垢何曾相受，細看兩俱無有。寄語揩背人，盡日勞君揮肘。輕手，輕手，居士本來無垢。

　　　　（二）自淨方能淨彼，我自汗流呀氣。寄語澡浴人，且共肉身遊戲。但洗，但洗，俯為人間一切。〔註35〕

　　第一首詞是從佛教的空性觀入手，認為水垢並空，所以二者皆無。既然如此，那麼搓背人只是空自勞碌而已，因而告訴搓背人，要輕一點，因為自己身上是沒有污垢的。單從字面上講，這首詞傳達了三個意思：一是認為自己沒有污垢；二是儘管自己沒有污垢，但是還是被除垢人揮手除垢；三是覺得除垢人用力過大了，身體本來乾淨，沒有必要如此。這首詞表面上只是描述了一個簡單的洗浴場面，其實也是暗含了蘇軾對自身遭遇的不滿，自己明明無罪，卻被人強加罪名，就像身體明明無垢，但還要被搓背人強行搓洗。詞中雖然可以讀出蘇軾對自身際遇的不悅，但流露出更多的卻是調侃，甚至略帶一點自嘲，並且已不見初貶黃州時的引咎自責。

　　第二首詞的第一句「自淨方能淨彼」，這句話是對搓背人和自己共同而言的，無論是誰，只有自身先潔淨了，才能讓別人潔淨。另外這句話其實也是回應了第一首詞，蘇軾認為搓背人無需給自己除垢，一來是因為「居士本來無垢」，二則是因為「自淨方能淨彼」。第二句「我自汗流呀氣」是說自己在熱水浴中氣喘汗流，這就說明自己的肉身是不淨的，因此邀請搓背人和自己一起做這「肉身遊戲」。但明明只是日常生活中的沐浴，蘇軾為何要將之稱為「遊戲」呢？按照遊戲的本意來理解，似乎與全詩的意境並不是特別貼切。但遊戲在佛教裏又有另外的一層意思，比如《景德傳燈錄》中如此記載唐代禪師普願：「入中百門觀精練玄義。後扣大寂之室，頓然忘筌，得遊戲三昧」，〔註36〕這裡的遊戲也就是自在之意。所以詞到此處，無論是洗身還是淨心，蘇軾能感受到的是輕鬆自在，因為這個時候洗不洗都不重要了，重要的是蘇軾不認為自己有垢。但是到了結尾，蘇軾卻再次聲稱「但洗，但洗，俯為人間一切」，此處又

〔註35〕　（宋）蘇軾著：《如夢令（元豐七年十二月十八日，浴泗州雍熙塔下，戲作〈如夢令〉兩闋。此曲本唐莊宗制，名〈憶仙姿〉，嫌其名不雅，故改為〈如夢令〉，莊宗作此詞，卒章云「如夢，如夢，和淚出門相送」，因取以為名云）》，張志烈、馬德富、周裕鍇主編：《蘇軾全集校注》第9冊，第495頁。
〔註36〕　（宋）道原撰：《景德傳燈錄》，《大正藏》第51冊，第257頁。

一次強調了洗，這裡洗的原因，一是因為畢竟肉身活在人間，塵垢難免；另外，從心性的角度講，這裡有清淨身心、求得精進之意，蘇軾在元豐五年時寫過一篇名為《小篆般若心經贊》的文章，其中說到：「世人初不離世間，而欲學出世間法。舉足動念皆塵垢，而以俄頃作禪律」，〔註37〕簡單講，人生在世，無論身心，難免會有污垢，蘇軾此處想要表達的意思其實就是要不斷磨礪自己，完善自我，如此才能求得精進。

　　通過這兩首詞，我們以感受到，蘇軾此時的心境與初貶之時也是截然不同了，從當初的「千劫非」、「猶念浴」、「千劫罪」、「洗榮辱」到後期的「求罪垢所從生而不可得」、「本來無垢」、「肉身遊戲」等等。蘇軾精神上的變化實際也體現在了作品的變化中。從行動本身講，蘇軾經歷了從努力地洗滌求安到不洗自淨的昇華；從作品文風講，黃州末期的文字展現了更多的淡然曠達，而不同於早期的剛毅雄邁。這一系列的變化一方面源於生命歷程的豐富，同時也是蘇軾在經歷了歲月積澱後反觀反省自我的結果。

（二）惠州

　　根據前一部分的介紹，早在黃州時期，蘇軾認為自己身心皆垢，所以詩文中表現出了很強的「洗」的意識，這種自我否定其實正是源自於仕途上的失意。蘇軾努力地洗沐求安其實就是為了日後重返仕途為國效力，正如他自己所說：「尚有讀書清淨業」，〔註38〕因此也可以更好地理解「但洗，但洗，俯為人間一切」這樣的句子。儘管官場受挫，但蘇軾依舊不忘的還是致君堯舜。黃州時期的蘇軾儘管曾屢稱要歸心佛門，但他還是執著於現實人生的，也正如他在《雪堂記》中曾說過：「吾非逃世之事，而逃世之機」，〔註39〕所謂的「世之機」，就是懷掛於功名利祿的心，因此他需要洗沐的就是榮辱，是蒙蔽己心的塵垢。

　　如今已走過了早年的意氣風發，體悟了不惑之年的世態百味，惠州時期的蘇軾無論於人於事都有著不同程度的體驗以及心智上的成熟。雖說貶謫之地愈加荒涼，生活環境也更加艱苦，但在通往大庾嶺的路上，蘇軾卻寫過這

〔註37〕（宋）蘇軾著：《小篆般若心經贊》，張志烈、馬德富、周裕鍇主編：《蘇軾全集校注》第 13 冊，第 2406～2407 頁。

〔註38〕（宋）蘇軾著：《次韻答子由》，張志烈、馬德富、周裕鍇主編：《蘇軾全集校注》第 4 冊，第 2211～2212 頁。

〔註39〕（宋）蘇軾著：《雪堂記》，張志烈、馬德富、周裕鍇主編：《蘇軾全集校注》第 11 冊，第 1308～1312 頁。

樣一首詩：「一念失垢污，身心洞清淨。浩然天地間，惟我獨也正。」〔註40〕
首句已全然淡化了淨垢間的區別，一念清淨，心中自然澄明無瑕。所以蘇軾
才敢放言：浩然天地間，唯獨自己秉持正氣。這種轉變的根源正是因為蘇軾
對自己的本心有了新的認知，蘇軾在元祐八年聽說了吳子野將要出家一事，
他說到：「出家非今日，法水洗無垢。」〔註41〕出家本是為了修行，法水在佛
教中常有除眾生煩惱塵垢之意。但是蘇軾卻站在更高的角度看待此事，他認
為出家在家都可修行，不必拘泥於形式；心本清淨也無需洗滌，因為自己的
本來面目就是如此。這一觀點在他路過南華寺時也有體現：「云何見祖師？要
識本來面。亭亭塔中人，問我何所見。可憐明上座，萬法了一電。飲水既自
知，指月無復眩。我本修行人，三世積精練。中間一念失，受此百年譴。」
〔註42〕南行途中，蘇軾在南華寺見到了六祖慧能大師的真身，「本來面」乃
為禪宗之典：「『我來求法，非為衣也。願行者開示於我。』盧曰：『不思善，
不思惡，正恁麼時，阿那個是明上座本來面目？』師當下大悟，遍體汗流。」
〔註43〕「指月無復眩」乃出於《楞嚴經》：「如人以手指月示人，彼人因指當
應看月。若復觀指以為月體，此人豈唯亡失月輪，亦亡其指。」〔註44〕人的
本真面目實為清淨，無善惡之別。以手指月則是傳達了借物開悟之理，人之
本性的體悟終究需要靠己心去證得，手只是一種途徑，一種工具，開悟的方
法不在於外。當本心不再執著於物象時，清淨之面自然得以呈現。蘇軾在無
掛礙中重新認知了自己——「我本修行人」，有人認為這是他在佛禪中悟得自
己本是修行人，因為一念之失誤入塵網，由此遭受了貶謫之苦。但事實上，
蘇軾並非是要聲明自己的身份。對於他而言，自己是否真的是修行人已經不
重要了，他藉此言只是想說此時的自己已不再掛礙於得失，因為修行的目的
是要證悟因果，洞察因緣。

　　蘇軾在惠州時期的洗沐作品數量並不算太多，但洗沐的目的卻大不同於
從前。細品蘇軾這一時期的洗沐作品，其目的主要有二：一是體悟身心本淨的

〔註40〕　（宋）蘇軾著：《過大庾嶺》，張志烈、馬德富、周裕鍇主編：《蘇軾全集校注》
　　　　　第 7 冊，第 4391 頁。

〔註41〕　（宋）蘇軾著：《吳子野將出家，贈以扇山枕屏》，張志烈、馬德富、周裕鍇主
　　　　　編：《蘇軾全集校注》第 6 冊，第 4215 頁。

〔註42〕　（宋）蘇軾著：《南華寺》，張志烈、馬德富、周裕鍇主編：《蘇軾全集校注》
　　　　　第 7 冊，第 4401 頁。

〔註43〕　（宋）普濟集：《五燈會元》卷二，《卍續藏》第 80 冊，第 52 頁。

〔註44〕　（宋）戒環解：《楞嚴經要解》卷三，《卍續藏》第 11 冊，第 788 頁。

道理，比如他曾說過：「沐浴法水，悟罪性之本空」，〔註45〕「解衣浴此無垢人，身輕可試雲間鳳」〔註46〕。另外則是在體悟到身心本淨的基礎上尋求一種精神上的自我追求，正如他曾多次說過「洗心歸命」〔註47〕、「稽首洗心，皈命真寂」〔註48〕、「洗心歸依，得見祖師」〔註49〕，這種「歸命真寂」、「得見祖師」並非是追求彼岸世界，而是指達到了身世之間的調和並實現了生命的本真意義。這種本真是誠於己心，是沒有被玷污的，因此不會被功名利祿所動搖，自然也不會被世俗的價值觀念所束縛，蘇軾所說的「身世永相忘」就是這樣的境界。所以，如果說早期蘇軾還將仕途功績作為衡量自我價值的標準，那麼此時他更注重的是內在的追求和心靈上的自由。

（三）儋州

為了更好地解讀蘇軾在儋州時期的作品特點，筆者根據蘇軾三次被貶時的洗沐作品製作了以下圖表：〔註50〕

條　目	對身世的態度	對於淨垢的態度	代表性的洗沐作品
元豐元年～元豐八年（1078年～1085年）	吾非逃世之事，而逃世之機。（1082年，《雪堂記》）	1. 北遊五年，塵垢所蒙，已化為俗吏矣。（1079年，《與久上人一首》） 2. 尚有讀書清淨業，未容春睡敵千鍾。（1080年，《次韻答子由》） 3. 舉足動念皆塵垢，而以俄頃作禪律。（1082年，《小篆般若心經贊》） 4. 今僕蒙犯塵垢，垂三十	1. 一洗千劫非。（1080年，《遊淨居寺（並敘）》） 2. 兼以洗榮辱。（1080年，《安國寺浴》） 3. 洗我千劫罪。（1080年，《勝相院經藏記》） 4. 又以洗我昏蒙。（1080年，《與王定國四十一首》） 5. 以洗從來罪垢業障。（1080年，《與陳大夫八首》）

〔註45〕（宋）蘇軾著：《葬枯骨疏》，張志烈、馬德富、周裕鍇主編：《蘇軾全集校注》第18冊，第6870～6871頁。

〔註46〕（宋）蘇軾著：《同正輔表兄遊白水山》，張志烈、馬德富、周裕鍇主編：《蘇軾全集校注》第7冊，第4652～4653頁。

〔註47〕（宋）蘇軾著：《醮上帝青詞三首》，張志烈、馬德富、周裕鍇主編：《蘇軾全集校注》第18冊，第6821頁。

〔註48〕（宋）蘇軾著：《題虔州祥符宮乞簽》，張志烈、馬德富、周裕鍇主編：《蘇軾全集校注》第19冊，第8100頁。

〔註49〕（宋）蘇軾著：《與南華辯老十三首（一）》，張志烈、馬德富、周裕鍇主編：《蘇軾全集校注》第18冊，第6740頁。

〔註50〕為每一階段的思想並非是單一孤立的，所以此表會將貶謫前後1～2年內的詩文也統計入內。

		年，困而後知返。(1083 年，《與佛印十二首》)	6. 前年開閣放柳枝，今年洗心歸佛祖。(1083 年，《和蔡景繁海州石室》)
		5. 求罪垢所從生而不可得。(1084 年，《黃州安國寺記》)	7. 自淨方能淨彼，……但洗，但洗，俯為人間一切。(1084 年，《如夢令(元豐七年十二月十八日，浴泗州雍熙塔下，戲作〈如夢令〉兩闋。……)》)
		6. 若信眾生本無垢，此泉何處覓寒溫？(1084 年，《余過溫泉，壁上有詩云：直待眾生總無垢，我方清冷混常流。問人，云：長老可遵作遵。已退居圓通。亦作一絕》)	8. 五年江湖上，閉口洗殘債。(1085 年，《孫莘老寄墨四首》)
		7. 水垢何曾相受，細看兩俱無有。……居士本來無垢(1084 年，《如夢令(元豐七年十二月十八日，浴泗州雍熙塔下，戲作〈如夢令〉兩闋。此曲本唐莊宗制，名〈憶仙姿〉，嫌其名不雅，故改為〈如夢令〉，莊宗作此詞，卒章云「如夢，如夢，和淚出門相送」，因取以為名云)》)。	
紹聖元年～紹聖四年七月(1094年～1097年7月)	今日嶺上行，身世永相忘。(1094 年，《過大庾嶺》)	1. 一念失垢污，身心洞清淨。(1094 年，《過大庾嶺》) 2. 根塵各清淨，心境兩奇絕。(1095 年，《次韻定慧欽長老見寄八首(並引)》) 3. 某仕不知止，臨老竄逐，罪垢增積，玷污親友。(1096 年，《與王庠一首》)	1. 借師錫端泉，洗我綺語硯。(1094 年，《南華寺》) 2. 洗心自新，沒齒無怨。(1094 年，《到惠州謝表》) 3. 稽首洗心，皈命真寂。(1094 年，《題虔州祥符宮乞簽》) 4. 洗心歸依，得見祖師。(1095 年，《與南華辯老三十首》) 5. 沐浴法水，悟罪性之本空。(1095 年，《葬枯骨疏》) 6. 解衣浴此無垢人，身輕可試雲間鳳。(1095 年，《同正輔表兄遊白水山》)

| 紹聖四年七月～宋徽宗建中靖國元年（1097年7月～1101年） | 無作無止，無欠無餘。（1097年，《桄榔庵銘（並敘）》） | 1. 謂我今方夢，此心初不垢。（1097年，《謫居三適三首（午窗坐睡）》） | 1. 瓦盎深及膝，時復冷煖投。（1097年，《謫居三適三首（夜臥濯足）》）
2. 一洗耳目明，習習萬竅通。（1097年，《謫居三適三首（旦起理髮）》）
3. 江月照我心，江水洗我肝。（1100年，《藤州江下夜起對月，贈邵道士》）
4. 居士無塵堪洗沐，道人有句借宣揚。（1101年，《戲贈虔州慈雲寺鑒老》） |

　　從這個表可以非常明顯地看出，在早期，蘇軾關於各種洗沐的場所主要還是集中在寺院，而到了後期特別是儋州時期，則更加注重日常生活中的洗滌。與此同時，蘇軾洗沐的對象與內容也隨著場地的轉變而有變化。黃州時期，蘇軾心中「洗」的意願是非常強烈的，經歷了貶謫之事後，他每逢寺院都試圖革面懺悔，甚至常常安身於安國寺，他在詩文中所「洗」的對象基本就是污垢、罪過等負面元素。而到了惠州，蘇軾漸漸認為自己身心清淨，所洗的目的則是希望自己回歸本真、得見祖師。晚年在儋州，蘇軾依舊認為自己「此心初不垢」，但他對於身世的態度卻大不同於之前，如果說蘇軾黃州時期的生活主旋律是「逃避」，惠州時期是「忘掉」，那麼蘇軾在儋州的生活則流露了更多的隨緣與淡然，無論是從被貶時間還是從他的文字特點上看，儋州之貶謫都可視為惠州之貶的延續。蘇軾在初至海南時曾寫過一篇《桄榔庵銘》，其中說到：「無作無止，無欠無餘。生謂之宅，死謂之墟。」〔註51〕佛教裏認為，人若想求得圓覺法性，就必須斷除四病，這四病就是「作、任、止、滅」，〔註52〕蘇軾筆下這種無作無止的境界正是證得本性清淨後的一種圓滿，這一境界不同於惠州時期的「身世兩相忘」，而是連「忘」與「不忘」的分別也沒有了。所謂的「無作無止，無欠無餘」則完全淡化掉了身命本體的內在差別，一切榮辱、得失、成敗已經成為了一個整體，不會再對內心有任何束縛。

　　可以說，蘇軾在儋州時的心境更像是一種回歸，正如他所說：「生謂之宅，

───────────

〔註51〕（宋）蘇軾著：《桄榔庵銘（並敘）》，張志烈、馬德富、周裕鍇主編：《蘇軾全集校注》第 12 冊，第 2163 頁。
〔註52〕（清）通理述：《圓覺經析義疏》，《卍新續藏》第 10 冊，第 758 頁。

死謂之壚」，〔註53〕這種已經回歸的狀態是無謂起始與終點的，所以，蘇軾眼中的生命是圓融無礙的，他走到哪裏都不會有牽掛，他所需要的只是認真體悟生命這一歷程。在儋州，蘇軾曾寫過非常具有代表性也是人們耳熟能詳的《謫居三適三首》〔註54〕，它們分別是《旦起理髮》、《午窗坐睡》和《夜臥濯足》，其中第一首和第三首還都提及到了洗沐：

> 安眠海自運，浩浩朝黃宮。日出露未晞，鬱鬱濛霜松。老櫛從我久，齒疎含清風。一洗耳目明，習習萬竅通。少年苦嗜睡，朝謁常匆匆。爬搔未云足，已困冠巾重。何異服轅馬，沙塵滿風驂。琱鞍響珂月，實與桎械同。解放不可期，枯柳豈易逢。誰能書此樂，獻與腰金翁。
>
> ——旦起理髮

> 蒲團蟠兩膝，竹几閣雙肘。此間道路熟，徑到無何有。身心兩不見，息息安且久。睡蛇本亦無，何用鉤與手。神凝疑夜禪，體適劇卯酒。我生有定數，祿盡空餘壽。枯楊不飛花，膏澤回衰朽。謂我此為覺，物至了不受。謂我今方夢，此心初不垢。非夢亦非覺，請問希夷叟。
>
> ——午窗坐睡

> 長安大雪年，束薪抱衾裯。雲安市無井，斗水寬百憂。今我逃空谷，孤城嘯鵂鶹。得米如得珠，食菜不敢留。況有松風聲，釜鬲鳴颼颼。瓦盎深及膝，時復冷暖投。明燈一爪剪，快若鷹辭韝。天低瘴雲重，地薄海氣浮。土無重腿藥，獨以薪水瘳。誰能更包裹，冠履裝沐猴。
>
> ——夜臥濯足

在第一首詩中，蘇軾描繪了自己晨起梳頭的場景：清晨，海浪翻滾，朝陽漸升，露水未乾。享受著迎面撫過的涼風，蘇軾一邊洗臉梳頭，一邊感受著洗沐為自己帶來的清新與暢快。蘇軾還回憶起了自己年少時貪睡的情景，為了朝謁，自己不得不在睡眼朦朧中起床，頭髮還沒有打理好，癢還沒有搔足，就不

〔註53〕（宋）蘇軾著：《桄榔庵銘（並敘）》，張志烈、馬德富、周裕鍇主編：《蘇軾全集校注》第 12 冊，第 2163 頁。
〔註54〕（宋）蘇軾著：《謫居三適三首》，張志烈、馬德富、周裕鍇主編：《蘇軾全集校注》第 7 冊，第 4948～4953 頁。

得不穿上衣服去上朝，那樣的自己簡直與拉車的馬沒有區別。如今的生活卻自在無比，蘇軾覺得這是達官顯宦永遠無法享受到的美事。另外的這首《夜臥濯足》則是專門記載了洗腳的細節：詩的開頭先是描繪了元封二年大雪紛飛的長安，那個時候，柴木稀少，一點柴草就能換上一匹綢緞。雲安也是如此，滴水貴如油，洗腳對於當時的人們更是奢望。如今蘇軾謫居儋州，雖說飯糧稀少，但卻柴水不缺，所以洗腳便成了蘇軾生活裏的一大快事。蘇軾會用一個深及膝蓋的大盆，一會添冷水，一會添熱水。他一邊洗腳，一邊聽著水沸騰時的聲音，可謂自在無比。洗完腳後的蘇軾還會對著燈去剪剪腳指甲，那種暢快的感覺就像是掙脫了羈絆一樣的飛鷹。蘇軾還聲稱在儋州這樣一個沒有醫藥的地方，用熱水泡腳甚至是治療疾病的神方。整首詩讀下來絲毫感受不到這樣的情懷源於一位貶謫詩人的筆下，字裏行間流露出了滿滿的洋洋得意與逍遙自在。除了這兩首洗沐作品，蘇軾在《次韻子由浴罷》中還介紹了非常有趣的乾浴：

> 理髮千梳淨，風晞勝湯沐。閉息萬竅通，霧散名乾浴。頹然語默喪，靜見天地復。時令具薪水，漫欲濯腰腹。陶匠不可求，盆斛何由足？老雞臥糞土，振羽雙瞑目。倦馬驕風沙，奮鬣一噴玉。垢淨各殊性，快愜聊自沃。〔註55〕

在缺少水與柴的時候，用風去吹頭髮絕以勝過湯沐。屏住呼吸，滅除雜念，就能體驗全身通透的感覺。蘇軾還饒有興趣地把自己乾浴的樣子比作以土沙浴身的雞和馬，一句「垢淨各殊性，快愜聊自沃」更是展現了沐浴的意義並不在於形式，無論是湯浴還是乾浴，都能讓自己快樂無比。

通過上面幾首洗沐詩可以感受到，被貶儋州時的蘇軾雖然在物質上一無所有，但他卻獲得了精神上的莫大滿足。蘇軾這一時期的詩文已經沒有了早期的刻意逃避與忘掉，而是重新回歸到了日常生活裏的瑣事，比如他的《謫居三適三首》，理髮、坐睡和濯足本是再普通不過的事了，但蘇軾卻把它們描述地津津有味且滿富哲理。蘇軾還用「三適」為他的詩作命名，這種隨遇而安、苦中尋樂的心態在儋州這樣一個「食物人煙，蕭條之甚」〔註56〕的地方則顯得更為可貴。蘇軾文字裏的平和與自然也展現了禪宗裏常說的「平常心是道」，這

〔註55〕（宋）蘇軾著：《次韻子由浴罷》，張志烈、馬德富、周裕鍇主編：《蘇軾全集校注》第7冊，第4959～4960頁。

〔註56〕（宋）蘇軾著：《與張逢六首（二）》，張志烈、馬德富、周裕鍇主編：《蘇軾全集校注》第17冊，第6427頁。

種「道」無需外求，恰恰是身心無礙且與世界萬物融為一體的通達。蘇軾在晚年曾寫過一句詩：「江月照我心，江水洗我肝。」〔註57〕江水奔流不息，又永無枯盡；江月明亮天邊，缺而又圓。江水與江月體現了變化，又代表了變化裏的永恆。這十個字與其說是月與水對蘇軾的洗滌，倒不如說蘇軾已與江月江水融為一體，是內心澄澄寂靜、回歸於自然的展現。

三、不同階段與場所的洗沐意義與內涵

通過上文的分析可知，蘇軾的一生都在不斷地洗禮與淨化，他在每一階段的心境和體悟也是各不相同。蘇軾作品中洗沐的場所併不只是在寺院，但寺院這樣一個特殊的環境和場所不僅讓他成就了文字創作的高峰，同時也實現了內心的洗禮與超越。烏臺詩案乃至整個中年時期，蘇軾也可謂有赫赫之功，但他第一次被貶時卻聲稱自己「自笑平生為口忙，老來事業轉荒唐」，〔註58〕甚至有「學道無所得，但覺從前卻是錯爾」〔註59〕這樣的評價。所以，無論蘇軾在黃州寺院的各種洗沐行為是對自己過去種種罪名所做的真實懺悔亦或是說辭，他真正想做的是在這樣一個遠離俗世紅塵的地方重新審視自己。也正如蘇軾在晚年時曾這樣評價晉人董京：「京之意蓋曰：以魚鳥自觀，雖萬世而不悟其非也，我所以能知魚鳥之非者，以我不與魚鳥同所惡也。彼達人者不與我同欲惡，則其觀我之所為，亦欲如我之觀魚鳥矣。京，得道人也，哀世俗不曉其語，故粗為說之。」〔註60〕在蘇軾看來，董京之所以可以成為得道之人，正是因為他善於反觀審視自己的言行。此外，蘇軾還記載了曾經遊覽安國寺時的感悟：「昨日太守楊君采、通判張公規邀余出遊安國寺。坐中論調氣養生之事。余云：『皆不足道，難在去欲。』張云：『蘇子卿齧雪啖氈，蹈背出血，無一語少屈，可謂了生死之際矣。然不免為胡婦生子。窮居海上，而況洞房綺疏之下乎！乃知此事不易消除。』眾客皆大笑。余愛其語有理，故為錄之。」〔註61〕

〔註57〕 （宋）蘇軾著：《藤州江上夜起對月，贈邵道士》，張志烈、馬德富、周裕鍇主編：《蘇軾全集校注》第 8 冊，第 5159 頁。

〔註58〕 （宋）蘇軾著：《初到黃州》，張志烈、馬德富、周裕鍇主編：《蘇軾全集校注》第 4 冊，第 2150 頁。

〔註59〕 （宋）蘇軾著：《與圓通禪師四首（二）》，張志烈、馬德富、周裕鍇主編：《蘇軾全集校注》第 18 冊，第 6777 頁。

〔註60〕 （宋）蘇軾著：《書董京詩》，張志烈、馬德富、周裕鍇主編：《蘇軾全集校注》第 19 冊，第 7573～7574 頁。

〔註61〕 （宋）蘇軾著：《記張公規論去欲》，張志烈、馬德富、周裕鍇主編：《蘇軾全

這段文字正說明了去欲之難。所以，蘇軾在寺院中坐禪以及洗沐正是希望可以消除妄念，以此尋求「自新之方」，而並非是放棄對外在事業的追求。因此，他的洗沐作品一方面有除垢去欲的目的，同時也有儒家「澡身而浴德」的涵義，也就是要通過洗沐來端莊德行，勤勉精進。而晚年時，蘇軾則把視野更多地投向了對內心的關照，他的洗沐也從相對淺層的「除垢」昇華到了深層次的「回歸自我」，他希望借洗沐來洞察心性，體悟因果，並在看破現實中的種種不順意之後，達到一種精神上的和諧與圓融。

當然，蘇軾晚年的洗沐詩看似要比早年洗得更深入、更徹底，但他並非是要把自己完全隔絕於紅塵之外而不聞世事。早在初貶黃州時，蘇軾便對自身做了深刻的剖析：「我今惟有無始已來，結習口業，妄言綺語，論說古今，是非成敗」，〔註62〕他覺得自己的罪過正是由於巧舌善辯所致。到了元豐八年時，蘇軾又寫過一首詩：「五年江湖上，閉口洗殘債」，〔註63〕這是他剛剛結束了五年的黃州貶謫生活後所作的。此處並未說明「殘債」的具體內容，但從「閉口洗」卻可得知，蘇軾深知自己是因言獲罪，所以要通過緘默來洗去這累世的文字債。在元祐六年的時候，蘇軾又一次寫道：「平生坐詩窮，得句忍不吐。吐酒茹好詩，肝胃生滓污。」〔註64〕此時的他依舊清楚地知道自己平生易因詩而遭受困厄，每得佳句雖欲忍不吐，但如此卻會玷污自己的肝胃。直到晚年，蘇軾不吐不快的秉性依舊未改，他在紹聖元年赴惠州途中路過南華寺時曾說過：「借師錫端泉，洗我綺語硯」。〔註65〕綺語是佛教十善戒中的四口業之一，四口業包括兩舌、惡口、妄言、綺語。《中阿含經》中對綺語做了這樣的定義：「綺語，彼非時說，不真實說，無義說，非法說，不止息說，又復稱歎不止息事，違背於時而不善教，亦不善訶。」〔註66〕簡單講，就是在不該說話的時候說了話，在應該沉默的時候卻沒有沉默。綺語雖是惡

集校注》第 20 冊，第 8462～8463 頁。

〔註62〕（宋）蘇軾著：《勝相院經藏記》，張志烈、馬德富、周裕鍇主編：《蘇軾全集校注》第 11 冊，第 1223～1224 頁。

〔註63〕（宋）蘇軾著：《孫莘老寄墨四首（其四）》，張志烈、馬德富、周裕鍇主編：《蘇軾全集校注》第 4 冊，第 2760 頁。

〔註64〕（宋）蘇軾著：《叔弼云：履常不飲，故不作詩。勸履常飲》，張志烈、馬德富、周裕鍇主編：《蘇軾全集校注》第 6 冊，第 3762 頁。

〔註65〕（宋）蘇軾著：《南華寺》，張志烈、馬德富、周裕鍇主編：《蘇軾全集校注》第 7 冊，第 4401 頁。

〔註66〕（東晉）瞿曇僧伽提婆譯：《中阿含經》，《大正藏》第 1 冊，第 437 頁。

業之一，但對於蘇軾卻恰恰是他的真性情所在，這一點他很清楚的：「臣賦性剛拙，議論不隨」，〔註67〕他深知自己天性剛烈，心直口快，也曾試圖通過無數次的洗滌來去除這一致命的「訥病」，但這一訥病終究是無法洗去的。因為蘇軾的口無遮攔正是不合時宜的外在體現，而這種不合時宜則是天生的、骨子裏的剛腸嫉惡，蘇軾一生可謂命途多舛，他不願背叛內心的信仰和追求，更不想為了明哲保身而磨去自己的棱角，所以他才用文字將這種身不由己的無奈的和隱痛戲稱為「綺語」，如此一來可以淡化蘇軾生命裏的悲劇情懷，二則是通過藝術將這種悲情化身為審美，站在更高的視角將蘇軾從現實的得失中解脫出來。

總之，蘇軾對於洗沐場所的選擇也暗示他心態心境的轉變。在黃州，蘇軾多次寄宿於寺院正是他「逃世之機」的體現。而中晚年特別是儋州時期，他洗沐作品的對象由無形抽象變得有形具體，作品中的洗沐場所也更加生活化與隨意性，且並不執著於特定的地點，這也說明了蘇軾的確「非逃世之事」。當然，寺院雖然只是蘇軾暫時的心靈避難所，遠離紅塵的叢林生活也不是他人生的終極目標，但卻是蘇軾在失意時最好的棲息地，同時也是可以讓他安心沉澱自我、反思人生的契機。這一點也充分體現了像蘇軾一樣的宋代文人對佛教信仰的態度，一方面，他們有著熱切的向禪之心，而同時他們又會秉持著理性，無論何時何地，始終心懷天下、不忘濟世。因此，寺院不僅僅只是僧人的修行場所與信仰專利，它也為蘇軾一樣的士大夫提供了恰到好處的人文關懷，並實現了修心與創作的雙向互動。

第二節　病與藥

一、宋代社會的維摩信仰

在蘇軾一生所創作的作品裏，佛教中的幾部主要經文皆有被作為題材或典故所運用，如《金剛經》《圓覺經》《維摩詰經》《華嚴經》等。而在這諸多佛經中，《維摩詰經》可謂是蘇軾首次將佛教典故真正運用在作品創作中的佛經。實際上，維摩信仰在宋代深受文人士大夫乃至居士的喜愛。在早期，「居

〔註67〕（宋）蘇軾著：《乞罷學士除閒慢差遣箚子》，張志烈、馬德富、周裕鍇主編：《蘇軾全集校注》第 14 冊，第 3189 頁。

士」這一詞的涵義與後期大乘佛教中的「居士」並不相同：「彼眾生中習種種業以自營生，因是故世間有居士種。」〔註68〕這裡的居士只是以某種技藝為生的人。而到了後期，《維摩詰經》則對居士做出了這樣的定義：

> 若在長者，長者中尊，為說勝法；若在居士，居士中尊，斷其貪著；若在剎利，剎利中尊，教以忍辱；若在婆羅門，婆羅門中尊，除其我慢；若在大臣，大臣中尊，教以正法；若在王子，王子中尊，示以忠孝；若在內官，內官中尊，化政宮女；若在庶民，庶民中尊，令興福力；若在梵天，梵天中尊，誨以勝慧；若在帝釋，帝釋中尊，示現無常；若在護世，護世中尊，護諸眾生。長者維摩詰，以如是等無量方便饒益眾生。〔註69〕

> 雖為白衣，奉持沙門至賢之行；居家為行，不止無色；有妻子婦，自隨所樂常修梵行；雖有家屬，常如閒居；現視嚴身，被服飲食，內常如禪。〔註70〕

所以，這裡的居士並不是某一特定的群體，他在各個行業都有可能出現，就如鳩摩羅什所解釋的說：「外國白衣多財富樂者，名為居士。」〔註71〕像這樣一言一行都受人尊敬、不執於貪欲的人就可視為居士。在宋代，儒釋道三教的合流誕生了更多「雖無法服，心已出家」的文人士大夫，而《維摩詰經》中維摩詰居士的形象自然則受到當時人們的追慕。當時的王安石曾深讀過《維摩詰經》，他還寫過一首《讀維摩經有感》：「身如泡沫亦如風，刀割香塗共一空。宴坐世間觀此理，維摩雖病有神通。」〔註72〕同樣，「是身是像，無有二相。三世諸佛，亦如是像。若取真實，還成虛妄。應持香花，如是供養」，〔註73〕也表達了對維摩詰的讚賞。張商英早年並不信佛，「商英曰：『吾正此著無佛論。』向曰：『既言無佛，何論之有？當著有佛論可耳。』商英默而止。後詣同列，見佛龕前維摩詰經，信手開視，有云：『此病非地大，亦不離地大。』倐然會心，因借歸細讀。向曰：『讀此經，始可著無佛論。』商英聞而大悟，

〔註68〕（後秦）佛陀耶舍，竺佛念譯：《長阿含經》，《大正藏》第 1 冊，第 149 頁。
〔註69〕（後秦）鳩摩羅什譯：《維摩詰所說經》，《大正藏》第 14 冊，第 539 頁。
〔註70〕（吳）支謙譯：《佛說維摩詰經》，《大正藏》第 14 冊，第 520 頁。
〔註71〕（後秦）僧肇選：《注維摩詰經》，《大正藏》第 38 冊，第 340 頁。
〔註72〕（宋）王安石著，中華書局上海編輯所編：《臨川先生文集》，北京：中華書局，1959 年 1 月，第 375 頁。
〔註73〕（宋）王安石著，中華書局上海編輯所編：《臨川先生文集》，第 409 頁。

由是深信其道。」〔註74〕他也是偶而在寺院中讀到《維摩詰經》而深受感觸，並逐漸悟道。蘇軾更是如此，他的作品中有諸多處引用到了維摩詰這一人物。而首次將維摩詰運用在作品中時，正是借用了病骨維摩這一典故：「今觀古塑維摩像，病骨磊嵬如枯龜。乃知至人外生死，此身變化浮雲隨。世人豈不碩且好，身雖未病心已疲。」〔註75〕維摩詰居士常常身現疾病，但他的病痛並不同於常人，「從癡有愛，則我病生；以一切眾生病，是故我病；若一切眾生病滅，則我病滅。所以者何？菩薩為眾生故入生死，有生死則有病；若眾生得離病者，則菩薩無復病。譬如長者，唯有一子，其子得病，父母亦病。若子病癒，父母亦愈。菩薩如是，於諸眾生，愛之若子；眾生病則菩薩病，眾生病癒，菩薩亦愈。又言是疾，何所因起？菩薩疾者，以大悲起。」〔註76〕他正是通過層層比喻來解釋病痛的真相，並借助這樣的方便法門來為眾生說法。總之，維摩詰示病問疾不僅讓文人士大夫對身體以及病痛有了新的認識，同時也提供了一種兩全其美的生活範式，因為他們可以像維摩詰居士一樣在家修行，而「是身如浮雲」的思想也他們讓用佛教的眼光審視生命中的生老病死，讓他們在文字創作中突破了新的巔峰。

二、安心是藥更無方

正所謂「紙上得來終覺淺」，蘇軾對於維摩信仰的理解不僅僅止於佛教中的經書經文，宗教聖地的考察也讓蘇軾獲得了更多的理悟和靈感。《四六法海》中曾講到：「作空門文字，須曾於宗教留心。始得簡樓，生平不詳於史傳，觀其所作雖不可謂門外漢，然亦僅入門而已。自來以文字作佛事者，唐有王摩詰、梁敬之、柳子厚，宋有蘇氏兄弟、黃魯直。若王子安輩，隔靴搔癢而已。」〔註77〕「於宗教留心」正是說明了實踐對於開悟的重要性。

早在熙寧年間，蘇軾在杭州任通判。杭州佛教氛圍濃鬱，蘇軾廣交僧眾，遊遍當地的名山古剎，正如他自己所言：「三百六十寺，幽尋遂窮年。所至得其妙，心知口難傳。」〔註78〕在杭州的西湖之南，有一個著名的寺院名曰「虎

〔註74〕（宋）志磐撰，釋道法校注：《佛祖統紀校注（下）》，第 1091～1092 頁。

〔註75〕（宋）蘇軾著：《維摩像，唐楊惠之塑，在天柱寺》，張志烈、馬德富、周裕鍇主編：《蘇軾全集校注》第 1 冊，第 322～323 頁。

〔註76〕（秦）鳩摩羅什譯：《維摩詰所說經》，《大正藏》第 14 冊，第 544 頁。

〔註77〕（明）王志堅編：《四六法海》卷 11，《景印文淵閣四庫全書》第 1394 冊，第 709 頁。

〔註78〕（宋）蘇軾著：《懷西湖寄晁美叔同年》，張志烈、馬德富、周裕鍇主編：《蘇軾全集校注》第 2 冊，第 1301 頁。

跑寺」，相傳是唐代的性空大和尚曾遇到兩隻老虎跑過，隨即清泉流出繼而得名。蘇軾在公元 1073 年時曾遊歷了這座寺院，並寫下了《病中游祖塔院》一詩：「紫李黃瓜村路香，烏紗白葛道衣涼。閉門野寺松陰轉，欹枕風軒客夢長。因病得閒殊不惡，安心是藥更無方。道人不惜階前水，借與匏樽自在嘗。」〔註79〕「病」與「藥」這類的話題在蘇軾早期的作品中也有出現，如《入峽》中提到：「塵勞世方病，局促我何堪。」〔註80〕又如《送岑著作》：「而我懶拙病，不受砭藥除。」〔註81〕另有「空齋臥積雨，病骨煩撐支」，〔註82〕「老來厭伴紅裙醉，病起空驚白髮新」〔註83〕等等，但這些詩句大多又有為塵世所羈之意。而在跑虎寺中的這首詩則是蘇軾首次通過哲學辯證的方法將病與藥之間的關係闡述於詩文中。「因病得閒殊不惡，安心是藥更無方」，按字面意思簡單講，似乎就是因病得福。而事實上，蘇軾對「病」的理解正是通過了觀病相，從而做到對症下藥。在另一首《虎跑泉》中，蘇軾說道：「故知此老如此泉，莫作人間去來想」，〔註84〕此詩同樣說明禪師不為來去時間所困，自然超脫人間而常在。

　　兩個月之後的蘇軾再遊寺院，興致勃勃之下飲了七碗茶，還寫下了「示病維摩元不病，在家靈運已忘家」〔註85〕的詩句，蘇軾先以維摩詰自比，又以謝靈運自喻，後又稱喝下七碗茶之後，藥也就不用吃了。至於安心去疾的方法，蘇軾在另一篇寺院作品中給出了答案：

　　　　眾生以愛，故入生死。由於愛境，有逆有順，而生喜怒，造種
　　　種業。展轉六趣，至千萬劫。本所從來，唯有一愛，更無餘病。佛

〔註79〕（宋）蘇軾著：《病中游祖塔院》，張志烈、馬德富、周裕鍇主編：《蘇軾全集校注》第 2 冊，第 945 頁。

〔註80〕（宋）蘇軾著：《入峽》，張志烈、馬德富、周裕鍇主編：《蘇軾全集校注》第 1 冊，第 64 頁。

〔註81〕（宋）蘇軾著：《送岑著作》，張志烈、馬德富、周裕鍇主編：《蘇軾全集校注》第 1 冊，第 523 頁。

〔註82〕（宋）蘇軾著：《次韻孔文仲推官見贈》，張志烈、馬德富、周裕鍇主編：《蘇軾全集校注》第 2 冊，第 762 頁。

〔註83〕（宋）蘇軾著：《正月二十一日病後，述古邀往城外尋春》，張志烈、馬德富、周裕鍇主編：《蘇軾全集校注》第 2 冊，第 845 頁。

〔註84〕（宋）蘇軾著：《虎跑泉》，張志烈、馬德富、周裕鍇主編：《蘇軾全集校注》第 2 冊，第 947 頁。

〔註85〕（宋）蘇軾著：《遊諸佛舍，一日飲釅茶七盞，戲書勤師壁》，張志烈、馬德富、周裕鍇主編：《蘇軾全集校注》第 2 冊，第 1013 頁。

大醫王，對病為藥。唯有一舍，更無餘藥。常以此藥，而治此病。如水救火，應手當滅。云何眾生，不滅此病？是導師過，非眾生咎。何以故？眾生所愛，無過身體。父母有疾，割肉刺血，初無難色。若復鄰人，從其求乞。一爪一髮，終不可得。有二導師，其一清淨，不入諸相。能知眾生，生死之本。能使眾生，了然見知。不生不滅，出輪迴處。是處安樂，堪永依怙，無異父母。支體可捨，而況財物。其一導師，以有為心，行有為法。縱不求利，即自求名。譬如鄰人，求乞爪髮，終不可得，而況肌肉。以此觀之，愛吝不捨，是導師過。設如有人，無故取米，投坑阱中，見者皆恨。若以此米，施諸鳥雀，見者皆喜。鳥雀無知，受我此施，何異坑阱？而人自然，有喜有慍。如使導師，有心有為，則此施者，與棄無異。以此觀之，愛吝不捨，非眾生咎。〔註86〕

在佛教中，醫王又常常用來指代菩薩與佛陀，《大乘本生心地觀經》中有說到：「大醫王應病與藥，菩薩隨宜演化。」〔註87〕在上面這段文字中，蘇軾尤其強調，佛家醫王的治病之方就是對症下藥，而他的藥只有一種，即是勸人割捨。這種割捨必須是不分對象、不求回報的，而如果要做到這一點，其根本是要認識到是身如幻：

是身如聚沫，不可撮摩；是身如泡，不得久立；是身如炎，從渴愛生；是身如芭蕉，中無有堅；是身如幻，從顛倒起；是身如夢，為虛妄見；是身如影，從業緣現；是身如響，屬諸因緣；是身如浮雲，須臾變滅；是身如電，念念不住。〔註88〕

總之，唯有真正明白了是身不真，才可以做到斷除貪欲。所以，維摩居士無病而示病不僅貫穿了這部經文的主線，同時，其中的病藥觀也讓蘇軾更深一步理會了修行與修心。這樣的思想在蘇軾後期的作品裏尤為明顯：「不妨更有安心病，臥看縈簾一炷香」，〔註89〕「無錢種菜為家業，有病安心是藥方」，〔註90〕

〔註86〕（宋）蘇軾著：《廣州東莞縣資福禪寺羅漢閣記》，張志烈、馬德富、周裕鍇主編：《蘇軾全集校注》第 11 冊，第 1254～1255 頁。

〔註87〕（唐）般若譯：《大乘本生心地觀經》，《大正藏》第 3 冊，第 329 頁。

〔註88〕（秦）鳩摩羅什譯：《維摩詰所說經》，《大正藏》第 14 冊，第 539 頁。

〔註89〕（宋）蘇軾著：《臂痛謁告，作三絕句示四君子（其一）》，張志烈、馬德富、周裕鍇主編：《蘇軾全集校注》第 6 冊，第 3764 頁。

〔註90〕（宋）蘇軾著：《次韻韶守狄大夫見贈二首（其一）》，張志烈、馬德富、周裕鍇主編：《蘇軾全集校注》第 8 冊，第 5211 頁。

「安心會自得，助長毋相督」。〔註91〕所以，無論是身上之病，心中之疾，安心才是治病良方。

　　縱觀上文，蘇軾的種種心得與體悟多是作於寺院或遊覽寺院後的感受。躬力躬行後的收穫不僅遠遠多於閱讀紙上經文，蘇軾的《病中游祖塔院》一詩也讓後來遊訪虎跑寺的人頗有收穫，乾隆皇帝拜訪虎跑寺時曾連作了三首詩唱和東坡：〔註92〕

　　　　二虎來跑泉湧上，至今稱泉其名仰。試問此事信也無？不過奇談供抵掌。東坡頗透如來禪，云何唯唯隨影響。末後一句原不凡，迥絕世間往來想。

　　　　　　　　　　　　　　　　　　──《跑虎泉用蘇軾韻》

　　　　石䃲噴花雪飛上，跑傳有虎威靈仰。性空大德既居之，何愁無水煩神掌。古藤喬木蕭蔚間，重來試一聽清響。玉局險韻一再賡，亦曰非想非非想。

　　　　　　　　　　　　　　　　　　──《跑虎泉再疊東坡韻》

　　　　十六應真二增上，伏虎其一名久仰。而何信空亦有之，虎為跑泉以雙掌。一之為甚可再乎，掩耳安能止鈴響。不如忘慮俯清泉，曰無想已涉有想。

　　　　　　　　　　　　　　　　　　──《跑虎泉三疊東坡韻》

　　第一首詩對蘇軾的「莫作人間去來想」大加讚歎，後兩首的末句再次對想與非想進行詮釋，而這種詮釋的核心就是蘇軾所說的「安心」。除了乾隆皇帝之外，又有王惟立的「託病知君殊適意，安心教我果良方」，〔註93〕王又曾的「灶下點茶煩長老，世間醒睡有良方」，〔註94〕章坤的「由來祖塔無人問，到此塵機可自拋。我亦得閒非為病，細吟坡老句重敲」，〔註95〕劉開的「借得匏樽風味永，安心何必遜坡仙」〔註96〕等，這些文人皆從不同視角對蘇軾的安心

〔註91〕（宋）蘇軾著：《次韻子由浴罷》，張志烈、馬德富、周裕鍇主編：《蘇軾全集校注》第 7 冊，第 4959〜4960 頁。
〔註92〕（清）釋聖光：《虎跑定慧寺志》，杭州：杭州出版社，2007 年 12 月，第 10 頁。
〔註93〕（清）釋聖光：《虎跑定慧寺志》，第 15 頁。
〔註94〕（清）釋聖光：《虎跑定慧寺志》，第 27 頁。
〔註95〕（清）釋聖光：《虎跑定慧寺志》，第 28 頁。
〔註96〕（清）釋聖光：《虎跑定慧寺志》，第 28 頁。

加以詮釋。除此之外，還有諸多僧人對蘇軾跑虎寺的詩加以唱和，如釋來復、釋妙詮、釋幻也、釋方擇、釋界賢、釋印懷等。可見，蘇軾跑虎寺之詩對後人的詩詞創作影響深遠。

當然，遠離紅塵之外的寺院不僅有養心之功，同時對於治療肉身之病也是大有裨益：

> 聖散子主疾，功效非一。去年春，杭之民病，得此藥全活者，不可勝數。所用皆中下品藥，略計每千錢即得千服，所濟已及千人。由此積之，其利甚博。凡人慾施惠而力能自辦者，猶有所止；若合眾力，則人有善利，其行可久。今募信士就楞嚴院修制，自立春後起施，直至來年春夏之交，有入名者，徑以施送本院。

> 昔薄拘羅尊者，以訶梨勒施一病比丘，故獲報身，身常無眾疾。施無多寡，隨力助緣。疾病必相扶持，功德豈有限量？仁者惻隱，當崇善因。

> 吳郡陸廣秀才，施此方並藥，得之於智藏主禪月大師寶澤，乃鄉僧也。其陸廣見在京施方並藥，在麥麴巷居住。〔註97〕

同樣也是在杭州，蘇軾曾遇到瘟疫流行。對抗瘟疫的藥房雖然平常，但願意施捨藥物的人卻是非常有限。於是蘇軾就在楞嚴院號召起了一些佛教信徒，集中配置中藥，還有一些主動願意捐贈藥物的人，並由此分發給眾人。可以說，寺院作為信仰的樞紐，它的號召力與凝聚力是不言而喻的。寺院不僅可以為肉身有疾的人們提供治療的途徑，它所承載的神聖信仰更為人們提供了精神層面的支撐與依靠，這一點在蘇軾的寺院作品中多有體現。

本章小結

本章主要研究了蘇軾寺院作品中的特殊物象與意象。沐浴本是人們日常生活中很平凡的事，但蘇軾的洗沐作品尤其集中於其寺院作品中，這也說明寺院對於他有著非同尋常的意義。從他的具體作品看，蘇軾的洗沐更多地關注其內心的淨化及變化。而寺院作為一個宗教場所，本身即為人們提供了一個遠離紅塵的神聖空間，因此在這樣一個環境中，蘇軾的洗沐不僅僅是洗去肉身的污

〔註97〕（宋）蘇軾著：《聖散子後敘》，張志烈、馬德富、周裕鍇主編：《蘇軾全集校注》第 11 冊，第 1039 頁。

垢，他在這個過程中更需要探索的是內心的世界。除了洗沐之外，「病」與「藥」也是蘇軾寺院作品中值得關注的一個物象。對於蘇軾而言，如果說「病」代表了生活中的精神困惑，那麼「藥」則是為他提供解答疑惑的工具。因此，無論是洗沐，還是「病」與「藥」，這類物象的出現其實皆反映了蘇軾對人生以及生命本體的體會和探索。特別是蘇軾在經歷了種種不如意之後，他需要時間以及空間來實現對生活的沉澱。對於蘇軾而言，寺院就是最好的安置身心的空間，正如《神聖與世俗》中所說：「宗教徒對生活在神聖中的渴望就等於是他們對在客觀實在中安置其住所的渴望，就是對自己不被那持久的純粹主觀體驗的相對性所困惑的渴望；就是對能居住於一個真實、實在的世界，而不是居住於一種幻覺之中的渴望。這種行為在宗教徒的每一個存在層面上都得到證明。」〔註98〕從這一意義上講，在蘇軾身處寺院並經歷洗滌的過程裏，他的身份其實也是一名宗教徒。他心目中的神聖世界並不是往生後的彼岸，而是希望在遠離俗世的寺院中尋求一隅心靈淨土。而寺院恰恰鑄造了這樣的神聖空間，它為蘇軾提供了身心依靠，同時也實現了它的神聖價值與意義。

〔註98〕（羅馬尼亞）米爾恰·伊利亞德著，王建光譯：《神聖與世俗》，北京：華夏出版社，2002 年 12 月，第 6 頁。

第六章　蘇軾筆下的僧眾研究

　　在對寺院作品的研究中，僧眾也是一個不可迴避的話題。從宗教學的角度講，宗教神職人員對於宗教組織發揮著基本的支撐功能，他們不僅是宗教組織的實際體現者，又是宗教群體的實際領導者和組織著，宗教組織的各種功能，首先是通過神職人員的活動而發揮出來的。〔註1〕反過來講，不同的社會環境也會對神職人員產生不同的影響。本章之所以要對蘇軾筆下的僧眾進行研究，正是因為僧眾與寺院在一定程度上會相互制約與影響，一個戒律森嚴、規模宏大的寺院往往是僧人問道修行的首選地，同時，一位得道僧人是否嚴於戒律、勤於精修，也會影響著寺院的盛衰與同修的聚散，正如嚴耀中先生曾說過：「僧侶是生活在寺院裏的，寺院就是僧人的生存環境，而寺院又是其所在地之社會的一個組成單元，所以環境的變化應該會影響到寺院和僧侶。……而寺院功能的發揮和它們所處的位置環境大有關係，環境有自然與人文之分，對宗教來說，更重要的是人文環境。」〔註2〕在宋代，僧人與文人又有著千絲萬縷的瓜葛，儒釋匯同的趨勢不僅讓僧人與文人之間的交往愈加緊密，二者在思想上也相互影響並感染著。所以，僧眾的形象不僅僅會出現於僧史裏，文人的筆墨中也可見一窺。有鑑於此，筆者將在本章對蘇軾筆下的僧眾進行研究。

〔註1〕陳麟書、陳霞：《宗教學原理》，第86頁。
〔註2〕嚴耀中：《試說鄉村社會與中國佛教寺院和僧人的互相影響》，《史學集刊》，
　　　　2015年7月第4期，第64頁。

第一節　蘇軾與杭州僧人

一、蘇軾與杭州詩僧

　　蘇軾一生交往的僧人非常多，晚年時，他如此回憶：「獨念吳、越多名僧，與予善者常十九。」〔註3〕以蘇軾曾兩度在杭州任官為例，他交往過的僧人也是不計其數：惠勤、惠思、守詮、辯才、惟賢、惟琳、曇秀、梵臻、可久、清順、思聰、道潛等等。這些僧人有個明顯的特點，皆喜好詩文，並且都有一定的文學素養。

　　在這眾僧之中，道潛可謂是與蘇軾交往最深也是時間最久的一位。道潛，字參寥，祖籍在錢塘，「參寥本姓何，幼不茹葷，以童子誦《法華經》度為比丘，於內外典無所不窺。」〔註4〕除了具備很深的佛學造詣外，道潛還擅長詩作，陳師道曾稱之「釋門之表，士林之秀，而詩苑之英也。」〔註5〕杭州山水秀麗，自然也為道潛這樣的詩僧提供了豐富的創作素材，如他的《秋日西湖（六首）》《夏日山居（十首）》《江上秋夜》等等。張耒曾在詩中稱讚道：「吳僧參寥者，瀟灑出埃塵。詩多山水情，野鶴唳秋旻。」〔註6〕作為愛好寫詩弄文的僧人，道潛的詩雖也多涉及山林野鶴，但卻獨具備自己的特色。在宋代，人們常用「蔬筍氣」來描繪詩僧的作品，最早提出這個說法的是歐陽修：「大覺懷璉，禪學外工詩，荊公與之遊，嘗以其詩示歐公。曰：『此道人作肝臟饅頭也。』荊公不悟其戲，問其意，歐公曰：『是中無一點菜氣。』」〔註7〕而正式將這個概念提出的則是蘇軾：「雄豪而妙苦而腴，只有琴聰與蜜殊。語帶煙霞從古少，氣含蔬筍到公無。香林乍喜聞薝蔔，古井惟愁斷轆轤。為報韓公莫輕許，從今島、可是詩奴。」〔註8〕由於僧人多隱於山林，又常年食瓜木果蔬，因而蘇軾

〔註3〕（宋）蘇軾著：《惠誠》，張志烈、馬德富、周裕鍇主編：《蘇軾全集校注》第20冊，第8247頁。

〔註4〕（宋）潛說友撰：《咸淳臨安志》卷70，《景印文淵閣四庫全書》第490冊，第722頁。

〔註5〕（宋）陳師道撰，（宋）任淵注，昌廣生補箋，昌懷辛整理：《後山詩注補箋》，北京：中華書局，1995年06月，第122頁。

〔註6〕（宋）張耒：《張耒集（上）》，北京：中華書局，1990年07月，第197頁。

〔註7〕吳文治主編：《宋詩話全編 4》，南京：江蘇古籍出版社，1998年12月，第3915頁。

〔註8〕（宋）蘇軾著：《贈詩僧道通》，張志烈、馬德富、周裕鍇主編：《蘇軾全集校注》第8冊，第5310頁。

認為他們的詩也不免清寒寡淡。元好問甚至認為，「蔬筍氣」才是詩僧應該有的特點：「詩僧之詩，所以自別於詩人者，正以蔬筍氣在耳。」〔註9〕但在蘇軾看來，道潛與其他的僧人是不一樣的：「詩句清絕，可與林逋相上下，而通了道義，見之令人蕭然。」〔註10〕其弟弟蘇轍也曾稱他的詩「無一點蔬筍氣，體制絕似儲光羲，非近世詩僧比。」〔註11〕《郡齋讀書志》中亦如此評價：「其詩清麗，不類浮屠語。」〔註12〕可見，道潛的詩並不是孤寒，而是清中有麗。而蘇軾一定程度上也是被道潛獨特的詩風所吸引：「東吳僧道潛，有標緻。嘗自姑蘇歸湖上，經臨平，作詩云：『風蒲獵獵弄輕柔，欲立蜻蜓不自由。五月臨平山下路，藕花無數滿汀洲。』坡一見如舊。及坡移守東徐，潛往訪之，館於逍遙堂，士大夫爭欲識面。」〔註13〕易知，道潛之所以留名於世，也是有借於蘇軾之盛名。當然，二人之間的友誼也是非常深厚，蘇軾被貶黃州時，道潛不畏讒言與蘇軾相伴：「余謫居黃，參寥子不遠數千里從余於東城，留期年。」〔註14〕在現存的蘇軾與道潛的書信中，其中的 21 封中有 15 封是在三次貶謫時期，反倒在蘇軾事業輝煌騰達時寥寥無幾。僅從這一點易知，對於蘇軾而言，道潛可謂是患難真友。而對於道潛，他接近蘇軾也是出於情分與道義，而絕非利益所驅。

又如僧人清順，也是當時非常有名的一位詩僧，「西湖僧清順，頤然清苦，多佳句」，〔註15〕蘇軾與之相識也是緣於詩文，《竹坡詩話》中曾記載：「東坡遊西湖僧舍，壁間見小詩云云，問誰所作，或告以錢塘僧清順者。即日求得之，一見甚喜，自是而順之名出矣。」〔註16〕蘇軾在詩中也曾多次提及到清順，諸

〔註9〕 （金）元好問：《木庵詩集序》，張金吾：《金文最》，北京：中華書局，1990 年08 月，第 631 頁。

〔註10〕 （宋）蘇軾著：《與文與可十一首（十）》，張志烈、馬德富、周裕鍇主編：《蘇軾全集校注》第 20 冊，第 8541 頁。

〔註11〕 （宋）潛說友：《咸淳臨安志 1～3》，臺灣：成文出版社，1970 年 03 月，第679 頁。

〔註12〕 （宋）晁公武撰：《郡齋讀書志》卷 4 下，《景印文淵閣四庫全書》第 674 冊，第 294 頁。

〔註13〕 常振國、降雲編：《歷代詩話論作家（上篇）》，長沙：湖南人民出版社，1984 年 09 月，第 676 頁。

〔註14〕 （宋）蘇軾著：《參寥泉銘（並敘）》，張志烈、馬德富、周裕鍇主編：《蘇軾全集校注》第 12 冊，第 2148 頁。

〔註15〕 （宋）惠洪撰：《冷齋夜話》卷 6，《景印文淵閣四庫全書》第 863 冊，第 263 頁。

〔註16〕 吳文治主編：《宋詩話全編 10》，第 10246 頁。

如《是日宿水陸寺，寄北山清順僧二首》《僧清順新作垂雲亭》《五月十日與呂仲甫、周邠、僧惠勤、惠思、清順、可久、惟肅、義詮同泛湖遊北山》《連日與王忠玉、張全翁遊西湖，訪北山清順、道潛二詩僧，登垂雲亭，飲參寥泉，最後過唐州陳使君夜飲，忠玉有詩，次韻答之》等，二人可謂相交甚好。又如僧人思聰，也是深得蘇軾讚賞：

> 孤山思聰聞復師，作詩清遠如畫工，而雅逸可愛，放而不流，其為人稱其詩。〔註17〕

> 錢塘僧思聰，七歲善彈琴。十二捨琴而學書。書既工，十五捨書而學詩，詩有奇語。雲煙葱朧，珠璣的躒，識者以為畫師之流。聰又不已，遂讀《華嚴》諸經，入法界海慧。今年二十有九，老師宿儒，皆敬愛之。秦少游取《楞嚴》文殊語，字之曰聞復。使聰日進不止，自聞思修以至於道，則《華嚴》法界海慧，盡為蓬廬，而況書、詩與琴乎？……聰若得道，琴與書皆與有力，詩其尤也。〔註18〕

《竹坡詩話》中也有相關記載：

> 東坡倅錢塘時，聰方為行童試經。坡謂坐客言：「此子雖少，善作詩，近參寥子作昏字韻詩，可令和之。」聰和篇立成，云：「千點亂山橫紫翠，一鈎新月掛黃昏。」坡大稱賞，言不減唐人。因笑曰：「不須念經也做得一個和尚。」是年聰始為僧。〔註19〕

蘇軾對僧人思聰的詩詞佳句讚賞有加。除此之外，他與惠勤、惠思、清順等僧人也是多有交際。可以說，這些僧人的事蹟之所以流傳至今，部分原因正是在於他們之間的唱和作品被遺留下來，因而被世人皆知。

二、宋代杭州的佛教與蘇軾交友的成因

蘇軾之所以與杭州地區的僧人來往密切，其實正是受到了杭州獨特的人文與自然環境的影響。

其一正是在於杭州佛教的世俗化。當時杭州的佛教氛圍可謂十分濃厚，

〔註17〕（宋）蘇軾著：《聞復》，張志烈、馬德富、周裕鍇主編：《蘇軾全集校注》第20冊，第8244頁。

〔註18〕（宋）蘇軾著：《送錢塘僧思聰歸孤山敘》，張志烈、馬德富、周裕鍇主編：《蘇軾全集校注》第11冊，第1018～1019頁。

〔註19〕（宋）周紫芝撰：《竹坡詩話》，《景印文淵閣四庫全書》第1480冊，第666頁。

不僅名僧倍出，寺院的發展也是尤為興旺，《敕賜杭州慧因教院記》中記載道：「杭之為州，領屬縣十，寺院五百三十有二，凡講院所傳、多天台智者之教。」〔註20〕此外，當地「人性柔慧，尚浮屠之教。」〔註21〕還有僧人會不懼萬難修募寺院：「皆曰杭人喜奉佛，往往浮屠氏之居，有頹牆弊廡，不足庇風雨，而豪右過之不肯一錢者，豈奉佛之心有膠耶？抑居或非其人，無術以動之耳。以是知非明智弗克萌杭人之善心，非杭人弗克畢明智之能事，蓋須相濟耳。」〔註22〕蘇軾曾聲稱：「錢塘佛者之盛，蓋甲天下。」〔註23〕歐陽修在詩作中也描繪到：「越俗僭宮室，傾貲事雕牆。佛屋尤其侈，耽耽擬侯王。文采瑩丹漆，四壁金焜煌。上懸百寶蓋，宴坐以方床。……東南地秀絕，山水澄清光。餘杭幾萬家，日夕焚清香。煙霏四面起，雲霧雜芬芳。」〔註24〕龐大的信眾群體也為僧眾的生存貢獻了一己之力：「諸錄官下僧庵，及白衣社會道場奉佛，不可勝紀。或僧行欲建道場殿宇，則持缽遊於四方，能事者幹緣，不日可以成就，惟道堅志願無二心耳。」〔註25〕當地可謂民風淳樸，民宅與僧舍也是櫛比相鄰，據《鹽官縣南福嚴禪院記》中所記載：

> 杭之屬邑曰鹽官，民淳號易治，風俗簡樸，尊儒而崇釋。邑東南瀕海，斥鹵漁鹽之鄉皆逐末業牢盆之利，歲成視西三鄉為豐歉。農夫深耕，利於早熟，蠶婦織絍，以勤女紅。樂歲家紛人足，斥其贏奉佛惟謹，故民居與僧坊櫛比，鐘唄之聲相聞，隆樓傑閣，錯立鼎峙，飽食豐衣，緇褐塞路，不耕蠶而仰給於民者，不知其幾千指也。〔註26〕

如此獨特的人文與地理環境雖說一定程度地推動了佛教信仰的世俗化，

〔註20〕 （宋）章衡：《敕賜杭州慧因教院記》，曾棗莊、劉琳主編：《全宋文》第70冊，第185頁。

〔註21〕 （元）脫脫：《宋史》卷88《地理志四》，北京：中華書局點校本1977年，第2177頁。

〔註22〕 （宋）潛說友：《咸淳臨安志》卷80《寺觀六》，《宋元方志叢刊》，中華書局，1990年，第4090頁。

〔註23〕 （宋）蘇軾著：《海月辯公真贊（並引）》，張志烈、馬德富、周裕鍇主編：《蘇軾全集校注》第13冊，第2508頁。

〔註24〕 （宋）歐陽修：《送慧勤歸餘杭》，《歐陽修集編年箋注1》，第61頁。

〔註25〕 （宋）吳自牧著：《城內外寺院》，《夢梁錄》，杭州：浙江人民出版社，1980年08月，第137頁。

〔註26〕 （宋）李洪：《鹽官縣南福嚴禪院記》，曾棗莊、劉琳主編：《全宋文》第241冊，第121頁。

但無形中也逐漸拉近了百姓與僧眾之間的距離。除此之外，北宋建立之初，宋太祖也對佛教提出了支持與保護的政策：「浮屠氏之教，有裨政治，達者自悟淵微，愚者妄生誣謗，朕贊此道，微究宗旨。」〔註27〕佛教不僅為世俗的皇權統治提供了依據，也讓僧人的日常生活逐漸豐富起來，他們平素裏也不僅僅只是隱居山林、避世清修，與文人士大夫之間的來往也是愈加密切。另外，宋代文字禪的流行，不僅推動了僧俗之間的融合，也讓禪話與詩歌交融到了一起。蘇軾就是其中之一，他在杭州結識的僧人大多是才華橫溢的詩僧，而他們之間的書信與唱和也是充滿了禪機與戲語，比如蘇軾曾在寫給道潛的信中提到：「老師年紀不小，尚留情句畫間為兒戲事耶？然此回示詩，超然真遊戲三昧也。」〔註28〕遊戲三昧在佛教中有解脫自在之意：「扣大寂之室，頓然忘筌，得遊戲三昧」，〔註29〕「以神通力遍遊佛剎，入智行海，安住施戒智慧多聞，無邊善根方便迴向，住於十力四無所畏一切佛法，遊戲三昧諸禪解脫。」〔註30〕這種解脫強調的是順其自然，是在平常中實現超越，而蘇軾的這番言語也將道潛的詩賦予了宗教元素。而除了道潛外，蘇軾結交的其他詩僧的作品也多是充滿了佛理與佛趣，蘇軾本人也是如此，他常常在詩中求禪，在禪中作詩，如《遊諸佛舍，一日飲釅茶七盞，戲書勤師壁》《龜山辯才師》等等。據筆者統計，在蘇軾詩集中，詩歌名中出現「戲」字的就有 93 首。惠洪在《東坡畫應身彌勒贊》中如此評價蘇軾：「東坡居士，遊戲翰墨，作大佛事，如春形容，藻飾萬象。」〔註31〕陳岩肖在《庚溪詩話》下卷中也提到：「東坡謫居齊安，時以文筆遊戲三昧。」〔註32〕蘇軾對文字遊戲可謂情有獨鍾。

其二，杭州恬靜優雅的自然環境不僅為當地僧人提供了豐富的創作靈感，也拉近了蘇軾與他們之間的距離。比如僧人守詮，就是當時因詩風清婉而名的

〔註27〕（宋）李燾：《續資治通鑑長編》卷24，《景印文淵閣四庫全書》第314冊，第355頁。

〔註28〕（宋）蘇軾著：《與參寥子二十一首（十八）》，張志烈、馬德富、周裕鍇主編：《蘇軾全集校注》第18冊，第6722頁。

〔註29〕（宋）道原纂：《景德傳燈錄》，《大正藏》第51冊，第257頁。

〔註30〕（唐）菩提流志譯：《大寶積經》，《大正藏》第11冊，第494頁。

〔註31〕（宋）惠洪：《東坡畫應身彌勒贊（並序）》，《石門文字禪》卷19，《景印文淵閣四庫全書》第1116冊，第393頁。

〔註32〕（宋）陳岩肖：《庚溪詩話》卷下，《景印文淵閣四庫全書》第1479冊，第62頁。

僧人，他曾在遊山玩水時，在一山寺牆壁上題詩一首：

> 落日寒蟬鳴，獨歸林下寺。松扉競未掩，片月隨行屨。時聞犬吠聲，更入清蘿去。〔註33〕

此詩描寫了深秋之時，松冷月清，僧人伴著稀疏的犬鳴歸去的情景。蘇軾見之，不禁賦詩一首：

> 但聞煙外鐘，不見煙中寺。幽人行未已，草露濕芒屨。惟應山頭月，夜夜照來去。〔註34〕

前文曾從寫作手法分析過這首詩。從表達效果來看，若隱若現的鐘聲不僅渲染出了一種朦朧縹緲的意境，其實也是蘇軾內心孤寂的寫照。《竹坡詩話》中曾如此評價此詩：「余讀東坡和梵天僧守詮小詩……未嘗不喜其清絕，過人遠甚。晚遊錢塘，始得詮詩……乃知其幽深清遠，自有林下一種風流。東坡老人雖欲回三峽倒流之瀾，與溪壑爭流，終不近也。」〔註35〕無論是僧人詩中的清寂孤幽，還是蘇軾筆下的聲中有靜，獨特的自然環境讓二人的審美交織在了一起。

可以說，杭州佛教的世俗化讓僧人的生活變得多姿多彩，他們平素裏並不只是傳統的吃齋念佛，舞文弄墨這樣的雅好也為之增添了更多的光環。而對於蘇軾，他一生關注民生，心繫百姓，他的內心始終飽含著現實主義精神。而當他在政治中難以得志又不可全身而退時，他便把虛幻的彼岸依附於現實的詩歌中。杭州僧人的筆墨裏不僅有超脫紅塵的縹緲與灑脫，同時也流淌著寧靜安詳的田園自然之美。蘇軾正是以詩歌為途徑，借助文字遊戲以感受愉悅，從而獲得精神上的自由和解脫。

第二節　黃州時期蘇軾結交的僧人

蘇軾在公元1080～公元1084期間謫居黃州，這段時間內一些老友故交都對之避而不見，而許多僧人不僅不畏讒言，反倒積極伸出援助之手。從蘇軾所交往僧人的地域來看，大致可分為黃州本地僧與外地僧兩類。

〔註33〕（宋）周紫芝：《竹坡詩話》，《景印文淵閣四庫全書》第1480冊，第675頁。
〔註34〕（宋）蘇軾著：《梵天寺見僧守詮小詩清婉可愛，次韻》，張志烈、馬德富、周裕鍇主編：《蘇軾全集校注》第2冊，第757頁。
〔註35〕（宋）周紫芝：《竹坡詩話》，《景印文淵閣四庫全書》第1480冊，第675頁。

一、黃州本地僧

此處的黃州本地僧並不只是指祖籍是在黃州的僧人，也包含了蘇軾在黃州寺院中所結識的僧人。從各種文獻記載中看，蘇軾當時所接觸的黃州本地僧寥寥無幾，只有繼連法師是在史料中明確記載並且與蘇軾交往非常頻繁的一位。蘇軾貶謫期間常常去安國寺靜養坐禪，繼連法師正是當時寺院的住持。從蘇軾的文字記載中易知，蘇軾不僅應繼連之託為竹亭起了「遺愛」之名，還應法師之求寫了《黃州安國寺記》一文：

> 元豐二年十二月，余自吳興守得罪，上不忍誅，以為黃州團練副使，使思過而自新焉。其明年二月至黃。舍館粗定，衣食稍給，閉門卻掃，收召魂魄，退伏思念，求所以自新之方，反觀從來舉意動作，皆不中道，非獨今之所以得罪者也。欲新其一，恐失其二。觸類而求之，有不可勝悔者。於是喟然歎曰：「道不足以御氣，性不足以勝習。不鋤其本，而耘其末，今雖改之，後必復作。盍歸誠佛僧，求一洗之？」得城南精舍曰安國寺，有茂林修竹，陂池亭榭。間一二日輒往，焚香默坐，深自省察，則物我相忘，身心皆空，求罪垢所從生而不可得。一念清淨，染污自落，表裏翛然，無所附麗。私竊樂之。旦往而暮還者，五年於此矣。
>
> 寺僧曰繼連，為僧首七年，得賜衣。又七年，當賜號，欲謝去，其徒與父老相率留之。連笑曰：「知足不辱，知止不殆。」卒謝去。余是以愧其人。七年，余將有臨汝之行。連曰：「寺未有記。」具石請記之。余不得辭。
>
> 寺立於偽唐保大二年，始名護國，嘉祐八年，賜今名。堂宇齋閣，連皆易新之，嚴麗深穩，悅可人意，至者忘歸。歲正月，男女萬人會庭中，飲食作樂，且祠瘟神，江淮舊俗也。四月六日，汝州團練副使眉山蘇軾記。〔註36〕

繼連法師當了多年住持後，卻在應該享受賜法號榮譽的時候，主動離開了寺院，法師所說的「知足不辱，知止不殆」也給了蘇軾很大的啟發，這一觀點也成為了《黃州安國寺記》中的點睛之筆。僅從此事就可看出以下兩點：

其一，繼連法師並沒有親自為寺院作記，而是請當時的罪人蘇軾代筆。可

〔註36〕（宋）蘇軾著：《黃州安國寺記》，張志烈、馬德富、周裕鍇主編：《蘇軾全集校注》第 11 冊，第 1237～1238 頁。

以說，他並不在乎個人榮譽，也不畏讒言。他對佛寺加以整修，固然也是希望此寺可以名遠長存。當時的蘇軾雖是罪臣，但也是為寺院題文的不二人選，正如《濟世與修心：北宋文人的寺院書寫》一文中所說：「接受僧人請託，為新建或重修寺院撰文，是北宋時期許多文人都有過的經歷。他們一般具有這樣的特徵：首先，在當朝政壇或文壇頗具影響；其次，與相關寺院僧人有過較為密切的交往；另外，一般而言，對佛教精神具有一定程度的認識，從而產生禪悅傾向。」〔註37〕這三點與蘇軾全部吻合。因而繼連邀請蘇軾作文，很可能是希望此寺可以聲名遠揚。如今看來，也確實實現了這一點。

其二，從蘇軾個人角度講，他也的確將這篇寺院記文呈現出了文人視野下的獨有特色。蘇軾曾在《鹽官大悲閣記》一文中批判了當時的偽學佛者，他們不僅無視戒律，反而打著學佛之旗盜名欺世。相比之下，繼連法師可謂是僧人中的楷模，他不僅嚴於律己，更不輕易為名利所困，這也體現了蘇軾對當時僧人內在德行的讚歎和期許。另外，在這篇寺院作品中，蘇軾用了最多的筆墨來介紹自己在安國寺中的修行體悟，其次回憶了應繼連師作文一事，而只在文末簡略地提到了寺院的歷史以及當時的風俗傳統。這樣的篇幅安排也更加印證了宋代的佛教已不僅僅只是僧人的專利，它也逐漸為世人提供了更多的服務。所以，在蘇軾的眼中，這篇文章並非只是簡單應僧人之託所完成的「任務」，它不僅體現了寺院的宗教價值，同時也展現了寺院的世俗性功能，此文也寄託了蘇軾對神聖與世俗的雙重期待。

二、外地僧

蘇軾在黃州時期所交往的僧人多數還是外地僧，甚至很多還是自己的故交。

1. 惟簡

寶月大師惟簡可謂是與蘇軾相識時間最長的一位，他的祖籍是眉山，是蘇軾的無服兄，二人之間的交情長達四十餘年。早年在成都時，蘇軾對佛門修行尚有偏解，但惟簡大師的敏銳精明卻讓蘇軾刮目相看，並且應之所求做了一篇《中和勝相院記》。貶謫黃州時，許多親友皆疏遠迴避，而惟簡師不僅派了自己的徒弟孫悟清前去探望，還請求蘇軾為大慈寺新建的藏經閣撰寫記文。因而

〔註37〕趙德坤，周裕鍇：《濟世與修心：北宋文人的寺院書寫》，《文藝研究》2018 年第 08 期，第 64～65 頁。

蘇軾便創作了《勝相院經藏記》一文：

　　元豐三年，歲在庚申，有大比丘惟簡，號曰寶月，修行如幻，三摩缽提，在蜀成都，大聖慈寺，故中和院，賜名勝相，以無量寶、黃金丹砂、琉璃真珠、旃檀眾香，莊嚴佛語及菩薩語，作大寶藏，湧起於海。有大天龍背負而出，及諸小龍糾結環繞。諸化菩薩及護法神，鎮守其門。天魔鬼神，各執其物，以御不祥。是諸眾寶及諸佛子，光色聲香，自相磨激，璀璨芳郁，玲瓏宛轉，生出諸相，變化無窮。不假言語，自然顯見，苦空無我，無量妙義。凡見聞者，隨其根性，各有所得。如眾饑人，入於太倉，雖未得食，已有飽意。又如病人，遊於藥市，聞眾藥香，病自衰減。更能取米，作無礙飯，恣食取飽，自然不饑。又能取藥，以療眾病，眾病有盡，而藥無窮，須臾之間，無病可療。以是因緣，度無量眾。時見聞者，皆爭捨施。富者出財，壯者出力，巧者出技，皆捨所愛及諸結習，而作佛事，求脫煩惱惡濁苦海。

　　有一居士，其先蜀人，與是比丘有大因緣。去國流浪，在江淮間。聞是比丘，作是佛事，即欲隨眾，捨所愛習。周視其身，及其室廬，求可捨者，了無一物。如焦谷芽，如石女兒，乃至無有毫髮可捨。私自念言，我今惟有無始已來，結習口業，妄言綺語，論說古今，是非成敗。以是業故，所出言語，猶如鍾磬，黼黻文章，悅可耳目。如人善博，日勝日負，自云是巧，不知是業。今捨此業，作寶藏偈。願我今世，作是偈已，盡未來世，永斷諸業、客塵妄想，及事理障。一切世間，無取無捨，無憎無愛，無可無不可。時此居士，稽首西望，而說偈言：

　　我遊多寶山，見山不見寶。岩谷及草木，虎豹諸龍蛇。雖知寶所在，欲取不可得。復有求寶者，自言已得寶。見寶不見山，亦未得寶故。譬如夢中人，未嘗知是夢。既知是夢已，所夢即變滅。見我不見夢，因以我為覺。不知真覺者，覺夢兩無有。我觀大寶藏，如以蜜說甜。眾生未諭故，復以甜說蜜。甜蜜更相說，千劫無窮盡。自蜜及甘蔗，查梨與橘柚。說甜而得酸，以及鹹辛苦。忽然反自味，舌根有甜相。我爾默自知，不煩更相說。我今說此偈，於道亦云遠。

如眼根自見，是眼非我有。當有無耳人，聽此非舌言，於一彈指頃，

　　洗我千劫罪。〔註38〕

　　同樣是應人之託所作的寺院記文，如果說《黃州安國寺記》更多的是記述了個人修行上的體悟，而《勝相院經藏記》則顯得華麗而不失嚴謹，蘇軾用了大段的篇幅介紹了勝相院的莊嚴美妙，並結合過往的經歷闡釋了自己對是身如幻的理解。《勝相院經藏記》一文在創作時間上雖早於《黃州安國寺記》，但也足以體現了蘇軾在佛學修為上的造詣，這一點與惟簡大師的啟迪是分不開的。

2. 道潛

　　道潛，字參寥，是北宋有名的詩僧。在前文中也有提到，道潛擅長作詩，早在蘇軾任徐州知州的時候，二人便已結交，道潛也因與蘇軾之間的唱和而得以揚名。初貶黃州時，蘇軾可謂落魄至極：「僕罪大責輕，謫居以來，杜門念咎而已。平生親識，亦斷往還，理故宜爾。」〔註39〕而道潛卻不遠萬里去探望蘇軾，「余謫居黃，參寥子不遠數千里從余於東城，留期年」，〔註40〕二人可謂情誼匪淺，這一點實在難能可貴。與惟簡不同的是，道潛更加注重在蘇軾日常生活中的陪伴：

　　　黃州定惠院東小山上，有海棠一株，特繁茂。每歲盛開，必攜

　　客置酒，已五醉其下矣。今年復與參寥師及二三子訪焉。〔註41〕

　　每年花開之時，蘇軾都會和參寥以及二三好友一起去定惠院東的小山上賞玩。

　　又如在《秦太虛題名記》中：

　　　航湖至普寧，遇道人參寥，問龍井所遣藍輿，則曰：「以不時至，

　　去矣。」是夕天宇開霽，林間月明，可數毫髮，遂棄舟從參寥杖策

　　並湖而行。出雷峰，度南屏，濯足於惠因澗，入靈石塢，得支徑，

〔註38〕（宋）蘇軾著：《勝相院經藏記》，張志烈、馬德富、周裕鍇主編：《蘇軾全集校注》第 11 冊，第 1223～1225 頁。

〔註39〕（宋）蘇軾著：《與參寥子二十一首（二）》，張志烈、馬德富、周裕鍇主編：《蘇軾全集校注》第 18 冊，第 6705～6706 頁。

〔註40〕（宋）蘇軾著：《參寥泉銘（並敘）》，張志烈、馬德富、周裕鍇主編：《蘇軾全集校注》第 12 冊，第 2148 頁。

〔註41〕（宋）蘇軾著：《記遊定惠院》，張志烈、馬德富、周裕鍇主編：《蘇軾全集校注》第 19 冊，第 8074 頁。

上風篁領，憩於龍井亭，酌泉據石而飲之。

……

予謫居黃州，辯才、參廖遣人致問，且以題名相示。時去中秋不十日，秋潦方漲，水面千里，月出房、心間，風露浩然。所居去江無十步，獨與兒子邁棹小舟至赤壁，西望武昌山谷，喬木蒼然，雲濤際天。因錄以寄參廖。〔註42〕

從普寧寺到雷峰塔，從南屏寺到惠因澗，道潛的身影似乎無處不在，也正如蘇軾自己所言：「復千里致問，情義之厚，有加於平日，以此知道德高風，果在世外也。」〔註43〕如此看，對於蘇軾而言，與其說道潛是一名詩僧，倒不如說他更像是蘇軾的僧友。道潛的出現不僅為蘇軾的詩歌創作增添了許多趣味，也為他的寺院作品添加了更多的生活氣息。

3. 佛印了元

佛印了元也是蘇軾一生中結識的重要僧友之一。蘇軾曾在詩中說過：「金山也是不羈人，早歲聞名晚相得」，〔註44〕蘇軾早年興許就已聞得佛印之名，但從文字記載看，二人真正開始交往的時間卻是在黃州：「雲居事蹟已領，冠世絕境，大士所廬，已難下筆，而龍君筆勢，已自超然，老拙何以加之。……而山中高人皆未相識，而迎許之，何以得此，豈非宿緣也哉。」〔註45〕如此看，佛印很可能是慕名給蘇軾寫信，希望蘇軾能為自己的雲居山作記，二人的情誼大致由此而生。佛印一生中輾轉過諸多寺院，「自其始住承天，移淮山之斗方、廬山之開先歸宗、丹陽之金山焦山、江西之大仰，又四住雲居。凡四十年之間，德化緇白，名聞幼稚，縉紳之賢者多與之遊。」〔註46〕佛印的經歷非常豐富，這也塑造了他的多重性格，他身上的放浪不羈與達觀隨性也正是蘇軾骨子中

〔註42〕（宋）蘇軾著：《秦太虛題名記》，張志烈、馬德富、周裕鍇主編：《蘇軾全集校注》第 11 冊，第 1260～1261 頁。

〔註43〕（宋）蘇軾著：《與參寥子二十一首（二）》，張志烈、馬德富、周裕鍇主編：《蘇軾全集校注》第 18 冊，第 6706 頁。

〔註44〕（宋）蘇軾著：《蒜山松林中可卜居，余欲僦其地。地屬金山，故作此詩與金山元長老》，張志烈、馬德富、周裕鍇主編：《蘇軾全集校注》第 4 冊，第 2676 頁。

〔註45〕（宋）蘇軾著：《與佛印十二首（一）》，張志烈、馬德富、周裕鍇主編：《蘇軾全集校注》第 18 冊，第 6728～6729 頁。

〔註46〕（宋）惠洪著，呂有祥點校：《禪林僧寶傳》，鄭州：中州古籍出版社，2014 年 9 月，第 204 頁。

的特點，二人之間的許多對話交流也格外詼諧幽默，比如「山中齋粥今後何憂，想復大笑也。」〔註47〕蘇軾在無法見到佛印時對之非常想念：「臘雪應時，山中苦寒，法體清康。一水之隔，無緣躬詣道場，少聞謦欬，但深馳仰。」〔註48〕離開黃州時，他則更是依依不捨，「見約遊山，固所願也。方迫往筠州，未即走見。還日如約，匆匆布謝。」〔註49〕「夢想高風，忽復披奉，欣慰可知。但累日煩擾為愧耳。重承人船相送，益用感怍」，〔註50〕佛印還專門派人乘船相送，二人之間的情感可謂非同尋常。

在諸僧當中，蘇軾與佛印交往的時間並非是最長的，但關於二人的民間傳說卻流傳得最廣做多，另外，蘇軾在許多小說戲曲中可愛風趣的形象也都是在和佛印的關係之中塑造出來的，而這一點，其實正是宋代僧人與儒士關係的一個特別縮影。在文字禪的流行之下，許多士大夫對學佛參禪產生了濃鬱的喜好，與此同時，更多的僧人也會積極向儒士乃至朝廷靠攏，而佛印又是一個格外敢於打破傳統的人，《冷齋夜話》中記載過佛印出山的一幕：「佛印禪師元公出山，重荷者百夫，擁輿者十許夫，巷陌聚觀，喧吠雞犬。」〔註51〕這樣的場面十分熱鬧壯觀，幾乎看不到修行人該有的清心寡欲。而在蘇軾的《書浮玉買田》一文中還可知，佛印不僅要幫蘇軾購買田產，他本身也有屬於自己的田產，這一點也完全打破了僧人不蓄私產的傳統。作為出家人，佛印並不忌諱很多世俗的禮儀與習俗，但也許正是如此，特立獨行的佛印才會和不合時宜的蘇軾走到了一起，二人又皆善於玩笑戲言，這也讓後世的種種流傳變得趣意十足。

蘇軾還通過佛印結識過其他僧人，比如蘇軾在和佛印遊廬山時，就認識了他的徒弟自順，「僧自順，與道縣人，姓雍氏，受業本縣開化院。年弱冠南遊，嘗師佛印禪師了元。元住南康，雲居師為侍者，一日元與東坡先生遊某寺，讀某碑，師執拂在旁。暨歸，坡問左右能記憶所讀碑否？余侍者相顧錯愕，師獨

〔註47〕（宋）蘇軾著：《與佛印十二首（二）》，張志烈、馬德富、周裕鍇主編：《蘇軾全集校注》第 18 冊，第 6730 頁。

〔註48〕（宋）蘇軾著：《與佛印十二首（四）》，張志烈、馬德富、周裕鍇主編：《蘇軾全集校注》第 18 冊，第 6732 頁。

〔註49〕（宋）蘇軾著：《與佛印十二首（三）》，張志烈、馬德富、周裕鍇主編：《蘇軾全集校注》第 18 冊，第 6731 頁。

〔註50〕（宋）蘇軾著：《與佛印十二首（五）》，張志烈、馬德富、周裕鍇主編：《蘇軾全集校注》第 18 冊，第 6732 頁。

〔註51〕（宋）惠洪撰：《冷齋夜話》卷 10，《景印文淵閣四庫全書》第 863 冊，第 279 頁。

誦十七，坡大奇之，因問何名，曰自順。坡曰：逆則煩惱，順則菩提。自是一經品題，叢林盛稱為順菩提。」〔註52〕從蘇軾的回答中易知，他對許多佛教經典可謂了若指掌。

在二人相識的二十餘年中，蘇軾並沒有單獨為佛印作一篇寺院記文，但二人之間的許多趣聞都是發生在寺院：

> （了元）時住持潤州金山寺，公赴杭過潤，為留數月。一日，值師掛牌與弟子入室，公便服入方丈見之。師云：「內翰何來？此間無坐處。」公戲云：「暫借和尚四大，用作禪床。」師曰：「山僧有一轉語，內翰言下即答，當從所請；如稍涉擬議，所繫玉帶願留以鎮山門。」公許之，便解玉帶置几上。師云：「山僧四大本無，五蘊非有，內翰欲於何處坐？」公擬議未即答，師急呼侍者云：「收此玉帶，永鎮山門。」公笑而與之師。遂取衲裙相報，因有二絕，公次韻答之。〔註53〕

《五燈會元》中也提到了此事，只是文字內容略有出入，蘇軾後又作了一偈：「百千燈作一燈光，盡是恒沙妙法王。是故東坡不敢惜，借君四大作禪床。」〔註54〕

《竹坡詩話》中還記載了廣為流傳的一段趣聞：

> 東坡喜食燒豬。佛印住金山時，每燒豬以待其來。一日，為人竊食，東坡作小詩云：「遠公沽酒飲陶潛，佛印燒豬待子瞻。採得百花成蜜後，不知辛苦為誰甜。」〔註55〕

此事的真實性待考，很可能是後人杜撰。但也足以說明二人意氣相投，彼此之間情誼深厚，毫無顧慮。

從這些例子可知，宋代的佛教信仰也呈現出了明顯的世俗化與平民化趨勢，雖說些許行為挑戰了佛門本該有的清規戒律，但這樣的信仰也逐漸滲透到人們的日常生活之中，而並非只屬於貴族權勢的專利。紅塵之外的廟堂也不只是肅寂莊嚴的清修之地了，它還誕生出了佛印與蘇軾之間的種種佳話，對後代

〔註52〕（宋）王象之編著，趙一生點校：《輿地紀勝（第 11 冊）》，杭州：浙江古籍出版社，2012 年 12 月，第 3911 頁。

〔註53〕（宋）蔡正孫撰：《詩林廣記後集》卷3，《景印文淵閣四庫全書》第 1482 冊，第 138 頁。

〔註54〕（宋）普濟集：《五燈會元》卷二，《卍新續藏》第 80 冊，第 331 頁。

〔註55〕（宋）周紫芝撰：《竹坡詩話》，《景印文淵閣四庫全書》第 1480 冊，第 676 頁。

的諸多文學文藝作品產生了深遠影響。

4. 其他

蘇軾在黃州結交的僧人當然還遠不止上述的幾位，比如漢陽的大別方丈也是蘇軾在黃州結識但交往甚好的僧人，「衰疾無狀，眾所鄙遠。禪師超然絕俗，乃肯惠顧，此意之厚，如何可忘」，〔註56〕患難中的噓寒問暖讓蘇軾感到尤為珍重。又比如還有與蘇軾交往三十餘年的懷璉大師，雲門宗的圓通禪師，眉山的應純法師等等。

從蘇軾與諸位僧人的交往行跡上看，這些僧人絕大多數還是蘇軾之前的故交。至於為什麼蘇軾在黃州結識的本地僧的數量較少，筆者認為這是蘇軾個人的主觀選擇。其一就是因為蘇軾深受「烏臺詩案」的打擊，主動選擇了閉門不出，這從他的諸多詩文就能看出：「幽人無事不出門」，〔註57〕「昏昏覺還臥，展轉無由足。強起出門行，孤夢猶可續」，〔註58〕「十日春寒不出門，不知江柳已搖村」，〔註59〕「至後杜門壁觀，雖妻子無幾見，況他人乎？」〔註60〕尤其是蘇軾初至黃州的這段日子，每日隻身面對子妻，可謂落魄至極。而另外一點則是因為，蘇軾知道許多友人因為自己而受到牽連，內心十分愧疚：「但知識數人緣我得罪，而定國為某所累尤深，流落荒服，親愛隔闊。每念至此，覺心肺間便有湯火芒刺」，〔註61〕「罪廢，累辱其門下，獨不復擯絕否？」〔註62〕「君本無罪，為僕所累爾」，〔註63〕「欲少布區區，又念以重

〔註56〕 （宋）蘇軾著：《與大別才老三首（三）》，張志烈、馬德富、周裕鍇主編：《蘇軾全集校注》第 18 冊，第 6810 頁。

〔註57〕 （宋）蘇軾著：《定惠院寓居月夜偶出》，張志烈、馬德富、周裕鍇主編：《蘇軾全集校注》第 4 冊，第 2152 頁。

〔註58〕 （宋）蘇軾著：《二月二十六日，雨中熟睡，至晚，強起出門，還作此詩，意思殊昏昏也》，張志烈、馬德富、周裕鍇主編：《蘇軾全集校注》第 4 冊，第 2172 頁。

〔註59〕 （宋）蘇軾著：《正月二十日，往岐亭，郡人潘、古、郭三人送余於女王城東禪莊院》，張志烈、馬德富、周裕鍇主編：《蘇軾全集校注》第 4 冊，第 2237 頁。

〔註60〕 （宋）蘇軾著：《與蔡景繁十四首（六）》，張志烈、馬德富、周裕鍇主編：《蘇軾全集校注》第 4 冊，第 6161 頁。

〔註61〕 （宋）蘇軾著：《與王定國四十一首（二）》，張志烈、馬德富、周裕鍇主編：《蘇軾全集校注》第 17 冊，第 5674～5675 頁。

〔註62〕

〔註63〕 （宋）蘇軾著：《與王定國四十一首（五）》，張志烈、馬德富、周裕鍇主編：《蘇軾全集校注》第 17 冊，第 5680 頁。

罪廢斥，不敢復自比數於士友間，但愧縮而已。」〔註64〕因此蘇軾常常隻身於寺院獨處，這樣的迴避也是不願再牽涉無辜之人：「杜門僧齋，百想灰滅，登覽遊從之適，一切罷矣」，〔註65〕「某寓一僧舍，隨僧蔬食，甚自幸也。感恩念咎之外，灰心杜口，不曾看謁人。所云出入，蓋往村寺沐浴，及尋溪傍谷釣魚採藥，聊以自娛耳。」〔註66〕儘管如此，蘇軾的許多方外之友還是非常念及舊情，就比如道潛，《冷齋夜話》中如此記載：「時從東坡在黃州，京師士大夫以書抵坡曰：『聞公與詩僧相從，真東山勝遊也。』」〔註67〕可見在當時，蘇軾的與道潛的交情已經傳至京都。

從這種種事例可知，雖說佛教世俗化是宋代明顯的趨勢，也不排除部分僧人接近儒者是想借之揚名，但從蘇軾被貶黃州後交往的僧人來看，至少這些僧人還是非常重感情的，他們知世故而不世故，不僅不介意與蘇軾來往，甚至還主動請求蘇軾題文。蘇軾之所以逐漸從「烏臺詩案」的陰影中走出，一定程度也是有賴於方外之友的鼓勵和支持。僧人在叢林與俗世中往來，其實也正真實現了作為一名宗教教職人員應有的擔當，他們支撐著佛教本身的生存與發展，也為俗世之人找到了心靈的歸宿。

第三節　嶺南時期蘇軾結交的僧人

紹聖元年（公元 1094 年）蘇軾被貶惠州，元符元年（公元 1098 年）又被貶至儋州，嶺南地區地處偏遠，不僅環境物資遠不比中原，學佛氛圍也不及蘇杭一帶。謫居惠州時，蘇軾在與王庠的信中所說：「無佳寺院，無士人，無醫藥。杜門食淡。」〔註68〕而儋州的生活也是同樣窘迫：「此間食無肉，病無藥，居無室，出無友，冬無炭，夏無寒泉，然亦未易悉數，大率皆無耳。」〔註69〕

〔註64〕 （宋）蘇軾著：《與蔡景繁十四首（一）》，張志烈、馬德富、周裕鍇主編：《蘇軾全集校注》第 17 冊，第 6157～6158 頁。

〔註65〕 （宋）蘇軾著：《與蔡景繁十四首（二）》，張志烈、馬德富、周裕鍇主編：《蘇軾全集校注》第 17 冊，第 6158 頁。

〔註66〕 （宋）蘇軾著：《與王定國四十一首（一）》，張志烈、馬德富、周裕鍇主編：《蘇軾全集校注》第 17 冊，第 5673 頁。

〔註67〕 （宋）惠洪撰：《冷齋夜話》卷 4，《景印文淵閣四庫全書》第 863 冊，第 253 頁。

〔註68〕 （宋）蘇軾著：《與王庠五首（二）》，張志烈、馬德富、周裕鍇主編：《蘇軾全集校注》第 18 冊，第 6587 頁。

〔註69〕 （宋）蘇軾著：《與程秀才三首（一）》，張志烈、馬德富、周裕鍇主編：《蘇軾全集校注》第 17 冊，第 6068 頁。

因而蘇軾在嶺南時期結交的僧人也大大減少。

一、南華寺與重辨長老

　　從各類文獻記載中可知，蘇軾在嶺南時期交往最多的本地僧人大概就是南華寺的重辨長老了。關於南華寺，蘇軾一生中共拜訪過三次：「朝奉郎提舉成都府玉局觀蘇軾，先於紹聖之初，謫往惠州，過南華寺，上謁六祖普覺大鑒禪師而後行。又謫過海南，遇赦放還。今蒙恩受前件官，再過祖師塔下。」〔註70〕可見，他第一次路過南華寺是前往惠州的途中，第二次則是北歸時路過，而第三次則是在蘇軾離開南華寺不久，又收到了南華寺的新方丈明長老的書信，稱其好友伯固為見蘇軾已在南華寺等待多日，因此蘇軾再度返回與其會面（從《與南華明老三首》中可知）。在蘇軾第一次路過南華寺時，他便與重辨長老結識：「予遷嶺南，始識南華重辨長老，語終日，知其有道也。予自嶺南還，則辨已寂久矣。」〔註71〕從「語終日」可知，二人的一面之緣時間並不長，蘇軾在南華寺沒有停留太久便離開了。但儘管如此，蘇軾為南華寺以及重辨長老留下的筆墨卻非常多，除了與重辨長老的十三封書信外，還有《書南華長老重辨師逸事》《書柳子厚大鑒禪師碑後》《蘇程庵銘（並引）》《卓錫泉銘（並敘）》《南華長老題名記》《南華寺六祖塔功德疏》《與南華明老三首》以及詩作《南華寺》等等。值得一提的是，蘇軾在嶺南一帶到訪過的寺院也很多，比如延祥寺、寶積寺、峽山寺、白水佛跡院、嘉祐寺、棲禪院、蒲澗寺、香積寺等等，但這其中蘇軾為南華寺以及重辨老所留下的文字最多，關於這一點，筆者認為原因如下：

　　首先，蘇軾初至南華寺所作的《南華寺》即是對多年習禪以及對自己身世的感慨：

　　　　云何見祖師？要識本來面。亭亭塔中人，問我何所見。可憐明上座，萬法了一電。飲水既自知，指月無復眩。我本修行人，三世積精練。中間一念失，受此百年譴。摳衣禮真相，感動淚雨霰。借師錫端泉，洗我綺語硯。〔註72〕

〔註70〕（宋）蘇軾著：《南華寺六祖塔功德疏》，張志烈、馬德富、周裕鍇主編：《蘇軾全集校注》第18冊，第6834頁。

〔註71〕（宋）蘇軾著：《書南華長老重辨師逸事》，張志烈、馬德富、周裕鍇主編：《蘇軾全集校注》第19冊，第7365～7366頁。

〔註72〕（宋）蘇軾著：《南華寺》，張志烈、馬德富、周裕鍇主編：《蘇軾全集校注》第7冊，第4401頁。

　　這首詩是蘇軾前往惠州途中路過南華寺時所作。在前文中筆者曾提到，蘇軾當年被貶黃州時，在途中路過淨居寺時也寫過一首詩：

　　　　十載遊名山，自製山中衣。願言畢婚嫁，攜手老翠微。不悟俗緣在，失身蹈危機。刑名非夙學，陷阱損積威。遂恐死生隔，永與雲山違。今日復何日，芒鞋自輕飛。稽首兩足尊，舉頭雙涕揮。靈山會未散，八部猶光輝。願從二聖往，一洗千劫非。徘徊竹溪月，空翠搖煙霏。鐘聲自送客，出谷猶依依。回首吾家山，歲晚將焉歸？〔註73〕

　　為了更好地解讀蘇軾在前後時期的心境變化，筆者製作了如下表格：

	黃州時期	嶺南時期
對身世的定義	不悟俗緣在，失身蹈危機。	我本修行人，三世積精練。
所見所悟	遂恐死生隔，永與雲山違。 今日復何日，芒鞋自輕飛。	可憐明上座，萬法了一電。 飲水既自知，指月無復眩。
叩拜的目的	願從二聖往。	要識本來面。
揮淚的原因	稽首兩足尊，舉頭雙涕揮。	摳衣禮真相，感動淚雨霰。
洗沐的目的	一洗千劫非。	洗我綺語硯。

　　從這個表格可以一目了然地看出，兩首詩雖同為被貶後所作，但其中表達的心境卻並不一樣。首先，《南華寺》中的「受此百年譴」與《遊淨居寺》中的「失身蹈危機」皆有困窘落魄之意，但前者卻首先從「我本修行人」這句話中對自身做了肯定。同樣也是禮拜，但在淨居寺時，蘇軾希望追隨二聖去沐浴佛陀的光輝；而嶺南時期的蘇軾則是從自身下工夫，要去認識自己的本真面目。此外，兩首詩皆對灑淚做出了描寫，但前者是因為認知到自身罪業後所留下的懺悔之淚，而後者則更多地展現了飽經風霜後一種大徹大悟的觸動。除了內容之外，兩首詩在情感表達上也有所不同，《遊淨居寺》一詩的末句「回首吾家山，歲晚將焉歸」傳達了更多的迷茫和對未來的不確定性，而《南華寺》的首句「云何見祖師？要識本來面」則體現了蘇軾拜見祖師的堅定和信念，甚至可以認為，《南華寺》中的「云何見祖師」其實也正是對「歲晚將焉歸」所作的回應。除此之外，二者還都提到了「洗」，蘇軾洗沐的對象也從「千劫非」縮小到了「綺語硯」，如果說前者主要指代外界的種種困惑，而後者則指明自

────────────

〔註73〕　（宋）蘇軾著：《遊淨居寺（並敘）》，張志烈、馬德富、周裕鍇主編：《蘇軾全集校注》第 4 冊，第 2131～2132 頁。

己所遭遇的一切不過是因為「綺語硯」，這樣的說法其實也解釋了蘇軾所謂的「本來面」，他深知自己是無罪的，所遭遇的一切不過是因為自己的剛正直言，所以才會委婉地稱之為「綺語硯」。

因此，蘇軾在《南華寺》中的情感並不同於他在淨居寺時的祈福與內在洗禮，此詩更多地表達了他對自己多年習禪的總結。蘇軾自早年便喜好參悟禪理，他的諸多詩文裏皆有所體現：「芍藥櫻桃俱掃地，鬢絲禪榻兩忘機」，〔註74〕「已喜禪心無別語，尚嫌剃髮有詩斑」，〔註75〕「暫借好詩消永夜，每逢佳處輒參禪」，〔註76〕「水洗禪心都眼淨，山供詩筆總眉愁」。〔註77〕作為禪宗的一部重要經典，《壇經》的核心思想可以用「無念為宗、無相為體、無住為本」〔註78〕來概括，此處的「無念」可理解為不生妄念，「無相」可簡單理解為不著一切事相，「無住」則是不被外物所束縛。慧能大師的「本來無一物，何處惹塵埃」〔註79〕所體現的正是不思善、不思惡之本來面目，而蘇軾前去拜訪祖師的目的也正是如此，正如他所說：「不向南華結香火，此生何處是真依」，〔註80〕他在南華寺見到了六祖慧能的真身，也正是希望為自己一生的佛學修為尋得見證。《壇經》一直強調自性清淨，蘇軾在詩中所說的「本來面」也正是此意。所以，這首《南華寺》的情感是非常複雜的，淨居寺中的「歲晚將焉歸」尚且留有疑問，但在經歷過「百年讁」之後，南華寺之旅則為他一生的追尋給出了答案。

其次，蘇軾在南華寺結識的重辨長老對之關愛有加。蘇軾與重辨長老雖只有一日之緣，但在蘇軾離開南華寺回到惠州之後，二人之間的來往非常頻繁。

〔註74〕（宋）蘇軾著：《和子由四首（送春）》，張志烈、馬德富、周裕鍇主編：《蘇軾全集校注》第2冊，第1267頁。

〔註75〕（宋）蘇軾著：《次韻道潛留別》，張志烈、馬德富、周裕鍇主編：《蘇軾全集校注》第4冊，第2590頁。

〔註76〕（宋）蘇軾著：《夜直玉堂，攜李之儀端叔詩百餘首，讀至夜半，書其後》，張志烈、馬德富、周裕鍇主編：《蘇軾全集校注》第5冊，第3389頁。

〔註77〕（宋）蘇軾著：《次韻送張山人歸彭城》，張志烈、馬德富、周裕鍇主編：《蘇軾全集校注》第5冊，第3526頁。

〔註78〕（元）宗寶：《六祖大師法寶壇經》，《大正藏》第48冊，第353頁上。

〔註79〕（元）宗寶：《六祖大師法寶壇經》，《大正藏》第48冊，第348頁下。

〔註80〕（宋）蘇軾著：《昔在九江，與蘇伯固唱和。其略曰：「我夢扁舟浮震澤，雪浪橫空千頃白。覺來滿眼是廬山，倚天無數開青壁。」蓋實夢也。昨日又夢伯固手持乳香嬰兒示予。覺而思之，蓋南華賜物也。豈復與伯固相見於此耶？今得來書，知己在南華相待數日矣。感歎不已，故先寄此詩》，張志烈、馬德富、周裕鍇主編：《蘇軾全集校注》第8冊，第5215～5216頁。

從數多封信中可知，蘇軾與重辨長老的感情很深厚，重辨長老曾派人遞送蘇軾與弟弟子由之間的書信，並且還多次送「麵粉瓜薑湯茶」等物資給蘇軾。更為巧合的是，蘇軾的表弟程德孺也是一位虔誠的佛教徒，他長年在南華寺修行，重辨老曾為他親自建造了一座庵堂，並取名為「程公庵」，蘇軾還曾親自為之寫下《蘇程庵銘》一文。此外，重辨長老還是一位「儒釋兼通，道學純備」〔註81〕的人，他亦深知佛教若想得以廣泛傳播，必須要依託與儒家善於文辭的人。重辨長老去世後，南華寺的新方丈明長老也是一位儒釋兼通者，「南華長老明公，其始蓋學於子思、孟子者，其後棄家為浮屠氏。不知者以為逃儒歸佛，不知其猶儒也。」〔註82〕蘇軾早年也曾多次在「出世」與「入世」之間徘徊，歷經風霜後，才真正明白「孔老異門，儒釋分宮。又於其間，禪律相攻。我見大海，有北南東。江河雖殊，其至則同。」〔註82〕所以，他如今在重辨長老與明長老的身上彷彿也看到了自己的影子，這也讓他更加堅信「儒釋不謀而同」。〔註84〕

結合這兩點，也可以很好地理解為何在諸多寺院中，蘇軾單單對南華寺以及南華寺的寺僧給予了更多關注。作為儒士出身的蘇軾，一生受佛道思想的影響很深，佛道的灑脫超然讓他身處俗世而不染，儒家的忠君愛國也決定了即便他有偶而的消極遁世，也依舊誓守原則而力抗俗流。出入於紅塵與空門之間，蘇軾需要尋找到一個歸屬來作為自己的信仰，而他的信仰既不是超脫三界，去抵達宗教意義上的彼岸世界，也不想被單純的儒家思想而束縛本心。南華寺是南禪宗的發源地，而南禪宗的特點之一就是明心見性，這裡的「性」是人的本性，是與生俱來的，甚至是人生來便具備佛性。所以，蘇軾的這種信仰是半理性半感性的，他之所以在詩中言「不向南華結香火，此生何處是真依」，正是希望為自己信仰中的感性部分找到一個依據。這其中的感性元素，於內，就在自己的心中，於外，則正是可觀可觸可感受到的南華寺。從宗教學的視角看，「宗教聖地，它對信教者有著一種特別神聖的空間感受，有限的聖地空間卻能容納和凝聚著千百萬信教者的神性感受，這是宗教聖地所特有的宗教功能，它

〔註81〕（宋）蘇軾著：《書柳子厚大鑒禪師碑後》，張志烈、馬德富、周裕鍇主編：《蘇軾全集校注》第19冊，第7471～7472頁。

〔註82〕（宋）蘇軾著：《南華長老題名記》，張志烈、馬德富、周裕鍇主編：《蘇軾全集校注》第11冊，第1243頁。

〔註83〕（宋）蘇軾著：《祭龍井辯才文》，張志烈、馬德富、周裕鍇主編：《蘇軾全集校注》第18冊，第7067頁。

〔註84〕（宋）蘇軾著：《南華長老題名記》，張志烈、馬德富、周裕鍇主編：《蘇軾全集校注》第11冊，第1243頁。

可以維繫無數信教者的皈依之心。」〔註85〕這就是蘇軾堅持要來南華寺「結香火」的原因。除了寺院本身所具有的神聖性之外，寺院中的神像佛像也起到了固化信仰的重要作用，「宗教器物中的神像、聖物和法器等都具有一種特定的神性象徵意義，神像本身就象徵著被崇拜的神，聖物則是一種被賦予神性神意的象徵物，法器是用示意動作的符號形式來體現神性神意的一種工具，上述這種體現神性神意的神像、聖物和法器等，都具有一種宗教器物特定的神性象徵的強化功能。」〔註86〕而對於蘇軾而言，慧能大師的真身就可視為「被崇拜的神」，所以他才會在詩中說「云何見祖師？要識本來面。」因此，南華寺為蘇軾信仰中的感性部分提供了最直接的歸屬感，這正是他為南華寺留下較多筆墨的原因。

二、其他僧人

除了南華寺的兩位方丈外，蘇軾在嶺南還結識了蒲澗寺的信長老、永嘉羅漢院的惠誠、羅浮山寶積寺的曇穎，還有三山庵的惟德、東莞資福寺的祖堂等等，不過這些僧人的事蹟並不多，在蘇軾的詩文中零散可見。除此之外，蘇軾與早年結識的幾位僧友也有來往：

比如詩僧曇秀，名法芝，是臨濟宗黃龍慧南法嗣。蘇軾早在熙寧五年就與之相識。曇秀也是一位善於舞文弄墨的詩僧，二人曾多次同遊寺院山水，留下唱和詩也很多，比如《送芝上人遊廬山》《山光寺送客回，次芝上人韻》《和芝上人竹軒》等等。蘇軾被貶惠州時，曇秀曾先後兩次前來探望，《贈曇秀》《和郭功甫韻送芝道人遊隱靜》以及《吳子野絕粒不睡，過作詩戲之，芝上人、陸道士皆和，予亦次其韻》皆是在惠州相逢留下的作品。曇秀素來喜好四處雲遊，蘇轍在《夢齋頌（並引）》中提到：「曇秀上人遊行無定，予兄子瞻作「夢齋」二字，名其所至居室。」〔註87〕蘇軾在寫給曇秀的詩中亦有此意：「白雲出山初無心，棲烏何必戀山林。道人偶愛山水故，縱步不知湖嶺深。空岩已禮百千相，曹溪更欲瞻遺像。要知水味孰冷暖，始信夢時非幻妄。」〔註88〕蘇軾本性

〔註85〕陳麟書、陳霞：《宗教學原理》，第102～103頁。

〔註86〕陳麟書、陳霞：《宗教學原理》，第105頁。

〔註87〕（宋）蘇轍著，陳宏天、高秀芳點校：《蘇轍集》，北京：中華書局，1990年08月，第947頁。

〔註88〕（宋）蘇軾著：《贈曇秀》，張志烈、馬德富、周裕鍇主編：《蘇軾全集校注》第7冊，第4733頁。

不羈，一生走遍山河方知水味冷暖。曇秀同樣也是一個喜好自由的人，雖為僧人，卻並沒有常年守在寺院中吃齋誦佛。蘇軾對佛教修行的態度也是很寬容的，他在早期雖然也批判無視戒律的修行者，但並非盲目地抬高寺院清規的權威，他對曇秀的欣賞恰恰說明了這一點。因此，也正是觀念認知上的相似，才讓二人之間有更多的話題。

前文中提到的道潛，也足以稱得上是蘇軾的生死之交。蘇軾在惠州時，道潛曾想親自渡海前去探望，「轉海相訪，一段奇事。但聞海舶遇風，如在高山上墜深谷中。非愚無知與至人，皆不可處。胥靡遺生，恐吾輩不可學。若是至人，無一事冒此險做甚麼？千萬勿萌此意。」〔註89〕正是蘇軾的執意阻攔，道潛才沒有前去。不過道潛曾多次寫信慰問，還曾託蘇軾為海月禪師作《海月辯公真贊》一文。二人也是無話不說，「故人相知者，即以此語之，餘人不足與道也」。〔註90〕此外，道潛也是一位直言不諱之人，蘇軾曾稱之「與人無競，而好刺譏朋友之過」，〔註91〕「獨好面折人過失，然人知其無心，如虛舟之觸物，蓋未嘗有怒者」，〔註92〕這種真性情也是蘇軾性格中的特點，這也是二人之所以維持多年情誼的原因之一。由於與蘇軾來往密切，道潛也無辜獲罪而被迫還俗，但二人的深厚情誼也由此被世人傳頌。

除此之外，慧淨琳長老以及他的僧友們也紛紛為蘇軾祈禱，希望他早日回到中原。還有蘇軾並不認識的蘇州定惠長老守欽，謫居惠州時候，守欽還派侍者卓契前來慰問，並且寄詩十首。這些都說明了蘇軾在方外友人心中的地位，他們也為蘇軾提供了莫大的精神支柱。

本章小結

本章以蘇軾在杭州、黃州和嶺南地區交往的僧人為例，分析了蘇軾視野中的僧眾。通過上文的分析可知，蘇軾在不同地區以及不同的人生階段所接觸的

〔註89〕（宋）蘇軾著：《與參寥子二十一首（十八）》，張志烈、馬德富、周裕鍇主編：《蘇軾全集校注》第 18 冊，第 6722～6723 頁。

〔註90〕（宋）蘇軾著：《與參寥子二十一首（十七）》，張志烈、馬德富、周裕鍇主編：《蘇軾全集校注》第 18 冊，第 6721 頁。

〔註91〕（宋）蘇軾著：《參寥子真贊》，張志烈、馬德富、周裕鍇主編：《蘇軾全集校注》第 13 冊，第 2514 頁。

〔註92〕（宋）蘇軾著：《妙總》，張志烈、馬德富、周裕鍇主編：《蘇軾全集校注》第 20 冊，第 8235 頁。

僧人展現了截然不同的信仰追求與人文情懷。杭州地區佛教氛圍濃鬱，寺院林立，蘇軾在這一帶結交的僧人數量也是最多的，當地山清水秀的環境也讓眾僧飽富才情，蘇軾大部分的唱和詩都是作予這一地帶的僧人。烏詩案後，蘇軾貶謫黃州，黃州無論是自然還是人文環境皆遠不比杭州，外加蘇軾主動閉門謝客的緣故，他結識的當地僧較少，反倒與故友惟簡、道潛等人保持著聯絡。而嶺南一帶不僅地處偏遠，信仰氛圍更是遠不如中原地區，除了寥寥幾位故交外，蘇軾給予最多關注的就是南華寺以及重辨長老，從前文分析可知，南華寺對於蘇軾有著不同尋常的意義，重辨長老與蘇軾的感情也尤為深厚。

　　從寺院作品的創作特點看，蘇軾在前後期的作品也反映出了明顯的變化。在其早期的寺院作品中，他的描述多將寺院當做一個客觀的存在對象，比如《寄題清溪寺》《留題峽州甘泉寺》《記所見開元寺吳道子畫佛滅度，以答子由》以及《遊金山寺》等等，這些作品基本都是針對寺院本身以及周邊的環境建築所展開的記述。還有《中和勝相院記》以及《鹽官大悲閣記》等文，則是以一個旁觀者的身份做理論性記述。而在蘇杭一帶，蘇軾結識了大量的僧人，他的作品也將更多的人物角色融入於其中，僅僅從詩名中便可看出，比如《吉祥寺僧求閣名》《宿餘杭法喜寺，寺後綠野堂，亭望吳興諸山，懷孫莘老學士》《梵天寺見僧守詮小詩清婉可愛，次韻》《是日宿水陸寺，寄北山清順僧二首》等等。中年時期，蘇軾的寺院作品不僅有人物的存在，同時也包含了更多的思辨色彩，比如《菩薩泉銘》《法雲寺鐘銘》以及《邵伯埭鍾銘》，這些文字皆透露出了明顯的佛教哲理性。嶺南時期，關於僧人的描述不止簡單地出現在寺院作品中，更是以一個正面的形象作為例論支撐著文章的論點，比如《廣州東莞縣資福禪寺羅漢閣記》與《廣州東莞縣資福寺舍利塔銘》的祖堂法師，還有《虔州崇慶禪院新經藏記》的三位長老等等。因此筆者認為，僧人不僅僅是寺院的象徵代表與維護組織者，他們的存在也讓寺院本身充滿了濃鬱的人文氣息。而蘇軾所接觸到的僧人雖說派系繁多，性情各異，但幾乎每到一處皆有僧人請求為寺院作文，比如早年的《中和勝相院記》即是應寶月大師惟簡所做；又如鹽官縣安國寺的大和尚居則，一生縮衣節食，嚴守戒律三十餘年，最終建造了七丈多高的佛像與高閣。蘇軾對之敬佩有加，也應居則和尚所作了《鹽官大悲閣記》一文；貶謫黃州時期，蘇軾不僅受繼連師之託而作《黃州安國寺》，還為大別才老寫下了《大別方丈銘》。還有惠州時期的《虔州崇慶禪院新經藏記》一文，文中無一字一句涉及藏經閣本身，反倒是對崇慶院三位長老辛苦建閣加

以讚賞。所以，蘇軾的寺院作品不僅僅具備宗教性與哲理性，特別是後期的文字也體現出了明顯的人文屬性。僧人的出現不僅讓蘇軾的日常生活變得豐富多彩，也讓他的寺院作品變得飽滿真實。

第七章　宗教學視野下的寺院作品

　　源於文字禪的流行，宋代的文人儒士不僅喜好談禪，他們也幾乎無一例外地都曾參與過寺院作品的創作之中。文人筆下的寺院作品也是各有千秋，有些作品文筆優雅，將寺院的靈山妙水呈現地淋漓盡致；有些作品視角獨特，對寺院以及佛教生存尤為關注；也有些文人對佛門修行情有獨鍾，因此他們的作品往往映像出了作者本人獨特的經歷與情懷。基於此，筆者認為宋代文人筆下的寺院作品大概有文學性、政治性與宗教性這三種特質。如果說文學性和政治性是以理性基礎為視角來解讀寺院作品，那麼宗教性則是以作者的感性層面為主線來定義寺院作品。目前關於寺院作品文學方面的研究非常多，故筆者不再贅述。同樣，寺院作品的政治性主要是圍繞在儒釋之間的鬥爭與融合而言的，此方面的成果也不盡其數。而唯有寺院作品的宗教性是比較複雜並且尚有待深入探討的一個方面，因此本章將對蘇軾寺院作品的宗教性以及宋代文人寺院作品的宗教性進行探討。

第一節　蘇軾寺院作品中的宗教性

一、蘇軾寺院作品中的宗教哲學

　　蘇軾一生閱讀過的佛經很多，佛教中的幾大主要經文都有所涉獵。佛經中不僅講述了實踐層面的具體修行方式，其中也包含了豐富的哲學思想。方立天在《佛教哲學》中提到：「佛教的理論一般是從境、行、果三方面進行論述的。境，即所觀的對象，也就是認識的對象。行，是修行。果，是修行所得的果。也可以這樣說，境是佛教對世界的認識，行和果是佛教的實踐活動。佛教哲學

思想主要表現在境這一範疇的論述上，也就是對境的所謂真實本質的各種說法上。……佛教哲學是佛教全部教義的思想基礎，換句話說，就是佛教教義中的人生觀、世界觀和方法論部分。」〔註1〕從這一定義看，佛教哲學主要圍繞在關於境的描述上，這裡的「境」可以指環境，也可指人的內在心境。本節之所以要研究蘇軾寺院作品中的佛教哲學思想，正是因為寺院作為一個真實存在的實體對象，它本身就是「境」的直觀體現。對於身處寺院中的人，他們內心的所思所感也正是外部環境在內心中所映像出的境。蘇軾的寺院作品中也有非常豐富的哲學思想，按照具體內容，大致可分為以下三類：

其一是《金剛經》以及《維摩詰經》等經中的萬事皆空、諸相虛妄思想。這兩部經是蘇軾常讀的經文，《維摩詰經》應當是蘇軾早年就閱讀過的經文，鳳翔時期所做的《維摩像唐楊惠之塑在天柱寺》就用到了本經中的典故。《金剛經》更是蘇軾喜好的一部經書，他曾作過《金剛經跋尾》《金剛經報》等文字，朝雲過世後還親自為其誦《金剛經》中的四句偈。蘇軾寫文擅長用比喻和典故，其寺院作品也是如此，比如在一首為吉祥寺的題名詩中寫道：「過眼榮枯電與風，久長那得似花紅？上人宴坐觀空閣，觀色觀空色即空。」〔註2〕花紅就如過眼雲煙，抓不住也留不下。又如「已將世界等微塵，空裏浮花夢裏身」，〔註3〕「心困萬緣空，身安一床足」，〔註4〕「寓世身如夢，安閒日似年」，〔註5〕「回首舊遊真是夢，一簪華髮岸綸巾」，〔註6〕「十年歸夢寄西風，此去真為田舍翁」，〔註7〕「四十七年真一夢，天涯流落淚橫斜」。〔註8〕蘇軾還寫過一篇《六觀堂贊》，其中的

〔註1〕 方立天：《佛教哲學》，北京：中國人民大學出版社，1986年7月，第4頁。
〔註2〕 （宋）蘇軾著：《吉祥寺僧求閣名》，張志烈、馬德富、周裕鍇主編：《蘇軾全集校注》第2冊，第656頁。
〔註3〕 （宋）蘇軾著：《鹽官絕句四首（北寺悟空禪師塔）》，張志烈、馬德富、周裕鍇主編：《蘇軾全集校注》第2冊，第775頁。
〔註4〕 （宋）蘇軾著：《安國寺浴》，張志烈、馬德富、周裕鍇主編：《蘇軾全集校注》第4冊，第2158頁。
〔註5〕 （宋）蘇軾著：《過廣愛寺，見三學演師，觀楊惠之塑寶山、朱瑤畫文殊、普賢三首（其一）》，張志烈、馬德富、周裕鍇主編：《蘇軾全集校注》第2冊，第925頁。
〔註6〕 （宋）蘇軾著：《臺頭寺步月得人字》，張志烈、馬德富、周裕鍇主編：《蘇軾全集校注》第3冊，第1906頁。
〔註7〕 （宋）蘇軾著：《歸宜興，留題竹西寺三首（其一）》，張志烈、馬德富、周裕鍇主編：《蘇軾全集校注》第4冊，第2832頁。
〔註8〕 （宋）蘇軾著：《天竺寺（並引）》，張志烈、馬德富、周裕鍇主編：《蘇軾全集校注》第7冊，第4387～4388頁。

「佛言如夢」、「佛言如幻」、「佛言如泡」、「佛言光影」「佛言如露」「佛言如電」也詮釋了自己對《金剛經》的理解。

其二是《華嚴經》中的法界觀。《華嚴經》的核心思想簡單可以概括為「周遍含容、事事無礙」，它強調了一種普遍真理下的平等觀。蘇軾的寺院作品裏也常常體現出華嚴法界觀：「憑君借取《法界觀》，一洗人間萬事非」，〔註 9〕「橫看成嶺側成峰，遠近高低各不同。不識廬山真面目，只緣身在此山中」，〔註 10〕「天人同一夢，仙凡無兩錄。」〔註 11〕還有《磨衲贊》中所說：「吾以法眼視之，一一篋孔有無量世界，滿中眾生，所有毛竅，所衣之衣，篋孔線蹊，悉為世界。」〔註 12〕所以，如果說般若空觀呈現了世間萬物的本質，那麼華嚴法界可謂為蘇軾提供了一個認知事物的新視角。

其三是《楞嚴經》中的六根通感。前文曾以《法雲寺鐘銘》為例分析了楞嚴經中的六根通感，簡單講，當人能用道眼去體察萬物，就可消除不同感官體驗事物時的界限，也就是說，眼、耳、鼻、舌、身、意這六根則是可以相互為用的。非常典型的一篇文章就是蘇軾的《成都大悲閣記》，對於一個凡人，即使再聰明，也很難同時做到「左手運斤而右手執削，目數飛雁而耳節鳴鼓，首肯傍人而足識梯級」。〔註 13〕而觀世音菩薩因為無念無心，所以成就了「千萬億身」、「八萬四千母陀羅臂」以及「八萬四千清淨寶目」的神通境界。又如《勝相院經藏記》中對藏經樓的描寫也是非精彩：「是諸眾寶及諸佛子，光色聲香，自相磨激，璀璨芳郁，玲瓏宛轉，生出諸相，變化無窮。不假言語，自然顯見，苦空無我，無量妙義。凡見聞者，隨其根性，各有所得。」〔註 14〕佛國中的妙境自然而然就可以呈現出現來，是不需借助言語的。並且對於這樣的場景，每個人也會隨著自身根性而各有所悟。可以感受到，

〔註 9〕（宋）蘇軾著：《和子由四首（送春）》，張志烈，馬德富，周裕鍇點校：《蘇軾全集校注》第 2 冊，第 1267 頁。

〔註 10〕（宋）蘇軾著：《題西林壁》，張志烈，馬德富，周裕鍇點校：《蘇軾全集校注》第 4 冊，第 2578 頁。

〔註 11〕（宋）蘇軾著：《次韻高要令劉湜峽山寺見寄》，張志烈，馬德富，周裕鍇點校：《蘇軾全集校注》第 7 冊，第 4726～4727 頁。

〔註 12〕（宋）蘇軾著：《磨衲贊（並敘）》，張志烈，馬德富，周裕鍇點校：《蘇軾全集校注》第 13 冊，第 2495～2496 頁。

〔註 13〕（宋）蘇軾著：《成都大悲閣記》，張志烈，馬德富，周裕鍇點校：《蘇軾全集校注》第 11 冊，第 1249 頁。

〔註 14〕（宋）蘇軾著：《勝相院經藏記》，張志烈，馬德富，周裕鍇點校：《蘇軾全集校注》第 11 冊，第 1223～1224 頁。

在描寫佛像以及神跡時，《楞嚴經》中的通感思想很容易呈現出一種華麗又充滿神通的場景，正如梁銀林曾說過：「一般地說，宗教是抽象的、哲理的，文學則是形象的、抒情的。然而，從方便說法、廣化眾生的需要出發，宗教著述往往會採用形象化、譬喻性的表達，這就使宗教與文學容易達成默契，具備融通的可能。也就是說，宗教在無意間為文學提供了創作的材料，同時也在無形中對文學創作施加著影響。作為一部綜合性的佛教典籍，《楞嚴經》在闡發玄奧的宗教義理時，大量運用了譬喻、想像、誇張等表現手法，有時還穿插一些生動的故事，使經文變得形象直觀，富於文學色彩，讓人更容易理解把握。」〔註15〕蘇軾對《楞嚴經》也有過類似的評價：「《楞嚴》者，房融筆受，其文雅麗，於書生學佛者為宜。」〔註16〕《楞嚴經》中的通感思想充分運用了想像以及誇張的手法，這在文字表達方面起到了很大的潤色作用，並且也為佛教神像的描寫提供了充分的理論依據。

蘇軾寺院作品中的佛教哲學思想大概可分為以上三類。從上述文字可以感受到，宋代文人雖喜好遊覽寺院，但寺院對於蘇軾並不僅僅只是一個賞心悅目的休閒場所，他會將佛書中吸收的佛理充分運用於寺院作品的創作之中，比如《成都大悲閣記》中對觀音的描寫，就運用到了《楞嚴經》中的通感。又如他的諸多寺院詩文中，多處也體現出了般若空觀以及華嚴法界觀等思想，其一這可視為一種不同的文字創作手法，其二這也是借用文字所嘗試的修行體驗，因為佛教中的哲理思想並不僅僅只是形而上的意識存在，正如《佛教哲學》中曾提到：「佛教哲學既是客觀存在的一種反映，也是社會存在的一種反映，也就是說，它既屬於認識的範圍，又屬於社會意識形態。」〔註17〕在蘇軾的寺院作品中，寺院正是社會存在所體現出的一個方面，也就是前文中所提到的「境」。這個「境」是實際存在的，而人在寺院中的活動也是真實存在的，因此寺院這一載體將「心」與「物」聯繫在了一起。蘇軾又尤其注重參禪的實用價值，因此他的涉佛文字也多是借助某一載體來談理抒懷，比如或是閱讀某部經文後的體悟，或是關於僧人的文記，或是遊覽寺院後的感慨。所以，融合了佛教哲理的寺院作品已不單單只是一種客觀紀實，它不僅體現了蘇軾的人生閱歷以及社會立場，也是宋代文字禪盛行的寫照。

〔註15〕 梁銀林：《蘇軾詩與〈楞嚴經〉》，《社會科學研究》，2010 年第 1 期，第 188 頁。
〔註16〕 （宋）蘇軾著：《勝相院經藏記》，張志烈、馬德富、周裕鍇主編：《蘇軾全集校注》第 19 冊，第 7407 頁。
〔註17〕 方立天：《佛教哲學》，第 5 頁。

二、蘇軾寺院作品中的宗教體驗

如果說宗教哲學提供了理解人生的方法與路徑，那麼宗教體驗則為人生修行給出了不同層面的解釋。蘇軾一生受到禪宗的影響很深，特別是禪宗的般若空觀，也讓蘇軾對「人生如夢」有了多重性的體悟。蘇軾的作品中也有諸多關於夢的描述，比如其中有很大一部分是借夢喻理，也有夢中寫詩作文的經歷，還有一些是發生在夢境中的奇巧經歷。除此之外，蘇軾也有一部分文字涉及到了預言性的夢境。筆者發現，這類預言性夢境出現的場所幾乎無一例外地都在寺院。為了更好地解讀這類作品，筆者對之進行了如下整理：

出　處	內　容	地　點
《夢彌勒殿》	僕在黃州，夢至西湖上。夢中亦知其為夢也。湖上有大殿三重，其東，一殿題其額云「彌勒下生」。夢中云：「是僕昔年所書。」眾僧往來行道，大半相識，辯才、海月皆在，相見驚喜。僕散衫策杖，謝諸人曰：「夢中來遊，不及冠帶。」既覺，忘之。明日得芝上人信，乃復理前夢，因書以寄之。	西湖大殿
《應夢羅漢》／《應夢羅漢記》	僕往岐亭，宿於團鳳，夢一僧破面流血，若有所訴。明日至岐亭，以語陳慥季常，皆莫曉其故。僕與慥入山中，道左有廟，中，神像之側，有古塑阿羅漢一軀，儀狀甚偉，而面目為人所壞。僕尚未覺，而慥忽悟曰：「此豈夢中得乎？」乃載以歸，使僧繼蓮命工完新，遂置之安國院。左龍右虎，蓋第五尊者也。 元豐四年正月二十一日，予將往岐亭。宿於團封，夢一僧破面流血，若有所訴。明日至岐亭，過一廟，中有阿羅漢像，左龍右虎，儀制甚古，而面為人所壞，顧之惘然，庶幾疇昔所見乎！遂載以歸，完新而龕之，設於安國寺。四月八日，先妣武陽君忌日，飯僧於寺，乃記之。責授黃州團練副使眉山蘇軾記。	岐亭寺院
《答陳師仲主薄書》	軾亦一歲率常四五夢至西湖上，此殆世俗所謂前緣者。在杭州嘗遊壽星院，入門便悟曾到，能言其院後堂殿山石處，故詩中嘗有「前生已到」之語。	杭州壽星院
《僧伽同行》	予在惠州，忽被命責儋耳。太守方子容自攜告身來，且弔予曰：「此固前定，可無恨。吾妻沈素事僧伽，謹甚。一夕夢和尚告別。沈問所往？答云：『當與蘇子瞻同行，後七十二日，當有命。』今適七十二日矣，豈非前定乎？」予以謂事孰非前定者，不待夢而知。然予何人也，而和尚辱與同行，得非夙世有少緣契乎？	不詳

《參寥泉銘（並敘）》／《書參寥詩》／《記參寥詩》	余謫居黃，參寥子不遠數千里從余於東城，留期年。嘗與同遊武昌之西山，夢相與賦詩，有「寒食清明」、「石泉槐火」之句，語甚美，而不知其所謂。其後七年，余出守錢塘，參寥子在焉。明年，卜智果精舍居之。又明年，新居成，而余以寒食去郡，實來告行。舍下舊有泉，出石間，是月又鑿石得泉，加冽。參寥子撷新茶，鑽火煮泉而瀹之，笑曰：「是見於夢九年，衛公之為靈也久矣。」坐人皆悵然太息，有知命無求之意。	智果精舍
	僕在黃州，參寥自吳中來訪，館之東坡。一日，夢見參寥所作詩，覺而記其兩句云：「寒食清明都過了，石泉槐火一時新。」後七年，僕出守錢塘，而參寥始卜居西湖智果院。院有泉出石縫間，甘冷宜茶。寒食之明日，僕與客泛湖，自孤山來謁參寥，汲泉鑽火，烹黃蘗茶，忽悟所夢詩，兆於七年之前。眾客皆驚歎，知傳記所載，非虛語也。	
	昨夜夢參寥師手攜一軸詩見過。覺而記其《飲茶》詩兩句云：「寒食清明都過了，石泉槐火一時新。」夢中問：「火固新矣。泉何故新？」答云：「俗以清明淘井。」當續成一詩，以記其事。	
《海月辯公真贊》	余在黃州，夢至西湖上，有大殿榜曰彌勒下生，而故人辯才、海月之流，皆行道其間。	西湖大殿
《破琴詩（並敘）》／《書仲殊琴夢》	元祐六年三月十九日，予自杭州還朝，宿吳淞江，夢長老仲殊挾琴過余，彈之有異聲。就視，琴頗損，而有十三弦。予方歎惜不已，殊曰：「雖損，尚可修。」曰：「奈十三弦何？」殊不答，誦詩云：「度數形名本偶然，破琴今有十三弦。此生若遇邢和璞，方信秦箏是響泉。」予夢中了然，識其所謂，既覺而忘之。明日晝寢，復夢殊來理前語，再誦其詩。方驚覺而殊適至，意其非夢也。……仲殊本書生，棄家學佛，通脫無所著，皆奇士也。	吳淞江
	元祐六年三月十八日五鼓，船泊吳江，夢長老仲殊彈一琴，十三弦頗壞損而有異聲。余問云：「琴何為十三弦？」殊不答，但誦詩曰：「度數形名豈偶然，破琴今有十三弦。此生若遇邢和璞，方信秦箏是響泉。」夢中了然論其意，覺而識之。今晚到蘇州，殊或見過，即以示之。寫至此，筆未絕，而殊老叩舷來見，驚歎不已，遂以贈之。時去州五里。	
《冷齋夜話》之《夢迎五祖戒禪師》	蘇子由初謫高安時，雲庵居洞山，時時相過。有聰禪師者，蜀人，居聖壽寺。一夕，雲庵夢同子由、	建山寺

| | 聰出城迓五祖戒禪師，既覺，私怪之，以語子由，語未卒，聰至。子由迎呼曰：「方與洞山老師說夢，子來亦欲同說夢乎？」聰曰：「夜來輒夢見吾三人者，同迎五祖戒和尚。」子由拊手大笑曰：「世間果有同夢者，異哉！」良久，東坡書至，曰：「已次奉新，且夕可相見。」三人大喜，追筍輿而出城，至二十里建山寺，而東坡至。坐定無可言，則各追繹向所夢以語坡。坡曰：「軾年八九歲時，嘗夢其身是僧，往來陝右。又先妣方孕時，夢一僧來託宿，記其頎然而眇一目。」雲庵驚曰：「戒，陝右人，而失一目，暮年棄五祖來遊高安，終於大愚。」逆數蓋五十年，而東坡時年四十九歲矣。後東坡以書抵雲庵，其略曰：「戒和尚不識人嫌，強顏復出，真可笑矣。既是法契，可痛加磨礪，使還舊觀，不勝幸甚。」自是常衣衲衣。 | |
| 《春渚紀聞》之《寺認法屬黑子如星》 | 按錢塘西湖壽星寺老僧則廉言，先生作郡倅日，始與參寥子同登方丈，即顧謂參寥曰：「某生平未嘗至此，而眼界所視皆若素所經歷者，自此上至懺堂，當有九十二級。」遣人數之，果如其言。即曰：「某前身山中僧也，今日寺僧皆吾法屬耳。」後每至寺，即解衣盤礡，久而始去。則廉時為僧雛侍側，每暑月袒露竹陰間，細視公背，有黑子若星斗狀，世人不得見也，即北山君謂顏魯公曰「志金骨記名仙籍」是也。 | 西湖壽星寺 |

　　上表列舉了關於蘇軾的預言性夢境，除了最後兩則是出自他人記載的文獻中，其他都是源於蘇軾本人。從夢境的內容看，其地點幾乎都在寺院，另外僧人也是夢境中的重要角色之一，因此這類事蹟的出現無疑為寺院這樣的宗教場所增添了更多的神秘性元素。關於神秘的本質，魯道夫・奧托認為，「它的本性只能通過那種特殊的方式來加以暗示，在此方式中，神秘以感受到的形式被反映到心靈中。『其性質是：它以這種或那種確定的感受狀態來支配或激發人的心靈。』」〔註18〕所以，蘇軾感受狀態的過程是真實的，他對狀態的描述也是理性的，不過從他的文字表達看，由於這種神秘感產生的感性特質，他並沒有對夢境本身進行太多價值性評判，但潛移默化中也讓他對世事有了不一樣的體悟，比如在他的詩中就曾多次出現過佛教中的輪迴觀：

〔註18〕　（德）魯道夫・奧托著，成窮、周邦憲譯：《論「神聖」》，第14頁。

前生我已到杭州，到處長如到舊遊。〔註19〕

新詩出故人，舊事疑前生。〔註20〕

還從舊社得心印，似省前生覓手書。〔註21〕

我本三生人，疇昔一念差。前生或草聖，習氣餘驚蛇。〔註22〕

東坡之師抱僕老，真契早已交前生。〔註23〕

蔬飯藜床破衲衣，掃除習氣不吟詩。前生似是盧行者，後學過呼韓退之。〔註24〕

前夢後夢真是一，彼幻此幻非有二。正好長松水石間，更憶前生後生事。〔註25〕

　　蘇軾在黃州時曾聲稱學佛並不是為了「出生死、超三乘」，〔註26〕這也一定程度地決定了他本並不傾向於用虛幻不真的觀念來解讀人生。但種種預言性的夢境把真實與夢幻交織在了一起，自然讓蘇軾很難將現實的人生從虛幻中完全抽離出來。因此上述詩文皆是通過前生後世的觀念來解讀日常中難以用理性來解釋的經歷，這在潛意識中也讓他逐漸嘗試到了關乎宗教神聖性的體驗。如果說早期的蘇軾只是用單純的輪迴觀來說明一些事件，而晚年時期他則更加注重這其中的體驗感。前文中亦有提到，蘇軾早年的寺院作品主要是將寺院作為一個客觀存在的對象進行描述，而晚年時，他眼中的寺院也逐漸從對

〔註19〕（宋）蘇軾著：《和張子野見寄三絕句（過舊遊）》，張志烈、馬德富、周裕鍇主編：《蘇軾全集校注》第 2 冊，第 1319 頁。

〔註20〕（宋）蘇軾著：《次韻孫莘老鬥野亭寄子由，在邵伯堰》，張志烈、馬德富、周裕鍇主編：《蘇軾全集校注》第 5 冊，第 2874 頁。

〔註21〕（宋）蘇軾著：《去杭州十五年，復遊西湖，用歐陽察判韻》，張志烈、馬德富、周裕鍇主編：《蘇軾全集校注》第 5 冊，第 3437 頁。

〔註22〕（宋）蘇軾著：《次韻致政張朝奉，仍招晚飲》，張志烈、馬德富、周裕鍇主編：《蘇軾全集校注》第 6 冊，第 3870 頁。

〔註23〕（宋）蘇軾著：《遊羅浮山一首示兒子過》，張志烈、馬德富、周裕鍇主編：《蘇軾全集校注》第 7 冊，第 4430 頁。

〔註24〕（宋）蘇軾著：《答周循州》，張志烈、馬德富、周裕鍇主編：《蘇軾全集校注》第 7 冊，第 4666～4667 頁。

〔註25〕（宋）蘇軾著：《王晉卿得破墨三昧，又嘗聞祖師第一義，故畫邢和璞、房次律論前生圖，以寄其高趣。東坡居士既作〈破琴〉詩以記異夢矣，復說偈云》，張志烈、馬德富、周裕鍇主編：《蘇軾全集校注》第 8 冊，第 5538 頁。

〔註26〕（宋）蘇軾著：《答畢仲舉二首（一）》，張志烈、馬德富、周裕鍇主編：《蘇軾全集校注》第 17 冊，第 6183～6184 頁。

立的客體位置上升並容納到主觀的情感角色裏，比如《廣州蒲澗寺》中的「不用山僧導我前，自尋雲外出山泉」，〔註27〕比如《入寺》中的「曳杖入寺門，輯杖挹世尊。我是玉堂仙，謫來海南村」，〔註28〕又如《南華寺》中的「云何見祖師？要識本來面」，〔註29〕還有《題靈峰寺壁》中的「靈峰山上寶陀寺，白髮東坡又到來。前世德雲今我是，依稀猶記妙高臺」。〔註30〕寺院已經不僅僅只是一個獨立存在的宗教建築了，它已成為了一種精神寄託並融入到蘇軾的內心情感中。這種情感其實也正是對「神聖」的宗教性體驗，魯道夫·奧托在《論「神聖」》中就提到：「一方面，受造物在它面前戰戰兢兢、膽怯萬分、五體投地，但同時又總要情不自禁地轉向它，甚至還要使之變成他自身的東西。對當事人來說，「神秘」不僅僅是某種令他驚愕的東西，而且也是進入他內心的某種東西；除了那種令人困惑與驚惶失措的東西外，他還感到某種使他如醉如癡的東西。」〔註31〕蘇軾在南華寺面對祖師真身時之所以會「感動淚雨霰」，正是因為他感觸到了「使他如醉如癡的東西」。此外，蘇軾之所以會有「我是玉堂仙」以及「前世德雲今我是」這樣的說法，也是在於他的內心中已經對神聖給予了認同，正如《論「神聖」》中曾講到：

> 只是信仰一種超越感覺的真實是一回事，除信仰而外同時還有所體驗則是另外一回事；對「神聖」有所思考是一回事，意識到它是一樁主動地干涉現象世界的、起作用的實在，則是另一回事。一切宗教都有這樣一個基本的確信。……而且它還確信：在特別的偶然事件和大事變中，人們可以與之遭遇，它會自我呈現在人身上，表現在各種行動中。總之，除了有來自內心靈性的啟示而外，還有一種外部的神性的啟示。〔註32〕

〔註27〕　（宋）蘇軾著：《廣州蒲澗寺》，張志烈、馬德富、周裕鍇主編：《蘇軾全集校注》第 7 冊，第 4420 頁。

〔註28〕　（宋）蘇軾著：《入寺》，張志烈、馬德富、周裕鍇主編：《蘇軾全集校注》第 7 冊，第 4943 頁。

〔註29〕　（宋）蘇軾著：《南華寺》，張志烈、馬德富、周裕鍇主編：《蘇軾全集校注》第 7 冊，第 4401 頁。

〔註30〕　（宋）蘇軾著：《題靈峰寺壁》，張志烈、馬德富、周裕鍇主編：《蘇軾全集校注》第 8 冊，第 5200 頁。

〔註31〕　（德）魯道夫·奧托著，成窮、周邦憲譯：《論「神聖」》，成都：四川人民出版社，2003 年 5 月，第 31 頁。

〔註32〕　（德）魯道夫·奧托著，成窮、周邦憲譯：《論「神聖」》，第 170 頁。

　　對於蘇軾，多年的習禪經歷以及屢次對人生夢幻的體驗即是「來自內心靈性的啟示」，而躬身來到寺院面對神像聖像時則觸動了「外部的神性的啟示」。這也解釋了為何蘇軾絕大多數預言性夢境的場所皆是在寺院，以及為何在寺院中，更容易將神性與自性交融在一起的原因。寺院之所以可以化身為精神寄託，正是因為它始終離不開人性之本，所以儘管蘇軾的若干寺院作品都展現著宗教體驗式的嘗試，但卻很少談及來生，而是為現實生活提供了更多的服務。

第二節　宋代文人的寺院作品的宗教性

一、宋代文人的寺院作品

　　在宋代，禪悅之風的興盛讓儒釋交融成為了必然的趨勢，文人雅士不僅熱衷於參禪，也會主動出入於佛門之中。蘇軾也並非是個例，當時著名的士大夫幾乎都曾參與過寺院作品的創作之中，在他們的寺院作品裏，有些只是單純的隨筆寫實，也有些作品融入了自己的信仰情感，總體來說，他們的寺院作品也因個人閱歷經歷的不同而各有側重。在宋代，除了蘇軾，黃庭堅、張商英、晁補之、王安石等人皆創作過諸多寺院作品。

　　黃庭堅可謂是北宋親佛好佛的代表，生長在佛教氛圍濃鬱的洪州分寧，從小便對佛教耳聞目染，他曾稱自己「似僧有髮，似俗無塵，參夢中夢，見身外身。」〔註33〕黃庭堅喜好參禪，「胸中浩然氣，一家同化元」，〔註34〕他注重心性的浩然明瞭以及萬物融通的境界。黃庭堅一生也寫過若干寺院文，因為他本人非常重視心性與思辨，他的寺院文也尤為細膩，比如《吉州慈恩寺仁壽塔記》一文，介紹了舍利塔中的奇觀瑞象，文章中事件、人物以及時間都介紹得非常詳實。又如《普覺禪寺轉輪藏記》中對轉輪藏的解釋：「吾聞轉輪藏者，權輿於雙林大士，可謂淺深隨量，巧被三根。今使在俗處塵不知文字性相者，舍所積藏，滅慳貪垢，布淨信種，隨此輪轉，示世間生起所因，所作饒益，被譏謗者亦知之矣。若乃此離垢輪圓機時示諸衲子，轉者誰轉，止者誰止，負荷含藏，承誰恩力，一念正真，權慧具矣。若能如是觀者，即絕眾生生死流，即具普賢

〔註33〕（宋）黃庭堅：《寫真自贊（五）》，曾棗莊、劉琳主編：《全宋文》，第 107 冊，第 305 頁。

〔註34〕（宋）黃庭堅著，鄭永曉整理：《黃庭堅全集輯校編年（上）》，南昌：江西人民出版社，2008 年 9 月，第 437 頁。

一切行。」〔註35〕黃庭堅非常注重心念的作用，他對佛理也是運用自如，可見他的禪學修養也足夠深厚。當然，黃庭堅對於批判佛教奢靡以及散漫人心等現象也並非視而不見，比如《江陵府承天禪院塔記》一文中，他也承認「儒者常論一佛寺之費，蓋中民百家之產，實生民穀帛之蠹」〔註36〕的實事，但他認為國家如果可以用刑賞之政來治其外，同時再用佛教的因果禍福之說讓人心向善，那麼則「於世教豈小補哉」。〔註37〕可見，黃庭堅還是在肯定佛教寺院的社會價值。不過這篇文章也將黃庭堅捲入了複雜的政治鬥爭中，當時此文在石刻，同行的荊州轉運判官陳舉等人也希望將自己的名字添加在文末，黃庭堅並沒有同意，陳舉便以「幸災謗國」的罪名來指責黃庭堅誹謗朝廷，黃庭堅也因此貶謫到了宜州。但無論如何，黃庭堅至始至終都是虔敬地禮佛待佛，他的寺院作品多袒護佛教，其中的個人主觀信仰元素也較為突出。

王安石也是宋代親近佛教的人士之一，他的作品中雖然並沒有專門關於研究佛法的文字，但也創作過諸多關於寺院話題的文章。王安石在早期並不贊成佛教廢棄人倫的觀念，「恩義有相權，潔身非至理」，〔註38〕在他看來，俗世中的情誼很珍貴，潔身自好並非至理。早年時他曾寫過一篇《揚州龍興寺十方講院記》，文中記錄了慧禮修建寺院的經歷，王安石起初聽聞此事還不屑一顧，四年後房屋建好後，才真正被慧禮高尚純潔的德行所折服。對於佛教，王安石持予很理性態度，「善學者讀其書，惟理之求。有合吾心者，則樵牧之言猶不廢；言而無理，周、孔所不敢從」，〔註39〕可見，他並非因為主觀情感而推崇佛教，「方今亂俗不在於佛，乃在於學士大夫沉沒利欲，以言相尚，不知自治而已」，〔註40〕在他看來，社會動亂的根源在於人，而不是在於佛教。不過中晚年時，王安石對佛教懷有更多的個人情愫，熙寧九年，他將自己所得俸祿全部捐給了太平興國寺：「臣父子遭值聖恩，所謂千載一時。臣榮祿既不及於養親，雱又不幸嗣息未立，奄先朝露。臣相次用所得祿賜及蒙恩賜雱銀置到江寧

〔註35〕（宋）黃庭堅著，鄭永曉整理：《黃庭堅全集輯校編年（中）》，第 709 頁。
〔註36〕（宋）黃庭堅著，鄭永曉整理：《黃庭堅全集輯校編年（中）》，第 1105 頁。
〔註37〕（宋）黃庭堅著，鄭永曉整理：《黃庭堅全集輯校編年（中）》，第 1105 頁。
〔註38〕（宋）王安石著，寧波等校點：《王安石全集（上）》，長春：吉林人民出版社，1996 年 05 月，第 73 頁。
〔註39〕（宋）惠洪撰：《冷齋夜話》卷 6，《景印文淵閣四庫全書》第 863 冊，第 261 頁。
〔註40〕（宋）王安石：《答曾子固書》，曾棗莊、劉琳主編：《全宋文》第 64 冊，第 121 頁。

府上元縣荒熟田，元契共納苗三百四十二石七斗七升八合，一萬七千七百七十二領，小麥三十三石五斗二升，柴三百二十束，鈔二十四貫一百六十二文省，見託蔣山太平興國寺收歲課，為臣父母及雱營辦功德。欲望聖慈特許施充本寺常住，令永遠追薦。冒昧天威，無任祈恩屏營之至。取進止。」〔註41〕到了元豐七年，王安石還將自己所住的房屋捐給了寺院，並請求皇帝為其題寫匾額：「臣幸遭興運，超拔等夷，知獎眷憐，逮兼父子。戴天負地，感涕難勝。顧迫衰殘，糜捐何補。不勝螻蟻微願，以臣今所居江寧府上元縣園屋為僧寺一所，永遠祝延聖壽。如蒙矜許，特賜名額，庶昭希曠，榮與一時。仰憑威神，誓報無已。」〔註42〕不得不說，王安石毫不保留地捐捨也足以見得他對佛教的虔誠，不過從「臣榮祿既不及於養親，雱又不幸嗣息未立」之言也可看出他內心中不得已的苦衷，他希望通過捐捨來「為臣父母及雱營辦功德」，從這一點看，作為宗教場所的寺院並不只是僧人修行以及弘法的場地，它也寄託了王安石難以割捨的親情與牽掛。

除了愛佛以及篤佛人士之外，北宋的一些排佛人士也創作過寺院文，比如歐陽修，他曾說過：「佛法為中國患千餘歲，世之卓然不惑而有力者，莫不欲去之。已嘗去矣，而復大集，攻之暫破而愈堅，撲之未滅而愈熾，遂至於無可奈何。是果不可去邪？蓋亦未知其方也。夫醫者之於疾也，必推其病之所自來，而治其受病之處。」〔註43〕歐陽修認為排佛就如同醫生為病人治病，只有弄清了病症的根源，才可對症下藥。大概也是緣於這種追根溯源的精神，歐陽修對佛教寺院也很有興趣，他曾寫過諸多篇寺院文：

> 河南自古天子之都，王公戚里、富商大姓處其地，喜於事佛者，往往割脂田、沐邑、貨布之贏，奉祠宇為莊嚴。故浮圖氏之居與侯家主第之樓臺屋瓦，高下相望於洛水之南北，若奕棋然。及汴建廟社，稱京師，河南空而不都，貴人、大賈廢散，浮圖之奉養亦衰。歲壞月隳，其居多不克完，與夫遊臺、釣池並為榛蕪者，十有八九。淨垢院在洛北，廢最甚，無刻石，不知誰氏之為，獨牓其梁曰長興

〔註41〕（宋）王安石：《乞將田割入蔣山常住箚子》，曾棗莊、劉琳主編：《全宋文》第 64 冊，第 35 頁。

〔註42〕（宋）王安石：《乞以所居園屋為僧寺並乞賜額箚子》，曾棗莊、劉琳主編：《全宋文》第 64 冊，第 35 頁。

〔註43〕（宋）歐陽修：《本論（上）》，曾棗莊、劉琳主編：《全宋文》第 34 冊，第 366 頁。

四年建。丞相彭城錢公來鎮洛之明年，禱雨九龍祠下，過之，歎其空闊，且呼主藏者給緡錢二十萬，洛陽知縣李宋卿幹而輯焉。於是規其廣而小之，即其舊而新之。即舊焉，所以速於集工；損小焉，所以易於完修。易壞補闕三十六間。工既畢，宋卿刻於石以紀夫修舊起廢由彭城公賜也，且志其復興之之歲月云。從事歐陽修遂為記。

——《河南府重修淨垢院記》〔註44〕

興化寺新修行廊四行，總六十四間。匠者某人，用工之力凡若干，土木圬墁陶瓦鐵石之費、匠工庸食之資凡若干。營而主其事者僧延遇。延遇自言餘杭人，少棄父母，稱出家子。之鄆州，拜浮圖人，師其說。年十九，尚書祠部給牒稱僧，遂行四方。淳化三年，止此寺，得維摩院廢基築室，自為師，教弟子以居。居二十有三年，授弟子惠聰而老焉。又十八年，年七十有一矣，乃斂其衣盂之具所餘，示惠聰而歎曰：「吾生乾德之癸亥，明年而甲子一復，而又將甲焉。棄杭即浙四十有三歲，去墳墓不哭其郊，聞吳歙不懷其土，吾豈無鄉間親戚之仁與愛而樂此土耶？吾惟浮圖之說，畏且信，以忘其生，不知久乎此也。今老矣，凡吾之有衣食之餘，生無鄉間宗族之蜩，沒不待歲時蒸嘗之具，盍就吾之素信者而用焉？畢，吾無恨也。」於是庀工度材，營此廊。廊成，明道二年之某月也。

寺始建於隋仁壽四年，號法相寺。太平興國中，改曰興化，屋垣甚壯廣。由仁壽至明道，實四百四十有四年之間，凡幾壞幾易，未嘗有志刻，雖其始造之因，亦莫詳焉。至延遇為此役，始求志之。予因嘉延遇之能果其學也。惠聰自少師之，雖老，益堅不壞。又竭其所有，期與俱就所信而盡焉。夫世之學者知患不至，不知患不能果。此果於自信者也。年月日記。

——《淅川縣興化寺廊記》〔註45〕

　　第一篇文章介紹了淨垢院由盛而衰又重回繁盛的變遷，北宋之後由於達官顯貴的離散，淨垢院少了奉養而逐漸衰敗。崇佛之士彭城錢公慷慨解囊，並且呼籲有錢人出資維護，淨垢院又重新興起。第二篇文章則記錄了興化寺的歷史變遷，寺院住持延遇一生對佛教虔誠忠心，盡心盡力地復興寺院並振興佛

〔註44〕（宋）歐陽修撰，李之亮箋注：《歐陽修集編年箋注4》，第157頁。
〔註45〕（宋）歐陽修撰，李之亮箋注：《歐陽修集編年箋注4》，第180頁。

法。這兩篇文章皆是「記」體文，這種文體也決定了文字本身的真實可信度比較高。歐陽修在兩篇文章中都很注重細節之處的描寫，比如第二篇文章還提到了人員及耗材等情況。因此，歐陽修在寫這類記文前還是做了充分的考察工作，這在客觀上也讓他對佛教有了更多的瞭解。從表達情感看，無論是僧眾還是富商貴族，歐陽修對他們禮佛敬佛的態度是加以肯定的。歐陽修雖一直主張排佛，但這類寺院文無疑為佛教做了宣傳。

歐陽修對於佛門的優秀僧才人也頗有好感，比如與蘇軾交往甚好的僧人惠勤，和歐陽修也有往來，蘇軾在文集中曾記錄過這一事：「公不喜佛老，其徒有治詩書學仁義之說者，必引而進之。佛者惠勤，從公遊三十餘年，公常稱之為聰明才智有學問者。」〔註46〕歐陽修也曾在《山中之樂》的序文中提到：「佛者慧勤，餘杭人也。少去父母，長無妻子。以衣食於佛之徒，往來京師二十年。其人聰明材智，亦嘗學問於賢士大夫。」〔註47〕從這一點看，歐陽修對佛教的態度是很理性的，他並沒有因為自己政治上的排佛立場而疏遠僧眾。他認為惠勤聰穎過人，很期待他可以走入仕途：

> 江上山兮海上峰，藹青蒼兮杳巑叢。霞飛霧散兮邈乎青空，天鑱鬼削兮壁立鴻蒙。崖懸磴絕兮險且窮，穿雲渡水兮忽得路，而不知其深之幾重。中有平田廣谷兮與世隔絕，猶有太古之遺風。泉甘土肥兮鳥獸邕邕，其人麋鹿兮既壽而豐。不知人間之幾時兮，但見草木華落為春冬。嗟世之人兮，曷不歸來乎山中？山中之樂不可見，今子其往兮誰逢？

> 丹莖翠蔓兮岩竇玲瓏，水聲聒聒兮花氣濛濛。石巉巉兮橫路，風颯颯兮吹松。

> 雲冥冥兮雨霏霏，白猿夜嘯兮青楓。朝日出兮林間，澗谷紛兮青紅。千林靜兮秋月，百草香兮春風。嗟世之人兮，曷不歸來乎山中？山中之樂不可得，今子其往兮誰從？

> 梯崖構險兮佛廟仙宮。耀空山兮鬱穹隆。彼之人兮，固亦目明而耳聰。寵辱不干其慮兮，仁義不被其躬。蔭長松之翳蔚兮，藉纖草之豐茸。苟其中以自足兮，忘其服胡而顛童。自古智慧魁傑之士

〔註46〕（宋）蘇軾著：《錢塘勤上人詩集敘》，張志烈、馬德富、周裕鍇主編：《蘇軾全集校注》第 11 冊，第 1001 頁。
〔註47〕（宋）歐陽修撰，李之亮箋注：《歐陽修集編年箋注 2》，第 19 頁。

兮，固亦絕世而逃蹤。惜天材之甚良兮，而自棄於無庸。嗟彼之人

兮，胡為老乎山中？山中之樂不可久，遲子之返兮誰同？〔註48〕

李塗在《文章精義》中評價此作：「永叔《山中樂三章贈惠勤》，望其出佛

而歸儒，持論甚正，從退之《送文暢序》來。」〔註49〕對於歐陽修而言，如果

說上述詩文中對於佛門的好感是源於僧人優秀的品質以及社會需求的立場上

所言的，而那麼他對於佛教的私人情感則隨著個人經歷而有所轉變，《佛祖統

記》中如此記載道：

> 諫議歐陽修，為言事者所中，下詔獄窮治，左遷滁州。明年將
>
> 歸廬陵，舟次九江，因託意遊廬山，入東林圓通謁祖印禪師居訥，
>
> 與之論道。師出入百家而折衷於佛法。修肅然心服，聳聽忘倦至夜
>
> 分不能已。默默首肯，平時排佛為之內銷，遲回逾旬不忍去，或謂
>
> 此與退之見大顛正相類。〔註50〕

歐陽修因為貶謫而有緣在廬山拜見到了祖印禪師居訥，他在與禪師的交

談之中「肅然心服，聳聽忘倦至夜分不能已」，這一點雖並不足以說明他對佛

教的立場發生了轉變，但至少也對佛教有了不一樣的認識。對於每個人而言，

生老病死以及世事浮沉都是不可迴避的話題，歐陽修與蘇軾一樣，當在現實生

活中難以解脫之時，自然會試圖在宗教中尋找生命的答案。歐陽修雖以排佛自

詡，他的某些排佛言論也很尖銳，但他的寺院文卻比較客觀中立，比如上述列

舉的幾例，他對佛門並不是全無好感，也不會因為自己的政治立場而有失公

允。

二、寺院作品中的宗教元素

宋代文人對佛教以及禪宗的熱情可謂達到了前所未有的高潮，儘管如此，

人們也從未停止過對佛教的辯論。荷蘭學者許里和在《佛教征服中國》中提出

了僧人階層與世俗政權之間的幾種意識衝突，其中關於反對僧權的論點有四

點：

> （1）僧人的活動以各種方式危害政府的權威，危及國家的穩定
>
> 和繁榮（政治的及經濟的論點）。

〔註48〕（宋）歐陽修撰，李之亮箋注：《歐陽修集編年箋注2》，第19頁。

〔註49〕（宋）李塗撰：《文章精義》，《景印文淵閣四庫全書》第1481冊，第810頁。

〔註50〕（宋）志磐撰：《佛祖統紀》，《大正藏》第49冊，第410頁中。

（2）寺院生活並不能給這個俗世帶來任何具體的成效，因此是無用的和沒有生產價值的（功利主義的論點）。

（3）佛教是一種「胡」教，適合於未開化的外國人的需要。在以前的盛世記載中沒有提及佛教，古代聖人既不知道也不需要佛教（文化優越感的論點）。

（4）寺院生活意味著有損於注重社會行為的聖訓，因此是反社會的和極不道德的（道德的論點）。〔註51〕

與此同時，佛教徒也提出了幾種反對觀點：

（1）即便僧人不遵從世俗政府的權利，也不意味著他們不忠誠。事實上，僧人階層有益於保障長治久安和繁榮昌盛。僧人階層作為一個整體不應受到責罵，因為該受到責罵的僅是其中的一小部分成員。

（2）寺院生活並不是沒有意義的，儘管它所產生的益處並不在這個俗世。

（3）佛教源自外國不應是受排斥的理由：中國經常從國外引進一些東西並帶來很好的結果；或許（一個更具有想像力的、很有意思的解決辦法）佛教根本不是一種新的發明，最遲在阿育王時期，中國人已經瞭解了佛教。

（4）僧人多力倡的德行與儒家名教的基本原則並沒有根本區別；佛教是儒家與道家思想之最完美的結合。〔註52〕

上述關於反對寺院生活的核心觀點無非就是它對世俗社會有害無益。但從蘇軾、黃庭堅以及王安石等人的例子來看，他們每一個人的生活似乎都與寺院有著千絲萬縷的關係。宋代的佛教並不僅僅只是一種思維模式或修行體系，它更是生活方式的體現。寺院生活與俗世生活並不是絕緣的，甚至某種程度上也相互影響著彼此。因此，寺院生活沒有價值這樣的觀點也是不攻自破。而關於佛教以及寺院價值的討論，其中的矛盾點正是源於人們從不同的角度去解讀其本質。在近代關於宗教學的研究中，關於宗教的研究方法主要有三種，一是宗教人類學和宗教歷史學，二是宗教心理學，三是宗教社會學。宗教人類學

〔註51〕 （荷蘭）許里和著，李四龍、裴勇等譯：《佛教征服中國》，南京：江蘇人民出版社，第 433 頁。

〔註52〕 （荷蘭）許里和著，李四龍、裴勇等譯：《佛教征服中國》，第 433 頁。

和宗教歷史學一般側重於以宗教信仰的對象為中心來規定宗教的本質和意義；宗教心理學則著眼於宗教信仰者個人內心世界對神或神性物的主觀感受和內在體驗；宗教社會學則往往把宗教對於社會生活的影響和作用視為宗教的核心和基礎。〔註53〕這幾種研究方法同樣適用於宋代佛寺領域的研究。

以排佛代表歐陽修為例，他曾對「沙門不敬王者」這一辯題發表過自己的論點：

> 太祖皇帝初幸相國寺，至佛像前燒香，問當拜與不拜，僧錄贊寧奏曰：「不拜。」問其何故，對曰：「見在佛不拜過去佛。」贊寧者，頗知書，有口辯，其語雖類俳優，然適會上意，故微笑而領之，遂以為定制。至今行幸焚香，皆不拜也。議者以為得禮。〔註54〕

歐陽修雖認為燒香拜佛是愚蠢之舉，但是贊寧對帝王拜與不拜的解釋卻讓他很滿意，他認為這種說法維護了皇帝的尊嚴，也承認了佛家對儒家的妥協。又如《唐顏師谷等慈寺碑跋》一文：

> 右《等慈寺碑》，顏師古撰。其寺在鄭州汜水。唐太宗破王世充、竇建德，乃於其戰處建寺，云為陣亡士薦福。唐初用兵破賊處多，大抵皆造寺。自古創業之君，其英豪智略，有非常人可及者矣，至其卓然信道而知義，則非積學誠明之士不能到也。太宗英雄智識，不世之主，而牽惑習俗之弊，猶崇信浮圖，豈以其言浩博無窮，而好盡物理為可喜邪？蓋自古文奸言以惑聽者，雖聰明之主，或不能免也。惟其可喜，乃能惑人。故余於本紀譏其牽於多愛者，謂此也。〔註55〕

對於帝王崇信佛教，歐陽修的批判也毫無避諱，但他認為帝王對佛教的好感並不是因為「其言浩博無窮」、「好盡物理」，而是因為身邊的小人在蠱惑人心。

此外，歐陽修對佛門的指責則毫無忌憚：

> 吾見陶靖節，愛酒又愛閒。二者人所欲，不問愚與賢。奈何古今人，遂此樂尤難。飲酒或時有，得閒何鮮焉。浮屠老子流，營營盈市廛。二物尚如比，仕宦不待言。官高責愈重，祿厚足憂患。暫

〔註53〕　主要參考呂大吉《宗教學通論新編》，第42頁。

〔註54〕　（宋）歐陽修撰：《歸田錄》，北京：中華書局，1981年3月，第1頁。

〔註55〕　（宋）歐陽修撰，李之亮箋注：《歐陽修集編年箋注7》，第435頁。

息不可得，況欲閒長年。少壯務貪得，銳意力爭前。老來難勉強，
思此但長歎。決計不宜晚，歸耕潁尾田。〔註56〕

在他看來，僧人已經出家了，就不應該再出現於市井之中。對於寺院也是
如此：

> 世俗傳訛，唯祠廟之名為甚。今都城西崇化坊顯聖寺者，本名
> 蒲池寺，周氏顯德中增廣之，更名顯聖，而俚俗多道其舊名，今轉
> 為菩提寺矣。江南有大、小孤山，在江水中嶷然獨立，而世俗轉孤
> 為姑，江側有一石磯，謂之澎浪磯，遂轉為彭郎磯，云彭郎者，小
> 姑婿也。余嘗過小孤山，廟像乃一婦人，而敕額為聖母廟，豈止俚
> 俗之繆哉！西京龍門山，夾伊水上，自端門望之如雙闕，故謂之闕
> 塞。而山口吸廟曰闕口廟，余嘗見其廟像甚勇，手持一屠刀尖銳，
> 按膝而坐，問之，云：「此乃豁口大王也。」此尤可笑者爾。〔註57〕

在歐陽修看來，寺院的名字反覆更改，太過隨意，這是不成體統的。因此
他對佛教不滿的根本原因正是在於佛教違背了傳統人倫，「彼為佛者，棄其父
子，絕其夫婦，於人之性甚戾，又有蠶食蟲蠹之弊，然而民皆相率而歸焉者，
以佛有為善之說故也。嗚呼！誠使吾民曉然知禮義之為善，則安知不相率而從
哉！奈何教之諭之之不至也！佛之說，熟於人耳、入乎其心久矣，至於禮義之
事，則未嘗見聞。今將號於眾曰：『禁汝之佛而為吾禮義。』」〔註58〕所以，無
論是對帝王還是僧人，歐陽修認為他們的言行應該遵守規矩、合乎禮儀。所以，
與其說歐陽修反對佛教，倒不如說他是在維護儒家的倫理道德思想。

因此從宏觀的社會影響上看，歐陽修對佛教是排斥的，但他本人並不可能
完全不受其影響，比如前文中提到的與廬山祖印禪師居訥交談一事，當自己身
世浮沉再次面對佛教時，恐怕很難成為一個完全理性的旁觀者，這一點則突顯
出了宗教中的情感元素，威廉·詹姆士在《宗教經驗之種種》中講到：

> 宗教的領域分成兩部分。在這個分界的一邊是制度的宗教
> （institutional religion）；在另一邊是個人的宗教（individual
> religion）。如薩巴池（M·P·Sabatier）所說的，宗教的一支最注
> 意神，另一支最注意人。崇拜和犧牲，感動神心的方法，神學，儀

〔註56〕 （宋）歐陽修撰，李之亮箋注：《歐陽修集編年箋注3》，第477頁。
〔註57〕 （宋）歐陽修撰，李之亮箋注：《歐陽修集編年箋注7》，第135頁。
〔註58〕 （宋）歐陽修撰，李之亮箋注：《歐陽修集編年箋注2》，第62頁。

式和教會組織，這些是制度的宗教的要素。萬一我們只限於討論制度的宗教，那麼，我們應該把宗教的意義定為一種外部的技術，贏得神寵的技術。反之，在比較注重個人的宗教部分，成為注意的中心的，是人自己的內心傾向，他的良心，他的功過，他的無可奈何，他的不全備。並且雖然上帝的寵眷之或失或得，還是宗教生活的一個要點，並且神學在個人的宗教內也有重要工作，但個人的宗教所激發的行為，是個人的，不是儀式的行為；個人獨自料理宗教事務，而教會組織，它的牧師，聖禮，以及其他媒介，都降落到完全次要的地位了。宗教關係直接由心到心，由靈魂到靈魂，直接在人與上帝之間。〔註59〕

威廉·詹姆士拋開了制度性宗教，把個人的情感體驗作為宗教的基礎，他認為這種宗教體驗即是「各個人在他孤單時候由於覺得他與任何種他所認為神聖的對象保持關係所發生的感情、行為和經驗。」〔註60〕對於歐陽修，在經歷了貶謫之後，當他再次身處寺院、面對禪師時候，已不是一個坐而論道的旁觀者，而是一個身體力行的體驗者，他對宗教的定義也不僅僅只是以制度禮儀以及社會條約為準則，而是試圖從個人情感的角度進行理解：「比見當世知名士，方少壯時，力排異說，及老病畏死，則歸心釋老，反恨得之晚者，往往如此也。可勝歎哉！」〔註61〕歐陽修的這種情感轉變已經逐漸擺脫了經驗主義的層面，並轉向了「自己的內心傾向」。佛教寺院不僅成為了歐陽修創作文字的載體，也成為歐陽修的「個人的宗教」，是他自己直面內心的情感表現。

本章小結

對於宋代的士大夫，無論他們站在政治立場上如何看待佛教，佛教都是一種客觀存在的社會現象，它也必然蘊藏著屬於人的元素。也正如米爾恰·伊利亞德在《宗教思想史》中所說：「『神聖』是意識結構中的一種元素，而不是意識史中的一個階段。在文化最古老的層面上，人類生命本身就是一種宗教行為，因為採集食物、性生活以及工作都有著神聖的價值在其中。換言之，作為

〔註59〕（美）威廉·詹姆士著，唐鉞譯：《宗教經驗之種種》，北京：商務印書館，2011年6月，第31頁。
〔註60〕（美）威廉·詹姆士著，唐鉞譯：《宗教經驗之種種》，第32頁。
〔註61〕（宋）歐陽修撰，李之亮箋注：《歐陽修集編年箋注7》，第476頁。

或成文人，就意味著『他是宗教性的』。」〔註62〕

　　人的宗教信仰並不是被超自然力量所主宰，而是在面對超自然力量時內在情感的自然流露，比如蘇軾晚年在《題靈峰寺壁》中所說「前世德雲今我是，依稀猶記妙高臺」，〔註63〕此句即透露出了佛教的輪迴觀；又如余靖在《江州廬山重修崇勝禪院記》對佛教的描述：「夫萬寓之大、群動之眾，佛以溥博之教、淵泉之語，廣譬善導，無不入。其言含生有知之類，人人物物，皆蘊佛性，猶木中有火，本來無睹，方便鑽鑿，乃見光華，離暗得明，不從外至。故無生之說，以去纏縛；有為之法，以勖因果。二者並施於世，隨所悟解，歸之等覺。」〔註64〕他對佛陀智慧的讚歎則體現出了信仰中的崇拜感與敬畏感；還有一生排佛的歐陽修，他到了晚年也不免「歸心釋老」，這種依賴感恐怕也是在年少順境時無法體察到的。《宗教經驗之種種》中曾說過：「宗教主要是私人的、個人主義的；它始終不是我們的表達能力所能陳說出來的。」〔註65〕對於像蘇軾這樣一生致力於朝政的士大夫，他們更是不願意放棄世俗生活而輕易對宗教做出妥協，所以，儘管當身處寺院並且經歷了宗教體驗時，他們卻鮮有對這種感受的直白描述，而是多借用夢境虛幻類的譬喻以及輪迴觀來表達自己的情感。這樣一方面維護了自己「致君堯舜」的政治理想，同時又在佛教中實現了情感救贖。因此，他們的寺院作品可謂兼具社會性、宗教性與文學性。

〔註62〕　（美）米爾恰・伊利亞德著，晏可佳、吳曉群、姚蓓琴譯：《宗教思想史》，上海：上海社會科學出版社，2004年6月，第3頁。

〔註63〕　（宋）蘇軾著：《題靈峰寺壁》，張志烈、馬德富、周裕鍇主編：《蘇軾全集校注》第8冊，第5200頁。

〔註64〕　（宋）余靖：《江州廬山重修崇勝禪院記》，曾棗莊、劉琳主編：《全宋文》第27冊，第76頁。

〔註65〕　（美）威廉・詹姆士著，唐鉞譯：《宗教經驗之種種》，第315頁。

餘　論

　　蘇軾並沒有系統的關於佛教研究類的文章，他的佛學思想都是零散地出現在各類文章與詩集之中，在這類文字中，寺院作品可以視為蘇軾與佛教思想關係的一個子集，因此，蘇軾寺院作品研究的重要性也是不言而喻。關於蘇軾與佛教的親疏關係，學界大致認為蘇軾早年以儒學為主導思想，而晚年則傾向於儒釋融合。不過在筆者看來，這種融合併不是一種簡單的認同和接受。

　　從蘇軾的個人信仰視角看，他在中晚年後涉佛作品的數量尤其之多，一方面，個人的身世浮沉讓他對人生夢幻有了更深的體會，同時，蘇軾雖曾認為學佛不過是「取其粗淺假說以自洗濯」，但寺院這樣一個特殊的宗教環境也催化了他對佛教的妥協，蘇軾在面對佛像以及慧能真身時皆不禁揮淚：「稽首兩足尊，舉頭雙涕揮」，「摳衣禮真相，感動淚雨霰」，而這兩點恰好體現出了宗教意識的兩個方面：理性因素與非理性因素。按宗教學理論看，「宗教的理性因素對文化素質較高的信徒具有更大的影響。他們中的許多人在信仰上較少急功近利的傾向，往往著重於探索人生的真諦，到宗教中尋求答案。……他們是信仰傳統的宗教道德，而不是神秘的信仰。」〔註1〕對於蘇軾這樣忠君愛民的士大夫，理性因素正是他佛教信仰中的首要因素，他對禪宗以及僧人的親近更多程度是將之作為生活的調味品與心靈的淨化劑。但當理性因素並不能滿足人的內心訴求時，便會滋生出感性因素，「當人們反映現實生活所具有的依賴感、有限感、恐懼感、感恩感、需求感、崇拜感、罪惡感和孤獨感等的心理活動，一旦與宗教信仰結合在一起，就會很自然地把自己的命運同敬神和利己、愛神和愛己緊密地聯繫

〔註1〕陳麟書、陳霞：《宗教學原理》，第78頁。

在一起。」〔註2〕蘇軾之所以會在寺院中灑淚，正是因為寺院與塑像所營造出的信仰元素與神秘氛圍是在其他地方無法替代的，這樣的環境讓蘇軾感受到了自己與佛祖精神的相通之處，所以他才會說「云何見祖師？要識本來面」。如此看，信仰中的理性元素與感性元素並不是完全割裂開的，宗教中的神聖面也並不會脫離人們的現實生活，如《宗教學原理》中所言：「宗教感情也不是凝固不變的，它常以宗教情緒的形式反映出來。這種情緒總是隨著人和自然關係的變化、人與社會關係的變遷，以及隨著人與人之間關係變動和個人的遭遇的不同而波動起伏與變化，因而具有較大的變動性和不穩定性。」〔註3〕蘇軾中後期的寺院作品就體現出了這種宗教情感，這種情感並不是一種主觀的、理性的選擇，而是在內心經歷創傷後不得已的無奈和依賴。因此，這種宗教情感與蘇軾的政治抱負並不矛盾，反而成為了他心靈的癒合劑。

從蘇軾寺院作品的具體內容看，他在寺院中的活動也很豐富，遊玩、坐禪、洗沐、創作等等，雖說佛教的世俗化讓日常生活不斷滲透到寺院生活中，但寺院中的宗教元素也讓諸多作品充滿了佛學與文學的雙重美，寺院這一空間也被賦予了豐富的內涵，它將自然、社會、信仰、生活等諸多方面交織在一起，這也決定了宋代的信仰已經扎根於人們的社會之中，每個人都不可能將之完全從生活中剝離出來。此外，因為佛教的源遠流長是離不開儒家的支持的，所以蘇軾的若干寺院作品很多也是應僧人之求而作，蘇軾曾說過：「釋迦以文教，其譯於中國，必託於儒之能言者，然後傳遠」，〔註4〕李覯也提出過類似的觀點：「國朝嚴佛事，俾擇知識，表於禪林。太平郡之福地也，而儼師以正真道臨之，燈燈繼照，曷有窮已？然非吾儒文之，不足以謹事始信後裔」，〔註5〕這不僅印證了儒釋二教的相通之處，也說明了弘揚佛法也是士大夫的職責所在。對比士大夫與僧人的寺院作品，僧人的寺院作品更注重於說理性，而士大夫的作品不僅擅長說理，同時還融入了更多的情感，是以自身生活為核心而展開記述的。因此，士大夫的寺院文雖說也一定程度地加深了佛教的世俗化，但卻為佛教開拓出了更多的生存空間，佛教在宋代的繁盛與僧俗二界的卓越人才皆是不可分開的。

〔註2〕陳麟書、陳霞：《宗教學原理》，第 79 頁。
〔註3〕陳麟書、陳霞：《宗教學原理》，第 80 頁。
〔註4〕（宋）蘇軾著：《書柳子厚大鑒禪師碑後》，張志烈、馬德富、周裕鍇主編：《蘇軾全集校注》第 19 冊，第 7471 頁。
〔註5〕（宋）李覯：《太平興國禪院什方住持記》，曾棗莊、劉琳主編：《全宋文》第 42 冊，第 316 頁。

參考文獻

一、佛教文獻

1. 〔後秦〕佛陀耶舍共竺佛念譯：《長阿含經》,《大正藏》第 1 冊。

2. 〔西晉〕白法祖譯：《佛般泥洹經》,《大正藏》第 1 冊。

3. 〔東晉〕法顯譯：《大般涅槃經》,《大正藏》第 1 冊。

4. 〔東晉〕瞿曇僧伽提婆譯譯：《中阿含經》,《大正藏》第 1 冊。

5. 〔隋〕天竺三藏闍那崛多：《佛本行集經》,《大正藏》第 3 冊。

6. 〔唐〕般若譯：《大乘本生心地觀經》,《大正藏》第 3 冊。

7. 〔宋〕法賢譯：《眾許摩訶帝經》,《大正藏》第 3 冊。

8. 〔唐〕澄觀述：《華嚴經疏注》,《卍新續藏》第 7 冊。

9. 〔姚秦〕鳩摩羅什譯：《摩訶般若波羅蜜經》,《大正藏》第 8 冊。

10. 〔姚秦〕鳩摩羅什譯：《金剛般若波羅蜜經》,《大正藏》第 8 冊。

11. 〔唐〕般若譯：《大乘理趣六波羅蜜多經》,《大正藏》第 8 冊。

12. 〔東晉〕天竺三藏佛馱跋陀羅：《大方廣佛華嚴經》,《大正藏》第 9 冊。

13. 〔唐〕三藏實叉難陀譯：《大方廣佛華嚴經》,《大正藏》第 10 冊。

14. 〔清〕通理述：《圓覺經析義疏》,《卍新續藏》第 10 冊。

15. 〔唐〕菩提流志譯：《大寶積經》,《大正藏》第 11 冊。

16. 〔宋〕戒環解：《楞嚴經要解》卷三,《卍續藏》第 11 冊。

17. 〔後秦〕鳩摩羅什譯：《維摩詰所說經》,《大正藏》第 14 冊。

18. 〔吳〕支謙譯：《佛說維摩詰經》,《大正藏》第 14 冊。

19.〔姚秦〕鳩摩羅什譯:《坐禪三昧經》,《大正藏》第 15 冊。

20.〔唐〕提雲般若譯:《佛說大乘造像功德經》,《大正藏》第 16 冊。

21.〔唐〕般刺密諦:《大佛頂如來密因修證了義諸菩薩萬行首楞嚴經》,《大正藏》第 19 冊。

22.〔清〕工布查布譯:《佛說造像量度經解》,《大正藏》第 21 冊。

23.〔北涼〕曇無讖:《優婆塞戒經》,《大正藏》第 24 冊。

24.〔後秦〕鳩摩羅什譯:《大智度論》,《大正藏》第 25 冊。

25.〔後魏〕世親:《十地經論》,《大正藏》第 26 冊。

26.〔清〕智銓述:《法華經玄籤證釋》,《卍新續藏》第 28 冊。

27.〔後秦〕僧肇選:《注維摩詰經》,《大正藏》第 38 冊。

28.〔元〕懷則撰述:《天台傳佛心印記》,《大正藏》第 46 冊。

29.〔宋〕蘊聞編:《大慧普覺禪師語錄》,《大正藏》第 47 冊。

30.〔元〕宗寶編:《六祖大師法寶壇經》,《大正藏》第 48 冊。

31.〔宋〕志磐撰:《佛祖統紀》,《大正藏》第 49 冊。

32.〔元魏西域〕吉迦夜共曇曜譯:《付法藏因緣傳》,《大正藏》第 50 冊。

33.〔宋〕贊寧撰:《宋高僧傳》,《大正藏》第 50 冊。

34.〔宋〕道原纂:《景德傳燈錄》,《大正藏》第 51 冊。

35.〔唐〕道宣:《廣弘明集》,《大正藏》第 52 冊。

36.〔宋〕契嵩:《鐔津文集》,《大正藏》第 52 冊。

37.〔北宋〕釋道誠集:《釋氏要覽》,《大正藏》第 54 冊。

38.〔唐〕百丈懷海:《百丈清規證義記》,《卍新續藏》第 63 冊。

39.〔宋〕普濟集:《五燈會元》卷二,《卍續藏》第 80 冊。

二、歷史文獻

1.〔漢〕班固:《前漢書》,文淵閣《四庫全書》本。

2.〔唐〕李白:《李太白文集》,文淵閣《四庫全書》本。

3.〔唐〕常建:《常建詩》,文淵閣《四庫全書》本。

4.〔五代〕王定保:《唐摭言》,文淵閣《四庫全書》本。

5.〔宋〕陸游:《放翁詩選後集》,文淵閣《四庫全書》本。

6.〔宋〕黃庭堅:《山谷集》,文淵閣《四庫全書》本。

7.〔宋〕陳祥道:《論語全解》,文淵閣《四庫全書》本。

8. 〔宋〕米芾:《畫史》,文淵閣《四庫全書》本。

9. 〔宋〕潘自牧撰:《記纂淵海》,文淵閣《四庫全書》本。

10. 〔宋〕黃休復撰:《茅亭客話》,文淵閣《四庫全書》本。

11. 〔宋〕潛說友撰:《咸淳臨安志》,文淵閣《四庫全書》本。

12. 〔宋〕晁公武撰:《郡齋讀書志》,文淵閣《四庫全書》本。

13. 〔宋〕惠洪撰:《冷齋夜話》,文淵閣《四庫全書》本。

14. 〔宋〕周紫芝撰:《竹坡詩話》,文淵閣《四庫全書》本。

15. 〔宋〕李燾:《續資治通鑒長編》,文淵閣《四庫全書》本。

16. 〔宋〕惠洪:《石門文字禪》,文淵閣《四庫全書》本。

17. 〔宋〕陳巖肖:《庚溪詩話》,文淵閣《四庫全書》本。

18. 〔宋〕蔡正孫撰:《詩林廣記後集》,文淵閣《四庫全書》本。

19. 〔宋〕李涂撰:《文章精義》,文淵閣《四庫全書》本。

20. 〔明〕王志堅編:《四六法海》,文淵閣《四庫全書》本。

21. 〔明〕周召:《雙橋隨筆》,文淵閣《四庫全書》本。

22. 〔明〕徐釚撰:《詞苑叢談》,文淵閣《四庫全書》本。

23. 〔明〕曹學佺:《蜀中廣記》,文淵閣《四庫全書》本。

24. 《湖廣通志》,文淵閣《四庫全書》本。

25. 《江西通志》,文淵閣《四庫全書》本。

26. 《春秋左傳注疏》,文淵閣《四庫全書》本。

27. 《御定全唐詩》,文淵閣《四庫全書》本。

28. 《宋史》,文淵閣《四庫全書》本。

29. 〔宋〕潛說友:《咸淳臨安志》,臺灣:成文出版社,1970 年 3 月。

30. 〔宋〕吳自牧著:《夢粱錄》,杭州:浙江人民出版社,1980 年 8 月。

31. 〔宋〕歐陽修撰:《歸田錄》,北京:中華書局,1981 年 3 月。

32. 〔宋〕王辟之撰:《澠水燕談錄》,北京:中華書局,1981 年 3 月。

33. 〔宋〕張耒:《張耒集(上)》,北京:中華書局,1990 年 7 月。

34. 〔金〕元好問:《木庵詩集序》,〔清〕張金吾:《金文最》,北京:中華書局,1990 年 8 月。

35. 〔清〕釋聖光:《虎跑定慧寺志》,杭州:杭州出版社,2007 年 12 月。

36. 〔宋〕契嵩:《鐔津文集》,上海:上海古籍出版社,2016 年 8 月。

三、近現代論著

1. 〔宋〕王安石著，中華書局上海編輯所編：《臨川先生文集》，北京：中華書局，1959 年 1 月。

2. 〔宋〕歐陽修，宋祁撰：《新唐書》，北京：中華書局，1975 年 2 月。

3. 〔唐〕玄奘撰，章撰點校：《大唐西域記》，上海：上海人民出版社，1977 年 10 月。

4. 〔宋〕蘇舜欽著，沈文倬校點：《蘇舜欽集》，上海：上海古籍出版社，1981 年 2 月。

5. 朱劍心著：《金石學》，北京：文物出版社，1981 年 9 月第三次印刷。

6. 〔宋〕孟元老撰，鄧之誠注：《東京夢華錄》，北京：中華書局出版社，1982 年 1 月。

7. 錢泳、黃漢、尹元煒、牛應之：《筆記小說大觀》，南京：江蘇廣陵古籍刻印社，1983 年 10 月。

8. 常振國、降雲編：《歷代詩話論作家（上篇）》，長沙：湖南人民出版社，1984 年 9 月。

9. 〔清〕阮元：《揅經室集 九》，北京：中華書局，1985 年。

10. 葛兆光：《禪宗與中國文化》，上海人民出版社，1986 年 6 月。

11. 方立天：《佛教哲學》，北京：中國人民大學出版社，1986 年 7 月。

12. 〔宋〕陳騤著，劉彥成注譯：《文則注譯》，北京：書目文獻出版社，1988 年 2 月。

13. 余毅恒，陳維國：《黃山谷詩選注》，成都：四川人民出版社，1988 年 9 月。

14. 〔宋〕蘇轍著，陳宏天，高秀芳點校：《蘇轍集》，北京：中華書局，1990 年 8 月。

15. 吉辰：《宋代佛教史稿》，鄭州：中州古籍出版社，1993 年 12 月。

16. 〔宋〕陳師道撰，（宋）任淵注，昌廣生補箋，昌懷辛整理：《後山詩注補箋》，北京：中華書局，1995 年 6 月。

17. （荷蘭）米克·巴爾著，譚君強譯：《敘述學：敘事理論導論》，北京：中國社會科學出版社，1995 年 11 月。

18. 〔宋〕王安石著，寧波等校點：《王安石全集》，長春：吉林人民出版社，1996 年 5 月。

19. 華夫主編:《趙翼詩編年全集(第三冊)》,天津:天津古籍出版社,1996年11月。

20. 郭預衡主編:《唐宋八大家文集(蘇洵)》,北京:人民日報出版社,1997年。

21. 段玉明:《中國寺廟文化》,上海:上海人民出版社,1997年1月。

22. 〔宋〕洪邁著,李宏主編:《夷堅志 文白對照全譯本》,北京:北京燕山出版社,1997年5月。

23. 王水照:《宋代文學通論》,開封:河南大學出版社,1997年6月。

24. 〔清〕曾國藩著,李翰祥編輯:《曾國藩文集》,九州圖書出版社,1997年8月。

25. (荷蘭)許里和著,李四龍、裴勇等譯:《佛教征服中國》,南京:江蘇人民出版社,1998年3月。

26. 〔明〕吳訥著,于北山校點:《文章辨體序說》,北京:人民文學出版社,1998年5月。

27. 〔明〕徐師曾著,羅根澤校點:《文體明辨序說》,北京:人民文學出版社,1998年5月。

28. 李坦主編:《揚州歷代詩詞》,北京:人民文學出版社,1998年7月。

29. (英)阿諾德‧湯因比(Arnold Toynbee)著,晏可佳,張龍華譯:《一個歷史學家的宗教觀》,成都:四川人民出版社,1998年9月。

30. 呂大吉:《宗教學通論新編》,北京:中國社會科學出版社,1998年12月。

31. 吳文治主編:《宋詩話全編》,南京:江蘇古籍出版社,1998年12月。

32. 〔明〕劉基著,林家驪點校:《劉基集》,杭州:浙江古籍出版社,1999年12月。

33. 曾棗莊:《蘇詩匯評(中)》,成都:四川文藝出版社,2000年。

34. 葛兆光:《中國思想史》,上海:復旦大學出版社,2001年。

35. 〔宋〕朱熹撰,朱傑人、嚴佐之、劉永翔主編:《朱子全書》,上海:上海古籍出版社,合肥:安徽教育出版社,2002年12月。

36. 游彪:《宋代寺院經濟史稿》,保定:河北大學出版社,2003年3月。

37. 曾棗莊、劉琳主編:《全宋文》,上海:上海辭書出版社,2006年8月。

38. 〔宋〕歐陽修撰,李之亮箋注:《歐陽修集編年箋注》,成都:巴蜀書社,2007年12月。

39. 〔宋〕司馬光著,李之亮箋注:《司馬溫公集編年箋注》,成都:巴蜀書社,2009 年 2 月。

40. 張志烈、馬德富、周裕鍇:《蘇軾全集校注》,石家莊:河北人民出版社,2010 年。

41. 〔宋〕蘇轍著,何新所注譯:《唐宋名家文集(蘇轍集)》,鄭州:中州古籍出版社,2010 年 4 月。

42. 曾棗莊:《中國古代文體學》,上海:上海人民出版社,上海書店出版社,2012 年 12 月。

43. 〔南梁朝〕劉勰著,〔清〕黃叔琳注,〔清〕紀昀評,李詳補注,劉咸炘闡說,戚良德輯校:《文心雕龍》,上海:上海古籍出版社,2015 年 11 月。

44. 錢鍾書:《七綴集》,北京:三聯書店,2016 年 6 月。

45. 吳文治主編:《宋詩話全編》,南京:江蘇古籍出版社,1998 年 12 月。

46. (法)愛彌爾·涂爾幹著,渠東、汲喆譯:《宗教生活的基本形式》,上海:上海人民出版社,1999 年 11 月。

47. (羅馬尼亞)米爾恰·伊利亞德著,王建光譯:《神聖與世俗》,北京:華夏出版社,2002 年 12 月。

48. 陳麟書,陳霞:《宗教學原理》,北京:宗教文化出版社,2003 年 1 月。

49. (德)魯道夫·奧托著,成窮、周邦憲譯:《論「神聖」》,成都:四川人民出版社,2003 年 5 月。

50. (美)米爾恰·伊利亞德著,晏可佳、吳曉群、姚蓓琴譯:《宗教思想史》,上海:上海社會科學出版社,2004 年 6 月。

51. 〔宋〕黃庭堅著,鄭永曉整理:《黃庭堅全集輯校編年》,南昌:江西人民出版社,2008 年 9 月。

52. 〔宋〕孟元老原著,姜漢椿譯注:《東京夢華錄全譯》,貴陽:貴州人民出版社,2009 年 3 月。

53. (美)威廉·詹姆士著,唐鉞譯:《宗教經驗之種種》,北京:商務印書館,2011 年 6 月。

54. 韓復智編著:《錢穆先生學術年譜》,北京:中央編譯出版社,2012 年 3 月。

55. 〔宋〕志磐撰,釋道法校注:《佛祖統紀校注(上)》,上海:上海古籍出版社,2012 年 11 月。

56. 〔宋〕王象之編著，趙一生點校：《輿地紀勝》，杭州：浙江古籍出版社，2012 年 12 月。

57. 〔宋〕惠洪著，呂有祥點校：《禪林僧寶傳》，鄭州：中州古籍出版社，2014 年 9 月。

58. 〔宋〕林逋著，沈幼徵校注：《林和靖集》，杭州：浙江古籍出版社，2015 年 12 月。

59. 李天綱：《金澤：江南民間祭祀探源》，北京：生活·讀書·新知三聯書店，2017 年 12 月。

四、論文類

1. 聶士全：《宋代寺院生活的世俗轉型》，《蘇州鐵道師範學院學報》，2001 年第 4 期。

2. 閆笑非：《深情的慰勉曠達的襟懷——蘇軾〈浣溪沙·遊蘄水清泉寺〉詞意抉微》，《台州學院學報》，2003 年第 2 期。

3. 劉長東：《宋代寺院的敕差住持制》，《中國史研究》，2005 年第 2 期。

4. 李芳民：《唐代佛教寺院文化與詩歌創作》，《文史哲》，2005 年第 5 期。

5. 普武正：《蘇軾長清真相院塔銘中的儒釋道思想》，《春秋》，2007 年第 5 期。

6. 汪聖鐸、王德領的《宋代寺院宮觀中的御書閣、本命殿》，《河北科技大學學報》，2008 年第 4 期。

7. 李勤印：《蘇軾沐浴詩釋要》，《文學前沿》，2009 年第 1 期。

8. 王棟樑：《唐代文人寄居寺院習尚補說》，《北京大學學報》，2009 年第 2 期。

9. 游彪：《宋代寺觀數量問題考辨》，《文史哲》，2009 年第 3 期。

10. 梁銀林：《蘇軾詩與〈楞嚴經〉》，《社會科學研究》，2010 年第 1 期。

11. 趙德坤、周裕鍇：《濟世與修心：北宋文人的寺院書寫》，《文藝研究》，2010 年第 8 期。

12. 游彪：《佛性與人性：宋代民間佛教信仰的真實狀態》，《北京師範大學學報》，2011 年第 5 期。

13. 趙丹琦：《論蘇軾金山詩的禪宗因緣》，《前沿》，2011 年第 12 期。

14. 劉中黎：《遷移與轉化：從日記到小品文——試析蘇軾日記〈記承天寺夜

遊〉的文體跨界寫作》，《重慶師範大學學報》，2012 年第 3 期。

15. 孫旭：《試論北宋真宗朝的寺院政策》，《法音》，2012 年第 6 期。

16. 趙德坤：《文字禪時代的寺院禪修》，《中華文化論壇》，2013 年第 5 期。

17. 左福生：《宋代寺院題詩的傳播效應》，《中華文化論壇》，2013 年第 9 期。

18. 左福生：《宋代寺院題詩的存佚與變遷——以〈全宋詩〉的輯錄現象為例》，《重慶師範大學學報》，2014 年第 5 期。

19. 嚴耀中：《試說鄉村社會與中國佛教寺院和僧人的互相影響》，《史學集刊》，2015 年第 4 期。

20. 楊曉慧：《唐代寺院作為俗文化活動中心之原因考探》，《陝西師範大學學報》，2015 年第 5 期。

21. 趙軍偉：《為權力書寫：南宋文人與佛教寺院——以南宋浙江寺記為中心》，《江西社會科學》，2015 年 10 月。

22. 賈曉峰：《蘇軾黃州寺院詩的新變》，《內蒙古大學學報》，2016 年第 5 期。

23. 劉斌：《寺院中的「花開富貴」——試論唐代文人隱逸觀》，《雞西大學學報》，2016 年第 2 期。

24. 趙德坤：《蘇軾寺院碑文書寫探析》，《宜賓學院學報》，2017 年第 4 期。

25. 段玉明：《揭開中國民間信仰的「底色」——評李天綱〈金澤：江南民間祭祀探源〉》，《世界宗教研究》，2018 年第 2 期。

26. 劉金柱：《唐宋八大家與佛教》，河北大學 2004 年博士論文。

27. 李政芳：《孟元老〈東京夢華錄〉敘事研究》，海南師範大學 2012 年碩士論文。

28. 鄭濤：《唐宋四川佛教地理研究》，西南大學 2013 年博士論文。

29. 李曉紅：《北宋佛寺文研究》，山東大學 2016 年博士論文。

致　謝

　　流光似水，總覺得自己的讀博生涯才剛剛開始，此刻卻即將接近尾聲。

　　從 2008 年至今，我喜歡蘇軾已經有近 11 個年頭了。自己有幸能來川大讀書，能在蘇學世界裏暢遊，是一件非常幸運的事。

　　首先要感謝我的導師段玉明先生，我跟隨段老師讀書已經有六個年頭了，記得研一伊始，段老師就很鼓勵我去做蘇軾方面的研究。雖然我也深知「蘇學如海」，甚至可能用一生去讀懂蘇軾都不夠，但我始終相信「愛我所愛，無怨無悔」，自己選擇的路，無論多難都要堅持走下去。在碩博六年的時光裏，段老師時常鼓勵我、指點我，為我的論文多次提出過寶貴建議，段老師的為文方法與寫作理念也值得我一生受用。我能有今天的成果，首先最應該感謝的就是段老師。

　　其次我要感謝的是眉山市三蘇文化研究院的劉清泉老師。讀研的時候，我與劉老師便已相識，劉老師知道我也是一枚「蘇粉」，在讀書的這幾年裏，為我提供了太多瞭解蘇軾、學習蘇軾的機會。博一的時候，劉老師還幫助我出版了《此心安處是吾鄉——蘇東坡的心路依歸研究》一書。如今我能順利獲得博士學位，劉老師實在最應該感恩的人之一。

　　另外要感謝的是王大偉師兄，作為同門師兄，無論在我的學習還是生活中，每當我遇到困難的時候，王師兄都屢屢伸出援助之手。王師兄可謂是一個樂於助人、心地善良又不計回報的人，這更讓我體悟到了感恩的可貴。

　　還要感謝宗教所的李平老師、周冶老師、張曉粉老師在我六年學業生涯中的幫助。感謝何江濤老師曾屢屢幫我指出論文中的細節問題，何老師的指點更

讓我相信細節決定成敗。感謝王雪梅師姐曾多次給我鼓勵和支持。此外，還要感謝同門與同窗的陪伴，正是因為你們，才讓我的博士生活變得多姿多彩。

最後，最應該感謝的就是我的父母。雖然自己遠在他鄉求學，但我無時無刻不會感受到父母的牽掛與思念。正如白居易在詩中所說「思爾為雛日，高飛背母時。當時父母念，今日爾應知。」對於父母之恩，我可能真的無以回報。唯一能做的，就是要端正做人、努力工作，永遠不要辜負父母的所有付出與期待。